아이 러브 퍼퓸

차 례

2부 ── 내게 맞는 향수 찾기

1. 향수를 즐기기 위해 꼭 알아야 할 것들

2. 향수 즐기기

일러두기

○ 이 책의 외래어 표기는 향수를 주제로 한 특성상 국립국어원에서 규정한 외래어
   표기법과는 다른, 향수업계에서 널리 통용되는 발음을 반영해 표기하였습니다.
○ 도서명은 『 』, 신문이나 잡지는《 》, 노래, 영화, 미술 등의 작품은〈 〉로
   표기하였습니다.

는 존재입니다. 또한 향수는 우리가 얼마나 다른지를 깨닫게 해줍니다. 때때로 자신이 좋아하는 것이 무엇인지, 어떤 것에 좋다고 반응해야 할지조차 어려워하고 익숙하지 않아 하는 분들을 만나기도 합니다. 그래서 더더욱 저는 사람들에게 이렇게 말합니다.

"내가 좋아하는 향수를 찾는 과정은 '나'를 찾는 과정이기도 해요."

내게 맞는 향수를 찾는다는 것은 '나'라는 사람을 알아나가는 과정과도 같습니다. 저는 사람들이 향수를 조금 더 편안하게 즐기고, 향수의 세계를 탐험하면서 자신을 알아나가길 바랍니다. 자기 자신을 아는 것은 어려운 일이니까요.

향수가 어려운 이유 중 하나는 바로 용어 때문입니다. 향수 산업이 현재처럼 발달하게 된 것은 서유럽의 영향이 지배적이기 때문에 향수는 당연히 서유럽의 문화를 반영한 용어를 많이 사용합니다. 향수업계에서 향의 노트를 설명할 때 사용하는 향료는 요리에서 자주 등장하는 식재료, 향신료와 같은 것인 경우가 많습니다. 하지만 향수업계에서는 주로 영어 그대로 사용하고, 요리 업계 또는 한의학 업계에서는 한문 명칭을 사용합니다. 예를 들면 향수업계에서는 '너트메그nutmeg', '클로브clove', '시나몬cinnamon'이라 말하는 것을 요리에서는 '육두구', '정향',

'육계나무'라고 씁니다. 또한 향수업계에서는 '자몽'이나 '장미' 대신 '그레이프프루트grapefruit', '로즈rose'로 영어 발음 그대로 적는 경우가 많습니다. 이 책은 향수에 관한 책이고, 저는 이 책을 읽고 사람들이 향수를 만나러 또는 구매하러 갔을 때는 향수업계의 단어들이 친밀하게 다가가길 바라는 마음이 크기 때문에 한국의 향수업계에서 주로 사용하는 방식으로 적었습니다. 또한, 향수 브랜드와 이름은 외래어 표기법을 따르기보다 브랜드에서 표기한 이름을 활용하여 적었습니다.

하지만 그 향을 표현하는 데 있어서는 되도록 한국적 정서에 기반하여 적었습니다. '파리의 아침의 향', '이베리아의 해질 녘 춤추는 집시', '프로방스의 할머니 댁 뒷마당의 라즈베리'보다는 '무덥고 꿉꿉한 여름날, 편의점 문을 열었을 때 시원하고 건조한 에어컨 바람에 실려 오는 라면 향'을 만나는 환희의 순간같이 말이죠. 책에 추천한 향수들과 함께 그 향수를 조금 더 상상하기 좋은 (일부는 지극히 제 개인적인 경험들이지만요) 영화, 음악, 음식도 함께 적었습니다. 향수의 후각적 경험을 시각, 청각, 미각 그리고 이 책을 넘기는 촉각과 함께 공감각적으로 만나보셨으면 합니다.

이 책을 통해 향수가 나를, 나의 감정과 기억을, 나의 일상을 향기롭게 만들어주는 것으로, 그렇게 향수와 함께하는 순간을, 삶을 향유하시길 바랍니다.

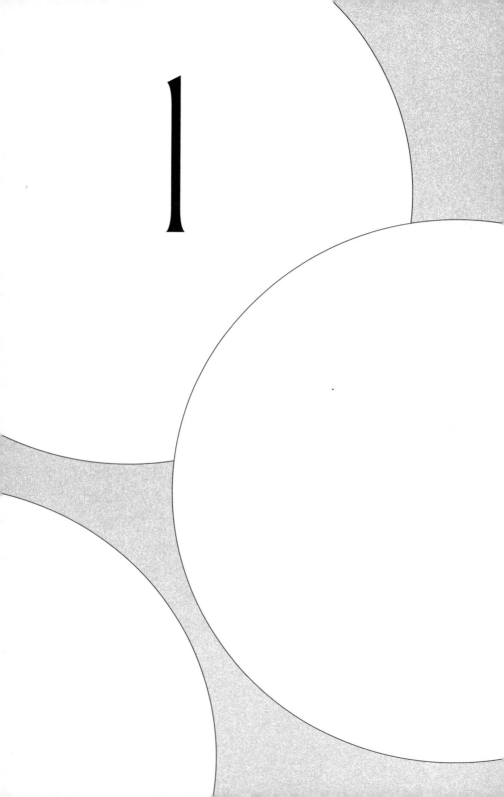

1

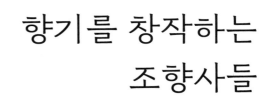

향기를 창작하는
조향사들

1.

마스터 조향사

천재 조향사,
메종 프란시스 커정Maison Francis Kurkdjian의
프란시스 커정Francis Kurkdjian

어느 해 겨울, 파리를 찾았습니다. 튈르리 정원Jardin des Tuileries 근처 생트노레Saint-Honoré가를 걸었습니다. 사람이 거의 없는 한적한 이른 아침의 파리는 밝고 따스하게 머리 위로 내려오는 이탈리아의 햇살과는 다른, 사방으로 자유롭게 흩어지는 햇살과 공기를 지녔습니다. 그것이 바로 파리의 쁘띠 마땅Petit Matin (이른 아침)이었죠. 그때를 생각하면 이탈리안 레몬, 프로방스 라벤더, 오렌지 블라썸, 버베나verbena라고도 불리는 릿지 큐브바litsea cubeba, 부드러운 머스크, 앰브록산ambroxan, 호손hawthorn(산사나무) 노트를 가진 메종 프란시스 커정Maison Francis Kurkdjian의 **쁘띠 마땅** Petit Matin 향수의 향이 떠오릅니다.

　이른 아침 눈을 떴을 때 열린 창문을 통해 들어오는 바람, 흔들리는 커튼, 그 사이로 들어온 햇살을 받으며 웃는 다정한 사람의 눈빛. 들뜨지 않은 차분함을 가진 이른 아침 공기가 가져온 레몬의 등장, 가볍게 흩어지는 머스키한 마무리. 이것이 프란시스 커정이 항상 만나는 이른 아침 파리의 공기, 햇살, 풍경인가 하게 됩니다. 이 쁘띠 마땅 향을 분사하면, 시공간을 이동

한 듯 저는 파리의 그 이른 아침으로 돌아가는 듯합니다.

그를 기다리는 동안, 닫힌 매장의 유리창 너머로 부티크 안을 바라보았습니다. 순간 유리창에 비친 제 모습에서 1961년 개봉한 오드리 헵번 주연의 영화 〈티파니에서 아침을〉Breakfast At Tiffany's이 떠올랐습니다. 물론 저는 블랙 지방시 드레스와 긴 실크 블랙 장갑을 끼고 커피와 페스츄리를 먹고 있지는 않았지만, 귓가에는 〈문 리버〉Moon River가 들리는 듯했습니다.

럭셔리 퍼퓨머리 메종 프란시스 커정에는 향수 이외에도 향이 담긴 비눗방울, **센티드 버블**scented bubble 제품이 있습니다. 프란시스 커정은 영화 〈티파니에서 아침을〉에서 남녀 주인공 커플이 티파니 매장에 들어갔다가 비싼 가격 때문에 빈손으로 떠나는 것을 기억한다면서, 비록 자신의 매장이 고가의 향수를 파는 매장이지만 15유로의 부담 없는 가격으로 향을 즐길 수 있으면 좋겠다고 제품 출시 이유에 대해 적기도 했습니다.

매장 문을 열어준, 커정의 개인 비서인 델핀은 센티드 버블에 대한 이야기를 하면서 비눗방울을 불어줍니다. 민트 향을 담은 비눗방울들이 잠자고 있던 매장 안의 공기를 부드럽게 깨우듯 우아하게 춤을 추다 사라집니다. 허공으로 뻗은 제 손에 잠깐 머물렀던 비눗방울은 차분한 파리의 아침을 구경하기 위해 정령 세계에서 인간 세계로 몰래 나왔다가 희미한 향기를 제 기억에 남겨두고 사라졌습니다. 지금도 이렇게 생생하게요.

델핀은 커정이 이 비눗방울들을 '꿈'이라고 말했다고 했습니다. 그 말을 듣자 세상의 짐 따위 없던, 유쾌한 웃음과 경쾌한 발걸음으로 꿈을 상상하고 그리던 어린 시절이 떠오릅니다. 누군가에게 이렇게 기억과 감정을 불러일으키는 일, 그것이 향을 창작하는 사람들의 역할이 아닐까 합니다.

향수로 자신을 표현하고, 일상 속에서 작은 기쁨을 전달하고, 베르사유의 궁전의 향 분수대에서 장미 향이 나오게 하여 옛 베르사유 궁전을 재현하며 과거를 현재로 데려오는 매개체로 향수를 활용하는 커정이 매장 안으로 들어왔습니다. 자신감 넘치는 걸음걸이로 등장한 커정과 악수를 하고 매장 안에서 함께 사진을 찍었습니다. 일 년에 지구 서너 바퀴를 여행하는 그와 함께 사무실을 향해 걸을 때 그는 제게 "한국은 싱가포르, 일본에 비해 트렌드가 빠르고 활력이 넘치는 곳이라는 인상을 받았어요. 비빔밥, 불고기를 좋아해요."라고 했습니다. 그의 방 안에는 **장 폴 고티에**Jean Paul Gaultier의 **르 말**Le Male을 비롯해서 그가 그동안 조향한 다른 브랜드의 향수병들과 그가 수상한 상의 트로피들이 있었습니다. 그는 커피를 내어주면서 테이블 한편에 놓인, 다음 컬렉션을 위해 작업 중인 줄 세워 놓은 시향지들을 다른 책상으로 옮겼습니다.

프란시스 커정, 그는 세계 최고의 조향 학교인 ISIPCA Institut Supérieur International du Parfum, de la Cosmétique et de l'Aromatique Alimentaire에 다니기 전 '파리 오페라 스쿨 오브 댄스 Paris Opera School of Dance'를 다녔습니다.

"어렸을 때부터 어떤 식으로든지 나를 표현하고 싶었습니다. 춤으로 저 자신을 표현했었는데, 부상으로 인해 더 이상 춤으로써 저 자신을 완성할 수 없다는 것을 알게 되었어요. 그것은 '실패'였어요. 그러던 어느 날 우연히 신문에서 조향사에 관한 기사를 읽었고 그 길로 ISIPCA에 지원했습니다. 그렇게 실패를 했기 때문에 내게 맞는 것, 내가 잘할 수 있는 것을 더 잘 찾아낼 수 있었어요."

나르시소 로드리게즈, 크리스챤 디올, 입생로랑, 랑방, 조르지오 아르마니, 페라가모, 버버리 이외에도 우리에게 익숙한 **엘리자베스 아덴** Elizabeth Arden의 **그린 티** Green Tea, 장 폴 고티에의 르 말을 조향한, 서른 살에 향수계의 오스카 같은 코티 어워드 Coty Award를 수상한 가장 젊은 조향사가 바로 그입니다. 실패라고는 몰랐을 것 같은 그가 실패라는 단어를 써서 놀랐습니다.

"아니에요. 저는 향수를 만들면서도 수많은 경쟁에서 실패했어요. 인생은 그 자체가 고난과 시련이며, 우리는 시련을 친구로 여길 수도 있고, 적으로 여길 수도 있어요. 저는 시련을 친구로 여기기로 생각했어요. 중요한 것은 실패를 통해서 배워야 한다는 것이에요. 실패를 통해 배우지 않는다면 그게 진짜 어리석은 거예요. 똑같은 실패를 계속할 수는 없어요. 많은 사람들이 실패를 나쁜 것으로 보지만, 저는 이렇게 생각해요. '실패는 배움의 승리다.'라고요."

그런 그는 타인을 위해 향수를 만드는 것이 훨씬 쉽다고 말했습니다. 왜냐하면 그는 자신을 너무 잘 알고 있으며, 자신의 기준은 너무 높기에 자신을 만족시키는 것은 항상 어렵기 때문이라고요. "이 사실을 처음부터 알았다면 조향사가 되는 것을 심각하게 고려했을 거예요."라는 그의 농담에 저는 웃고 말았습니다.

"영감을 얻기 위해서 꾸준히 일을 합니다. 프랑스 속담 중에 '식욕은 그냥 생기는 것이 아니라, 먹고 있는 중에 생기는 것이다.'라는 말이 있어요. 일을 하는 중에 영감을 얻어요. 그저 한가롭게 한량처럼 꽃향기를 맡으면서 영감을 얻는 것이 아니라, 계속적으로 일을 해나가는 그 과정에서 말이죠."

시간이 흐를수록 그의 이 말이 좋은 잔향으로 제게 자리하고 있습니다. 가만히 있기보다 꾸준히, 작게라도 무언가를 해나가는 그 길에서 새로운 기회도, 영감도 얻습니다. 저 역시 향수를 만들어가면서, 향수에 대한 글을 쓰고 영상을 만들어가면서 더 많은 것을 배웁니다. 작은 것이라도 꾸준히 실행해나가고 작은 성공이 쌓이고 그렇게 만 시간이 되면 잘하게 될 가능성이 높고, 잘하니까 좋아할 수 있고, 즐길 수 있고 그리고 기회가 왔을 때 그걸 잡아내고 활용하는 사람이 된다는 생각이 듭니다.

"향수는 코로 완성되는 것이 아니에요. 머리예요. 머리가 만들어내는 거예요. 코는 생각이 없어요."

힘주어 이야기하는 그의 말에 웃음이 터지고 말았습니다. 맞습니다. 코에는 생각이 없습니다. 향이라는 본질을 꿰뚫은 그 말은 이후, 사람들이 제게 향수에 관련된 질문을 할 때면 '프란시스 커정에 따르면'이라는 말 다음으로 제일 먼저 하는 말이 되었습니다. 그는 자신의 모교인 ISIPCA에서 향수 창작 관련한 수업을 하면서 다음을 이끌어갈 조향사들을 양성하는 데에 최선을 다하고 있다고 했습니다.

"많이 줄수록 많이 받아요. 그것이 삶의 진실이고, 창작의 진실이에요. 창의적으로 주면 더 창의적으로 받습니다. 또한, 언제나 주는 삶이어야 한다는 것이 중요해요. 조금만 주면 조금밖에 받지 못해요. 또한, 주는 것의 퀄리티 또한 중요합니다. 왜냐하면, 그것이 결국 당신이 받을 퀄리티를 결정하기 때문입니다. 주고받는 것은 결

국 지속적인 에너지의 흐름이고, 마치 흐르는 물과 같아
요. 그건 마치 운명과도 같아요.”

그는 자신은 가르쳐주는 것을 좋아하며, 누군가가 자신에게
배우려고 하는 것에 감사해한다는 말도 덧붙입니다. 주는 삶이
오히려 더 많이 받는 삶이라는 커정의 말에서 삶에 대한 감사
함이 전해졌습니다. 졸업하자마자 만든 향수로 천재적이라는
말도 들었던 20대, 그때 기분은 어땠느냐는 제 말에 다른 프로
젝트 준비하느라 바빴고 지금도 전철 타고 출근하지만 알아보
는 사람은 아무도 없다며 웃었습니다. 파리의 전철 안에서 요
즘 사람들이 어떤 패션을, 어떤 컬러를 즐기는지 배우게 되어
좋다는 그는, 언제 어디서나 배우려고 하는 자세를 가진 사람
이었습니다.

언제나 최고의 향수를 찾고 있는 그는 좋은 향수란 향수를
뿌리고 길을 걸을 때 사람들이 좋은 향이라고 알아주는 것, 자
신을 말해주는 향이라고 말합니다. 그와 같은 조향사가 되고 싶
은 사람들에게 해줄 말이 없냐는 질문에 그는 대답합니다.

“음악회의 연주자들처럼 꾸준히 연습하고 연습해야 합니
다. 신념을 가지면서요.”

뉴욕 57번가와 7 에비뉴에 자리한 세계적인 공연장 카네

기홀Carnegie Hall에 가는 방법은 "연습, 연습, 연습Practice, practice, practice."이라는 유명한 이야기가 떠오릅니다. 그와 대화하는 내내 그가 얼마나 명확하고 정확하게 자기 생각을 설명하는 단어를 선택해서 말하는지 느낄 수 있었습니다. 다 먹고 난 후 속이 더부룩하지 않은 담백한 음식을 먹은 기분이 들었습니다. 가슴 속 감정이, 머릿속 생각이, 입이라는 통로를 통해 나오는 말이 매끄럽고 정갈하게 흐르는 듯했습니다.

동의를 얻어 스마트폰으로 대화를 녹음하고 있었는데 어떤 이유에서인지 녹음이 되지 않았습니다. 그와 헤어지고 그 사실을 깨닫자마자 집으로 돌아가 노트북을 켜고 그와의 시간을 복기했습니다. 그러고는 함께 프란시스 커정을 만났던 지인에게 확인했습니다. 그녀는 맞다고 말하면서 어떻게 이걸 다 기억해서 시간순으로 적었냐고 물었습니다. 그때 저는 건축가 자하 하디드Zaha Hadid를 비롯한 글로벌 아티스트들의 통역을 했고 파리로 가는 비행기 안에서는 알랭 드 보통Alain de Botton 작가의 인터뷰 음성 녹음을 번역했었습니다. 그 시간, 경험들이 쌓여서 복기가 가능했다고 지금도 생각합니다. 녹음에 '실패'한 것이, 그 시련이 나의 친구가 되어 내가 지나온 시간을 보여주는 계기가 된 것입니다. 그래서인지 저는 프란시스 커정의 향수를 이야기할 때 확신을 가지고 이렇게 말합니다.

"지극히 프랑스적인, 럭셔리 향수라는 것이 무엇인지 만나고 싶으시다면 메종 프란시스 커정에 가세요. 그가 창조한 **아 라 로즈**À la rose, **오우드**Oud, **아쿠아 유니버셜**Aqua Universalis에서 프랑스적인 럭셔리한 장미, 오우드가 무엇인지, 잔잔한 릴리 오브 더 밸리와 머스크의 화합이 무엇인지 명확하게 느낄 수 있답니다."

다른 향수와는 구별되는 그의 향수들을 만날 때마다 그와 함께 보냈던 파리의 이른 아침 시간이 떠오릅니다. "나는 과연 타인에게 무엇을 주고 있는가? 무엇을 줄 수 있는 사람인가? 무엇을 주고 싶을까?"라는 질문과 나의 말은, 나의 향분자는 무엇을 담아 날아가고 있을까 하는 생각과 함께요.

:

메종 프란시스 커정
www.franciskurkdjian.com

마스터 조향사,
라티잔 파퓨미에르L'Artisan Parfumeur의
빼뜨롱 뒤쇼푸Bertrand Duchaufour

1970년대 후반 문을 연, 니치 향수의 선구자로 여겨지는 라티잔 파퓨미에르. 영화 〈미 비포 유〉Me Before You에서 남자 주인공 윌이 여자 주인공 루이자에게 이야기하는 퍼퓨머리가 바로 라티잔 파퓨미에르입니다. 이 영화의 마지막 장면, 루이자가 떨어지는 낙엽과 함께 애정 어린 목소리로 낭독되는 편지글을 따라 걸어가다 멈춰 서 향수를 바라보는 바로 그곳입니다. 노란색, 검은색 스트라이프 패턴의 범블비bumblebee(호박벌) 타이츠를 좋아하는 루이자에게 윌이 추천하는 향수가 라티잔 파퓨미에르의 **라 샤스 파피옹** La Chasse aux Papillons 입니다. 시트러스하면서 과일의 달콤함과 플로럴함이 봄바람에 춤추듯 지나가고, 넓은 정원에서 가벼운 날갯짓을 하는 나비를 자유롭고 생동감 넘치게 쫓아가는 듯한 향수입니다. 향수를 누군가에게 추천하고 선물하는 아름다움을 이 영화의 마지막 장면에서 느낄 수 있습니다.

누군가의 숨결을 느끼며 걷는 그 발걸음을 채우는 향. 살아가면서 우리는 향수를 통해 그 기억과 함께 걷습니다. 지금 내 몸에 입히는 향수는 언젠가의 나를 위한 선물이 될 수도 있습니다. 지금 이때를 기억할 수 있게 해주는 선물이요. 돌이켜보니 많은 순간이 제게로 온 선물이었습니다. 그중 하나가 바로 라티잔 파퓨미에르의 마스터 조향사였던 빼뜨롱 뒤쇼푸를 만났던 시간입니다.

한국에서는 '송혜교 향수'로 유명한, 따스한 햇살이 오렌지 꽃과 함께 눈부시게 등장하는 펜할리곤스의 오렌지 블라썸 Orange Blossom 을 조향한 빼뜨롱 뒤쇼푸. 루브르 박물관 맞은편에 자리한 라티잔 파퓨미에르 매장 2층에는 당시 마스터 조향사였던 그의 작업실이 있었습니다. 2층에 놓인 긴 테이블 앞 창문으로 루브르 박물관을 보면서 라티잔 파퓨미에르의 글로벌 홍보 담당인 저스틴과 조향 인스트럭터 셀린느 그리고 그와 함께 작업하는 다른 조향사들에게 인사를 했습니다. 창작자들 중에는 예민한 사람들도 있다 보니 제가 빼뜨롱을 만날 때 주의할 점이 있는지 물었습니다. 저스틴과 셀린느는 상냥한 미소를 지으며 그는 타인을 편안하게 만들어주는 온화하고 멋진 사람이라며 마음 편하게 대화를 나누면 된다고 했습니다.

그들의 말 그대로였습니다. 빼뜨롱이 작업실로 들어왔고 하얀 가운을 입은 조향사들은 환한 미소와 함께 그와 이야기를 나눴습니다. 그림처럼 펼쳐지는 루브르 박물관이 보이는 창, 그 창을 통해 들어오는 파리의 아침 햇살, 빼뜨롱과 조향사들의 대화 소리, 저스틴이 내어준 커피의 향. 마치 꽃이 만개한 정원에 울려퍼지는 사람들의 웃음소리를 들으며 앉아 있는 듯했습니다. 그것이 저의 라티잔 파퓨미에르에서의 아침이었습니다.

　빼뜨롱 뒤쇼푸는 프랑스 동부 지역 출신으로 열여섯 살에 처음으로 파리에 왔습니다. 그는 파리에 와서야 비로소 아름다움이 어떤 것인지 알게 되었다고 합니다. 그가 기억하는 첫 향수는 그의 첫 번째 여자 친구가 쓰던 향수, **샤넬 No.19**이었습니다. 1883년 8월 19일에 태어난 샤넬에 대한 경의를 담아 출시된 그린 노트와 파우더리 노트의 대조가 멋진 향수로,[1] 출시 당시나 지금이나 그리 쉽게 접근할 수 있는 향은 아니지만 매혹적이고 감각적인 향으로 전 세계적으로 마니아층이 탄탄한 향수입니다. 이 향이 바로 그가 처음으로 반응한 향수였습니다. 하늘에서 종이 울리거나 한 것은 아니지만 그저 그 향에 반응했다고 합니다. 그는 향수를 수집하던 당시의 여자 친구 덕분에 향의 세계로 자신이 초대되었다고 합니다.

　그렇게 파리에서 아름다움과 향수에 대해서 알게 되었던 그즈음 빼뜨롱은 TV에서 조향사라는 직업에 대한 프로그램을 보고 놀랐다고 합니다. 지방시, 입생로랑이 직접 향수를 만드는 줄 알았는데 향수를 만드는 조향사란 사람들이 따로 있다는 것도 그때 처음 알았기 때문입니다. 그 프로그램을 본 순간 조향사가 되고 싶다고 느꼈고 프랑스 남부 니스 근처의 작은 마을에 있는 퍼퓨머리 공장에서 훈련생으로 일하는 친구를 붙들고 한 번만이라도 조향의 세계를 경험이라도 할 수 있게 해달라고 부탁했다고 합니다. 그때가 1985년이었고, 그는 훈련생으로 6개월 동안 그 공장에서 다른 조향사들과 함께 지냈습니다. 그게 첫걸음이었습니다. 열정적인 그였기에 출근 첫날부터 연구실에서 혼자 일할 수 있는 허가를 받았습니다. 그 공장의 조향사들이 비록 훈련생인 그를 위해 별도의 작업을 지원해줄 수는 없어도, 그가 혼자 실험실에서 작업할 수 있게 배려해주었습니다.

"진정으로 진지하고 열정적이었던 때였어요. 시간이 걸리더라도 조향사가 되고 싶었어요. 그저 그렇게 열심히 하는 것만이 내가 할 수 있는 방법이었고, 그렇게 지내다 보니 이 방법이야말로 내 자신을 향의 세계에 소개하는 가장 쉬운 방식이라는 것을 깨달았어요. 그렇게 3년이 지나고 파리에서 조향할 수 있는 기회를 갖게 되었고, 그 기회가 지방시, 디올 프로젝트로 이어졌어요."

조향 스쿨 ISIPCA를 졸업한 프란시스 커정과는 다른 조향사 커리어의 시작이지만, 향의 세계에서 자신만의 자리를 만들어 가는 것은 결국 스스로 꾸준히 일하고 노력하는 것이란 생각을 하게 됩니다.

"조향사로서의 재능에 대한 의문이요? 그런 의문을 가질 시간에 죽을 만큼 조향사가 되고 싶다는 저의 열정을 이루기 위해 노력했어요. 조향할 때는 시간이 흐르는 것을 잘 알지 못할 정도예요. 조향하기 위해 사람들과의 관계에서 계산을 한 적도, 정치를 한 적도 없어요. 그냥 진심을 다해 진지했고 공장의 사람들과 좋은 관계를 유지하기 위해 노력했어요. 이 사람이, 이 프로젝트가 내게 이득을 줄 건지 아닌지를 저울질하고 재단하기보다 제가 할 수 있는 일에 최선을 다했어요. 제가 하고 싶은 일이기에 제 모든 것을 걸었어요. 사람들은 모두 보고 있고 알고 있어요. 거짓인지 진실인지를요."

"두려움이 없다면 살아 있는 것이 아니라고 할 수 있어요. 우리는 두려움과 함께 살고 있어요. 두려움을 가진다는 것은 자연스러운 것이고, 근본적으로 매우 인간적인 것이에요. 두려움을 마주할 줄 알아야 해요. 쉽지 않지만 두려움을 마주한다는 것은 굉장히 고귀한 일이에요. 만약, 당신이 이제 막 시작하는 조향사라면, 자신만의 길을 가는 데 있어서 가장 중요한 것은 자신감이라고 말하고 싶어요. 또한, 타협하지 않는 것이 좋다고 말하고 싶어요. 물론 이건 매우 어려운 일이죠. 처음에는 많은 경험을 해야 해요. 경험의 양은 중요해요. 그리고, 열정적이어야 해요. 최고의 조향사들과 일을 하는 것은 컨트롤과 테크닉을 얻는 가장 좋은 방법이에요. 혼자 만든 작품이건 다른 조향사들과 함께 만든 작품이건 간에 모든 이들의 의견을 받아들이는 것이 중요해요. 그들의 의견을 수용하는 것 또한 매우 중요한 일이랍니다. 왜냐하면 그 모든 것을 겸허하게 받아들이면서, 나 자신이 혼자가 아니라는 사실을, 나와 똑같은 생각만 존재하지 않는다는 사실을 배우게 되니까요. 향에 대한 자신만의 작업, 전문성을 발전시켜나가는 것은 중요하죠. 매우 중요해요. 만약 충분히 경험한다면 적어도 10년에서 15년 정도 되면 이제 스스로 어떤 종류의 작업이건 통제할 수 있다고 말할 수 있을 거예요. 내가 나 자신만의 길을 스스로 만들어나갈 수 있다고 말이죠. 향수 회사의 훈련생이건, 조향 스쿨 학생이건 간에 저는 이렇게 조언할 거예요. 10년, 15년간의 경험에 대해 열정을 가지라고 말하고 싶어요."

그의 이야기는 꼭 조향사만이 아니라 자신만의 창작물로 세상을 살아나가길 꿈꾸는 디자이너, 음악가, 연기자 등 세상의 모든 창작자에게 해당됩니다. 그리고 창작자는 어떤 특정한 소수의 사람이 아닙니다. 일기를 쓸 때, 학교 숙제로 그림을 그릴 때, 부모님에게 감사의 편지를 쓸 때 등 우리는 모두 창작자입니다. 저 역시 막연히 두려워질 때, 일과 삶에 대한 열정이 사그라져갈 때, 마냥 무기력해지고 나만 뒤처져 있다고 느껴질 때 빼뜨롱의 말을 떠올립니다.

"열정이 없으면 저는 죽은 사람이에요. 저는 훈련생으로서 제가 맡은 모든 종류의 향, 사용할 수 있는 모든 물질, 인공적인 것, 자연적인 것들을, 그 모든 것을 기억하기 위해 노력했어요. 매 순간 제게 주어진 모든 것에 관심을 갖고, 열정적으로 알고 싶어 했어요. 지금도 마찬가지예요. 여전히 기억나요. 그 공장에 들어간 첫날 뛰던 가슴을요. '나는 여기에 머물고 싶어.'라고 속으로 생각했어요. 저는 언제나 도전을 찾는 그 열정이 주는 충만함을 받아들여요. 어린 조향사로서 가졌던, 그 첫 열정의 감정을 유지하기 위해 노력하고요. 그리고, 열정을 유지하는 것만큼이나 중요한 것이 바로 겸손함을 유지하는 것이에요. 겸손하지 못하면 진화할 수가 없어요. 무언가 새로운 것을 얻거나, 새로운 무언가를 창작하는 것 자체가 어려워져요. 놀랍게 들리겠지만, 스스로의 결점을 수용해야 해요. 나 자신이 틀릴 수 있다는 것을 받아들여야 해요. 내가 잘못할 수 있다는 것, 대단한 것을 만들 수 없을지도 모른다는 것을 말이죠. 만약 그걸 받아들이지 않는다면 절대로 나아갈 수가 없어요. 친구들, 친척들, 파트너들, 고객들이 심지어 "넌 정말 대단해", "네가 최고야!"라는 말을 할 때조차도 겸손해야 해요. 그런 것에 넘어가면 교만해지기 매우 쉬워요. 저는 제가 하는 일에 있어서 교만해지지 않고, 겸손해지기를 바라요. 그저 제가 만들어낸 성공이 놀라울 따름이에요. 하지만, 저는 처음과 같은 열정을 가지고 계속 제 일을 해나가고, 언제나 다음을 위해서 최선을 다해요. 그래서 제가 만든 최고의 향수는 언제나 제가 다음에 만들 향수라고 생각해요."

그와의 대화는 몹시 춥고 배고픈 어느 겨울날, 한참을 걷다가 겨우 발견한 식당 안에 들어갔을 때와 같은 안도감을 주었습니다. 우리는 그저 그런 두려움도 함께 받아들이면서 뜨거운 열정, 따스한 겸손을 가지고 앞으로 나아가야 한다는 것도 배웠습니다. 여전히, 처음 그때처럼 향수를 창작하는 그에게 어찌 큰 두려움이 없었을까요. 그저 덤덤하게 겸허히 받아들이고, 좋아하는 일을 할 수 있음에 감사하며, 겸손하게 자신이 지금 할 수 있는 일에 최선을 다하는 그와의 대화를 떠올리면 마음의 온도가 올라가는 듯합니다.

당시 라티잔 파퓨미에르의 본사는 영국에 있었고 이날의 만남을 위해 파리로 온 홍보 담당자 저스틴은 빼뜨롱과 함께 전 세계 조향사들의 모임에 참석하면서 빼뜨롱처럼 열정을 유지하고 또 그만한 자리에서도 겸손한 자세로 사는 것이 얼마나 아름다운지를 알게 되었다고 했습니다. 점심을 함께하고 다시 돌아온 라티잔 파퓨미에르 매장에서 조향 인스트럭터 셀린느는 제게 라티잔 파퓨미에르의 **뉘 드 튜베로즈**Nuit de Tubereuse를 보여주었습니다. 그녀는 뉘 드 튜베로즈를 만나기 전까지는 자신에게 인생 향수는 없었다고 했습니다. 처음 라티잔 파퓨미에르에서 일하게 되었을 때 빼뜨롱이 자신이 작업하는 향수라면서 시향을 하게 해주었고 이렇게 말했습니다. "이 향을 맡자마자 매우 자연스럽게, 작은 빛이 나에게만 비추듯이 그렇게 따뜻하게, 부드럽게 그리고 거리낌 없이 나를 안아주었어요. 제 코가 시원하게 열리는 기분이 들었어요. 마치 정원에서 하루 종일 보내고 난 후 집 안에 들어와 부츠를 벗을 때 그 자유로운 기분과 함께 온몸이 편안해지는 기분이 들었어요. 바로 그때 알았어요. 이 향수야말로 바로 내가 찾던 나의 진정한 향수라는 것을요."

자신의 인생 향수를 만든 조향사와 함께 일하는 것, 그리고 존경하는 조향사와 일하는 것이 행복하다는 셀린느를 보면서 파리의 겨울이 따스하고 향기롭게 느껴졌습니다. 데오도란트조차 향이 없는 것으로 고르는, 항상 아무런 향을 입지 않고 자신을 빈 도화지로 놓아두는, 진심으로 자신이 하는 일을 사랑하고, 겸손하게 주변 사람들을 대하는 사람. 빼뜨롱에게 따라온 성공은 어쩌면 당연한 건지도 모르겠습니다.

빼뜨롱이 조향하고 셀린느의 인생 향수이기도 한 라티잔 파퓨미에르의 뉘 드 튜베로즈Nuit de Tubereuse는 딥티크의 향수 도손Doson보다 선이 얇고 섬세한 튜베로즈 향수를 추천해달라는 분들에게 제가 추천하는 향수입니다. 잔잔한 파도 같은 스파이시함을 가진 **펜할리곤스**의 **로테어**Lothair, 열정적인 작업실 느낌 가득한 펜할리곤스의 **사토리얼**Sartorial, 오래된 교회의 향이 나는 듯한 앰버·우디의 **꼼 데 가르송**Comme des Garçons의 **아비뇽**Avignon, 자연스러운 동남아시아의 밤, 화이트 플라워로 가득 찬 정원 같은 **그란디플로라**Grandiflora의 **퀸 오브 더 나이트**Queen of The Night의 향에서 그의 열정을, 향수와 사람에 대한 따스한 애정을 만나게 됩니다. 그의 향수들에서는 두려움에 잠식당하기보다 원하는 것을 이루기 위해 열정을 쏟으라는 따스한 그의 목소리가 들리는 듯합니다.

:

라티잔 파퓨미에르

www.artisanparfumeur.com

니치 향수 선구자,
파퓸 드 니콜라이 Parfums de Nicolaï의
파트리샤 드 니콜라이 Patricia de Nicolaï

니치 향수 시대를 연 선구자 격인 파트리샤 드 니콜라이의 파퓸 드 니콜라이 Parfums de Nicolaï 향수를 처음 만난 것은 파리에서였습니다. 파리의 마레 지구, 조용한 아침 산책 길에 만난 파퓸 드 니콜라이는 당시에는 한국에 수입되지 않은 브랜드였습니다. 이 때문에 저는 더욱 궁금증을 가지고 그곳에 들어가 시향했었습니다. 그 순간들이 지금도 기억납니다. 시간이 흘러 창업자인 그녀를 만난 곳은 서울 파크 하얏트에서 열린 니콜라이의 향수 론칭 행사에서였습니다. 향수의 도시 그라스의 리비에 해변의 곶, 그 위에 핀 비터 오렌지 나무 꽃, 네롤리가 산뜻하게 등장하는 니콜라이의 향수, **케이프 네롤리** Cap Néroli 출시를 기념하는 자리였습니다.

향수 명가 겔랑 집안에서 태어나 ISIPCA를 졸업한 그녀는 1988년 프랑스 조향사 사회 French Society of Perfumers 에서 수여하는 젊은 퍼퓨머 Young Perfumers 국제상을 받는 최초의 여성 조향사가 됩니다. 1989년, 그녀는 자신의 브랜드를 론칭합니다. 초창기 그녀의 공간에서는 방문한 사람들이 그녀가 직접 조향하는 모습을 볼 수 있었습니다.[2] 따스한 미소를 지닌, 품위 있는 말솜씨가 포근하기까지 했던 그녀는 여행할 때, 향의 원료가 되는 존재를 만날 때 향수 창작의 영감을 얻는다고 말했습니다. 사진을 핸드폰에서 찾아 보여주면서 "이 나무예요, 케이프 네롤리에 영감을 준 비터 오렌지 나무요."라며 환하게 웃으며 말씀하시던 그 모습이 떠오릅니다. 그녀는 조향하면서 힘이 들 때마다 어렸을 때부터 어머니께서 해주셨던, "노력하고 또 노력해라. 노력은 배반하지 않는다."라는 말씀을 떠올리며 기운을 냈다고 합니다.

그녀는 2008년 프랑스의 퍼퓸 기록 보관소인 오스모테크 Osmothèque의 대표가 됩니다. 약 100년 전 향수까지 보관되어 있는 오스모테크에는 현재는 '멸종위기에 처한 야생동식물종의 국제거래에 관한 협약CITES'에서 보호하는[3] 머스크musk(사향)[4]와 같은 원료들이 있습니다. 약 4,000여 개의 향수 중에는 이제 더 이상은 만날 수 없는 향수 약 800여 개가 포함되어 있습니다. 그녀가 살면서 맡아온 향료, 향수들은 제가 상상할 수 있는 것보다 훨씬 많을 것입니다. 야생의 머스크 향을 맡아 본 적 없는 제게 그녀는 프랑스에 오면 베르사유의 ISIPCA에 자리한 오스모테크에 방문해달라고 했습니다.

처음 파퓸 드 니콜라이를 오픈했을 때, 원료는 물론 향수병이나 각종 부자재 수급을 하는 것이 너무 힘들었다고 합니다. 그녀가 겪었을 그 어려움들을 지금 제가 겪고 있어 그런지 너무도 잘 이해되었습니다. 작은 규모의 회사가 맞닥뜨리는 문제는 예나 지금이나 크게 다르지 않으니까요. 그래도 그녀가 론칭했던 시대보다 좋아진 점은 소규모로도 제조할 수 있는 곳들이 늘어나고 있고, 대형 언론사가 아니어도 개인이 온라인 소통 채널에서 직접 고객들에게 자신을 알리고 판매를 할 수 있다는 것입니다. 제가 누리는 것들은 세상에 없던 것을 만들어내기 위해 먼저 길을 만들고 걸어간 사람들이 있기에 가능한 것입니다. 그래서 고맙습니다.

니콜라이 향수병에는 인장이 달려 있습니다. 향수의 퀄리티가 만족스럽다고 인정될 때 직접 사람이 손으로 인장을 찍어 향수병 뚜껑 하단에 묶는 포장 방식을 여전히 고수하고 있습니다. 전통적인 프렌치의 면모를 만날 수 있는 디자인입니다. 이날 행사장에서 직접 동그란 원에 문장을 찍어보면서 생각보다 쉽지 않음을 알았습니다. 파퓸 드 니콜라이는 작은 것 하나에도 집중하는 브랜드입니다. 조향사가 되기를 꿈꾸는 이들을 위한 조언을 부탁한 제게 그녀는 말했습니다.

"프랑스로 오세요. ISIPCA 이외에도 많은 곳에서 조향을 배울 수 있습니다. 아무래도 프랑스가 향수에 있어서는 더 많은 경험과 기술을 가지고 있습니다. 그러니 이곳에 오셔서 직접 배우시는 것이 더 좋을 것이라고 생각합니다."

그녀에게 향수란 어떤 의미인지를 물었습니다.

"향수는 여자와 남자를 꾸며줘요. 여러분의 패션을 마무리하는 손길과 같아요. 또한 기억의 영혼이에요, 기억의 영혼. 당신이 누군가를 사랑할 때, 그 향을 기억할 수 있다면 그 사람을 볼 수 있어요. 그 사람을 다시 한번요."

그녀의 이 말은 향수의 본질을 말하는 한 편의 시 같았습니다. 제 말에 그녀는 온화하고 부드러운 미소로 고맙다고 했습니다. 상큼한 오스만투스의 과일과 꽃을 만나는 무화과 향기가 매력적인 **휘그 티** Fig Tea, 짙고도 깊은 머스크를 만나는 **머스크 인텐스** Musk Intense, 시트러스하고 달달한 프루티 향수인 **엔젤리스 페어** Angelys Pear, 시트러스한 **세드라 인텐스** Cedrat Intense와 같은 니콜라이의 향수를 통해, 그녀가 말한 눈에 보이지 않는 향을 통해 보이지 않는 것을 보는 마법을 경험해보세요. 기억의 영혼을 만날 수 있는 것이 향수라고 말하는 그녀와의 시간은 제게 아름답고 우아한 공기를 만들어내는 한 여성이자 한 사람이 되고 싶다는 생각이 들게 했습니다.

:

파퓸 드 니콜라이
www.pnicolai.com

이솝Aesop의 향수를 만든 조향사
바나베 피용Barnabé Fillion

아직 한국에 이솝Aesop 매장이 없던 시절, 공기가 몸을 누른다고 느껴질 정도로 무더운 홍콩의 여름 거리에서 이 호주 태생의 브랜드를 만났었습니다. 유리창 너머로 보이는 이솝 매장 안을 보면서 '갤러리인가?' 하는 궁금함에 문을 열고 들어갔고, 공간 안을 채우던 이솝 특유의 짙은 초록의 향이 저를 맞이했습니다.

이솝은 2005년에 따스한 클로브, 카다멈의 스파이시한 **마라케시**Marrakech, 2015년에 시트러스한 흙내음 같은 **테싯**Tacit, 2017년에 히노키 숲을 떠오르게 하는 **휠**Hwyl, 2020년에 짙은 초록, 나무, 흙과 함께하는 장미의 **로즈**Rozu를 출시했습니다.

저는 한국에서 이솝 행사에 초대받아 가게 되었습니다. 이솝의 행사들, 특히 그중에서도 향수 행사는 뇌리에 강하게 남아 있습니다. 2017년 뜨거운 태양이 강렬했던 그러나 다행히 습하지는 않았던 늦여름의 어느 날, 길을 잃었나 착각하며 걷다 한남동의 오래된 낡은 단독주택 앞에 도착했습니다. 겉에서 봤을 때 이솝 행사가 있을 거라고 상상하기 어려운 그런 장소였습니다. 계단을 올라가 문을 열고 들어간 순간 만나게 된 것은 이솝

횔의 향기, 노출 콘크리트 벽, 그 아래를 웅장하게 채우던 거룩한 초록빛을 가진 이끼였습니다. 책은 표지만으로 알 수 없고, 사람 또한 외향만으로는 알 수 없듯이 보이는 것과 보이지 않는 것의 차이가 놀라움을 선사하는 순간, 분주한 도심 서울에서 깊은 숲속에 들어온 듯한 착각이 들었습니다. 높은 층고, 초록색 이끼 자욱한 바닥, 오래된 가옥의 공기를 타고 오는 이솝 횔의 향. 그 향을 맡으며 먹은 양갱과 풀잎으로 싼 밥에서 나던 간장, 참기름 향과 꿀을 넣은 솔잎차를 마시던 시간은 바쁘게 돌아가는 일상이 멈춘 듯한 순간이었습니다. 이솝의 횔 향을 맡을 때마다 푸른 이끼의 숨소리가 귀에 들리는 듯했던 그때 그 순간으로 되돌아가곤 합니다.

　이솝의 행사는 늘 그런 놀라운 순간을 선사합니다. 신사동 가로수길 이솝 플래그십 스토어에서 열렸던 '에피스테메 Episteme' 전시에서는 육체가 가진 감각에 대한 관점을 거대한 천 설치물로 보여주었습니다. 복합성 피부를 위한 인 투 마인즈In Two Minds 론칭 행사 때는 나뭇결, 메탈, 세라믹 각각의 표면감을 직접 만져서 느끼게 해주었습니다. 애니그마틱 마인드Enigmatic Mind 홀리데이 컬렉션 행사에서는 사회심리학 강의를 통해 인간과 인간이 속한 사회에 대한 이야기를 듣기도 했습니다. 상업적인 제품이 예술 작품 속에서, 우리의 감각기관 속에서, 사회심리학 속에서 다채롭고 우아하면서도 정갈하여 충분히 이솝스럽게 이솝을 만날 수 있어 좋았습니다.

2021년 뜨거운 여름, 이솝의 새로운 향수 론칭 행사에 초대받았습니다. 제게 날아든 것은 바다의 소금 내를 품은 다시마와 1851년 출간된 허먼 멜빌Herman Melville의 소설 『모비딕』Moby-Dick 영문판이었습니다. 다시마와 『모비딕』이라니. 어떤 향수일까 궁금한 마음으로 간 곳은 문래동이었습니다. 금속 기계 관련 상점들을 지나 도착한 곳은 거대한 공사 현장이었습니다. 놀라지 않았습니다. 이솝이니까요. 검정 옷을 입은 행사 진행자의 길 안내를 받아 한참을 걸어서 들어간 곳은 더는 사용하지 않는 거대한 공장이었습니다. 그곳에서 이솝의 새로운 향수 아더토피아Othertopia 컬렉션을 만났습니다. 거대한 회색 시멘트 벽, 건물 3층 정도의 높은 층고, 높은 천장에서 사선으로 내려오던 한 줄기 여름 햇살. 막힌 곳 없이 탁 트인 너른 공간은 세 개의 공간으로 구성되었고 각 구역에는 장막이 처져 있었습니다. 장막 커튼을 열고 들어서니 벽에서 역동적으로 움직이는 파도가 나타납니다. 저절로 입이 벌어지는 압도적인 규모였습니다. 파도를 치게 하는 그 힘찬 기운이 느껴집니다. 바다 한가운데를 표현한 이 첫 번째 공간의 공중에 떠 있는 하얀색 원형 오브제 가까이 가니 아더토피아 컬렉션의 향수, 라다넘의 스파이시함, 다시마의 바다 향이 더해진 **미라세티**Miraceti의 향이 파도를 타고 제게 옵니다. 사납게 포효하는 거대한 파도를 정면으로 마주한 채, 나무 갑판 위에서 파이프를 물고 그 파도를 날카롭게 응시하는 선장에게서 날 듯한 향입니다.

두 번째 장막을 여니 파도와 육지가 만나는 해변 영상이 잔잔하게 등장합니다. 파도를 이겨낸 후 미라세티 향이 나는 선장의 배에서 내려 물 아래가 보이는 얕은 해안가에 맨발로 육지를 향해 걸어가는 기분이 듭니다. 그렇게 마치 비 오는 날, 숲 속을 걷는 듯한 로즈메리의 허브 향과 샌달우드와 시더의 우디함이 존재하는 향수, **카르스트**Karst를 만났습니다.

마지막 장벽에서는 초록의 숲이 장엄하고 아름답게 나타났습니다. 어느덧 해변을 지나 육지의 숲에 도착한 것입니다. 높고 거대하게 탁 트인 공간이었습니다. 정면으로 보이는 푸른 숲 영상을 바라보는 것만으로도 마음의 결이 부드러워지는 듯했습니다. 갈바넘, 아이리스, 유자 노트가 선사하는 자연의 아름다움을 만나는 향수, **에레미아**Eremia. 휠 향수처럼 온전히 초록만 보이는 것이 아닌 이 자연의 숲 너머로 인간이 만든 인공적인 도시를 바라보는 기분을 갖게 하는 향수입니다. 그렇게 바다에서 육지로 넘어오는 듯한 경험을 구현해낸, 탄성이 절로 나오는 이솝스러운 아더토피아 향수들을 경험했습니다.

이솝의 휠, 로즈, 아더토피아 컬렉션 등을 창작한 조향사 바나베 피용Barnabé Fillion을 만난 것은 2017년의 어느 날이었습니다. 1953년에 출시된 스카치 위스키 브랜드인 로얄 살루트Royal Salute[5] 덕분이었습니다. 그를 만난 곳은 인천 파라다이스 시티 호텔에 세계 최초로 문을 연 로얄 살루트 라운지 '로얄 살루트: 더 볼트Royal Salute: The Vault' 론칭 행사장이었습니다. 라운지의 검은색 내부 벽면은 영국에서 가져온 오크 나무로, 로얄 살루트 특유의 오크 우드와 가죽의 향을 만날 수 있었습니다.

숙성 바Maturation Bar에는 위스키가 숙성되는 연수 별 위스키 원액이, 그 앞에는 실제 위스키를 숙성할 때 사용되는 오크통 나무가 놓여 있었습니다. 숙성 기간이 40년 가까이 되면 위스키 양은 훅 줄어듭니다. 매년 공기 중으로 증발하는 약 2%의 위스키 원액을 '천사의 몫 Angel's Share'이라고 부릅니다. 위스키 좋아하는 천사가 가져간 덕분에 40년이 지나고 나면 처음 오크통에 있던 원액은 20%만 남는다고 합니다. 시간의 흐름이 선사하는 낭만입니다. 21년 이상의 위스키만으로 만드는 로얄 살루트는 매일매일 빠르게 바뀌는 지금을 살면서 21년 후를 상상해야 하는 사업입니다. 위스키가 숙성되는 시간만큼 위스키 원액은 줄어들지만 위스키의 색은 더욱 짙어집니다. 그건 마치 나이가 들수록 더욱 짙고 깊어지는 우리의 인생을 닮았습니다. 그래서 로얄 살루트를 마실 때, 처음에는 향을 마시고, 그다음은 시간을 마신다고들 합니다. 특유의 가을 공기 묻은 오크 우드 연기 속에는 풍성한 과일의 경쾌함, 부드러운 꽃, 헤이즐넛 향을 품은 위스키의 향이 담깁니다.

라운지의 올팩토리 바Olfactory Bar에서는 바로 이 향들을 만날 수 있었습니다. 종처럼 생긴 하얀 포셀린porcelain(자기) 여러 개가 놓여 있었고 그걸 들어 올리면 종의 몸통을 채운 로얄 살루트의 향을 맡을 수 있었습니다. 21년산, 다이아몬드 트리뷰트

Diamond Tribute, 이터널 리저브The Eternal Reserve, 38년 숙성의 스톤 오브 데스티니The Stone of Destiny, 숙성 기간 40년 이상의 62 건 살루트62 Gun Salute 순으로 갈수록 향은 짙고 풍성해집니다. 마치 헤이즐넛 초콜릿 향이 순도 높은 다크 초콜릿으로 진하게 변해가듯이요.

38년의 시간을 거친 스톤 오브 데스티니 향을 맡으니, 라운지 오픈 전 해에 초대받았던 로얄 살루트 제주도 행사에서 13대 아가일 공작인 토크힐 이안 캠벨Torquhil Ian Campbell 이 주최한 저녁 만찬이 떠올랐습니다. 아가일 패턴을 만든(17세기 5대 아가일 공작)[6] 그 아가일 가문으로 스코틀랜드에서 영국 엘리자베스 2세 여왕을 대표하는 역할을 수행하는 가문입니다. 폴로 경기 관람을 마치고 저녁 만찬장으로 가니 한 줄에 약 40명 정도의 참석자가 앉을 수 있는 긴 테이블 위에는 장미꽃과 푸른 잎들이 제주도의 밤하늘과 어우러져 있었습니다. 셰프 에드워드 권의 요리와 함께 나왔던 로얄 살루트 스톤 오브 데스티니는 일반적인 찻잔보다 훨씬 높이가 낮은, 양손으로 잡을 수 있는 날개가 특징인 스코틀랜드 전통 잔인 퀘이크quaich 라 불리는 은색 잔에 담겨 나왔습니다.

아가일 공작은 참석자들에게 하얀 덮개가 씌워진 의자 위로 신발을 벗고 올라서 달라고 요청했습니다. 턱시도 차림의 남자들과 이브닝드레스를 입은 여자들, 그리고 검정 브이넥 롱드레스에 하이힐을 신고 있던 저도 구두를 벗고 의자 위로 올라섰습니다. 공작의 가이드에 따라 다 함께 원샷을 하고 퀘이크 잔을 머리 위에 왕관처럼 썼습니다. 격식 있게 차려입은 주한 영국 대사와 영사를 포함한 참석자 전원이 의자 위에 올라서서 동시에 잔을 비우고 머리 위에 잔을 뒤집어쓰니 절로 웃음이 나왔습니다. 목으로 넘기기 전 만나는 로얄 살루트 38년산이 가진 오크의 향이 사람들의 웃음소리와 머리 위 퀘이크 잔의 무게와 함께 기억이 납니다.

로얄 살루트 라운지에는 마치 영화 〈킹스 맨: 시크릿 에이전트〉The Secret Service(2015)에서와 같은 비밀스러운 방이 있었습니다. 짙은 회색 벽의 그 방은 런던 최고 건축가로 손꼽히는 샐리 맥케레스Sally Mackereth가 디자인한 공간으로, 재즈 음악이 흐르고 있었고 1969년 카나번 성에서 열린 웨일스 공인 찰스 왕자 임관식 때 쓰인 의자가 놓여 있었습니다.

로얄 살루트 위스키에 5월의 장미, 그것도 향수에서 애용하는 센티폴리아 장미를 넣은 웰컴 칵테일이 나왔습니다. 이 칵테일의 이름은 로얄 로즈Royal Rose로 엘리자베스 2세 여왕의 탄생 90주년을 기념하기 위해 만들어진 것입니다. 스모키한 오크 우드의 향을 가진 로얄 살루트와 센티폴리아 로즈의 만남은 향수처럼 향기롭습니다. **조 말론의 잉글리쉬 오크 앤 헤이즐넛** English Oak & Hazelnut과 상큼함을 가진 다마스크 로즈와 센티폴리아 로즈를 가진 장미 향수, **딥티크 오 로즈**Eau Rose 또는 **이솝의 로즈**를 레이어링하면서 로얄 살루트를 마시면 이 칵테일을 닮은 향을 만날 수 있을 듯합니다.

　웰컴 드링크를 다 마실 때쯤 이솝의 여러 향수를 만든 조향사이자 로얄 살루트의 크리에이티브 어드바이저로 '로얄 살루트: 더 볼트'의 룸 퍼퓸을 조향한 바나베 피용이 등장했습니다. 위스키 블렌딩과 향수 블렌딩은 향을 완성해낸다는 점에서 닮았습니다. 물론 향수는 최근에 증류한 신선한 원료를 사용하지만, 로얄 살루트는 모든 위스키가 최소 21년 이상 숙성된 것이 원료라는 점이 다르지만요.

　로얄 살루트 올팩토리 스튜디오 Royal Salute Olfactory Studio를 큐레이션한[7] 바나베 피용이 로즈 에센스, 베르가못, 버번 베티버 bourbon vetiver와 로얄 살루트 위스키를 넣은 칵테일을 직접 만들어주었습니다. 그는 칵테일을 만드는 데 사용한 이 원료들을 하나하나 건네주며 시향하게 해주었습니다. 공간 전체의 공기에서 은은하게 흐르는 로얄 살루트의 향을 베이스로 삼으며 맡는 로즈, 베르가못, 버번 베티버는 평소와는 사뭇 달랐습니다. 본초학을 공부했던 그가 차분한 목소리로 각 원료에 관해 설명해주었습니다. 그걸 듣고 시향하던 시간의 향은 그 공간을 채우던 로얄 살루트의 향과 함께 기억됩니다.

　"위스키는 향으로 마셔요."

　그는 이렇게 말하며 40년 이상 숙성된 62 건 살루트를 건네주었습니다. 마흔이란 나이를 불혹不惑, 미혹되지 않는 나이라고 합니다. 쉽게 현혹되지 않는, 중심을 가지며 살아가기 시작하는 나이, 살아온 삶을 투영하는 자신의 얼굴에 책임지는 시간이기도 합니다. 62 건 살루트는 굳게 흔들리지 않는 뿌리를 가진 오크와 다크 초콜릿, 에스프레소의 향을 선사합니다. 그러면서 유혹에 흔들리지 않는 여유로운 미소를 가진 과일 노트들이 나타납니다. 그렇게 향을 음미하며 느낌을 나누었습니다. 그러는 중에 신선한 수박, 파인애플과 같은 과일, 치즈, 빅토리아 여왕과 알버트 공의 결혼을 축하하기 위해 만들어진 프린스 알버트 비프 요리가 나와 영국 만찬을 맛보았습니다. 행사가 끝난 후에 바나베 피용에게 '로얄 살루트: 더 볼트'의 룸 퍼퓸을 선물로 받았습니다. 덕분에 그 순간으로 시간여행을 하고 싶을 때는 그 룸 퍼퓸을 열곤 합니다. 그렇게 그때 그 공기 속으로 다시 돌아가 시간의 향기를 만납니다.

:

이솝
www.aesop.com

50

불가리 Bvlgari 향수들을 조향한
소피 라베 Sophie Labbé

이탈리아 명품 보석 브랜드인 불가리 Bvlgari의 스플랜디다 컬렉션 Splendida Collection 향수에는 로즈의 **로즈 로즈** Rose Rose, 재스민의 **재스민 느와** Jasmin Noir, 아이리스의 **이리스 도르** Iris d'Or가 있습니다. 이 플로럴 향수들의 한국 론칭 행사에서 향수를 창작한 마스터 퍼퓨머 소피 라베 Sophie Labbé를 만났습니다. 그녀는 1987년 ISIPCA를 최고의 성적으로 졸업하고, 지보단 Givaudan, IFF International Flavors and Fragrances Inc를 거쳐 현재는 세계적인 조향 회사 퍼미니쉬 Firminich 소속입니다. 그녀는 향수를 만드는 것은 정원을 다듬는 것과 같이 사랑과 인내, 그리고 숙련된 기술이 필요하다고 했습니다. 온화한 눈빛과 미소를 가진 그녀와 함께 각 향수의 주인공인 로즈, 재스민, 아이리스 원료와 함께 그녀가 조향한 세 가지 향수를 시향했습니다. 그녀가 직접 묻혀주고 건네준 시향지로 말이죠.

로즈 로즈는 다마스크 로즈 앱솔루트, 로즈 페탈꽃잎 에센스가 선사하는 풍요로운 장미가 샌달우드 우디노트와 함께해서 고혹적인 느낌을 완성하는 향수입니다. 재스민 느와는 주인공인 인디언 삼박 재스민을 둘러싸고 아래에서 등장하는 아몬드, 흩날리는 눈송이가 살포시 앉은 듯한 패출리가 관능적인 우아함을 선사합니다. 아이리스 향수 이리스 도르는 파우더리한 이리스아이리스, 바이올렛 리프 앱솔루트, 그리고 미모사가 만나 매끄러운 듯, 가루처럼 흩날리는 듯한, 익숙한 듯 익숙하지 않은 향입니다.

"2011년 출시된 불가리 재스민 느와를 조향했습니다. 그렇기 때문에 이번 스플랜디다 컬렉션의 재스민 느와를 재해석하기 위해 여러 시도를 했어요. 제 딸이 입은 재스민 느와의 잔향을 만나면서 '그래. 재스민 느와는 그 자체로 완벽한 재스민 느와다. 무언가를 더할 필요 없이, 재스민 느와가 가진 그 자체를 최대한으로 만들어보자.' 라고 느꼈어요."

같은 콘셉트의 향을 시간이 흘러 다시 새롭게 만들기 위해 노력하는 것, 가지고 있는 장점을 극대화하는 작업은 또 하나의 도전이었을 겁니다. 브이넥 블랙드레스를 입은 소피 라베는 우아하고, 겸손하고, 따스한 미소와 말솜씨로 자신이 만든 향수를 설명해주었습니다. 그래서 제게 스플랜디다 컬렉션의 플로럴 향수들은 그녀처럼 부드러운 품위를 가진 프랑스 여인에게서 자연스럽게 흐를 것 같은 로즈, 재스민, 이리스 각각을 만나게 해주는 향수입니다. 엄마가 만든 향수를 딸이 입는, 세대를 넘어서도 흐르는 꽃의 향기입니다.

:

불가리
www.bulgari.com

2.

향수 브랜드 창업가

마스터 조향사들의 향수 출판인,
에디션 드 파퓸 프레데릭 말Editions de Parfums Frederic Malle의
프레데릭 말Frederic Malle

"저를 잘 표현해주는, 하나의 세계관을 가진 향수를 만나고 싶어요."라는 질문을 받으면 "프레데릭 말에 가세요. 세계 최고의 조향사들이 만든, 향의 세계관이 확고한 향수들이 있어요. 다른 향수로 대체할 수 없는 향수들이랍니다. 그곳이라면 당신을 잘 나타내주는 향수를 찾을 수 있을 거예요."라고 주저 없이 말씀드립니다.

몽 따보호Mont Thabor가에 묵직하게 자리 잡은 에디션 드 파퓸 프레데릭 말의 향수 여정은 크리스챤 디올 향수를 설립한 그의 할아버지에서부터 이어져 옵니다. 프레데릭 말은 2000년 출시 당시만 해도 상당히 파격적인, 향수 브랜드 최초로 향수병에 조향사들의 이름을 넣은 라벨을 선보이며 등장한 니치 향수 브랜드입니다. 아무도 관심을 갖지 않던 조향사들을 전면에 드러내고, 조향사들에게 제작 기간, 원료비에 제한을 두지 않고 무한한 자유를 주어 제작을 하는 방식으로 조향사들 스스로가 만족하는 향이 완성되었을 때에만 세상에 출시합니다. 그럴기 때문에 프레데릭 말의 향수들은 다른 곳에서 만날 수 없는 하나의 세계관을 완성했습니다. 프레데릭 말, 그의 말대로 자신은 편집장, 출판인이고, 조향사들은 저마다의 책을 쓰는 작가들입니다. 그래서 마치 책을 출간하듯이 저마다의 개성을 가진 조향사들이 향수를 출판하는 퍼퓨머리인 셈입니다. 프레데릭 말에서 새로운 향이 등장하면 어떤 조향사인지, 어떤 향인지 전 세계 마니아들은 설렙니다.

육중한 문을 열고 들어가니 학생들에게 다정한, 권위 있는 교수님의 서재 같은 매장입니다. 매장 정면에는 거대한 향수 냉장 보관고가, 왼편에는 프레데릭 말의 시그니처와도 같은 시향 캡슐이, 오른편에는 12명의 조향사들의 흑백 포트레이트 사진이 걸려 있습니다. 저는 그곳에서 매장을 관리하는 퍼퓸 스쿨 출신의 클레어와 프레데릭 말의 커뮤니케이션을 담당하는 베레니스를 만났습니다.

"매장 안에 있는 그림, 조각, 책들은 모두 프레데릭 말 그의 개인 서재에서 가져온 것이에요. 그는 자신의 매장에 들어오는 모든 사람이 자신을 개인적으로 친밀하게 느끼기를 원하거든요. 그리고, 이 공간은 깨끗하게 향을 비웠다고 보시면 돼요. 우리의 목적은 이곳에 오신 손님들에게 가장 잘 어울리는 향을 선사하는 것이에요. 특정한 향이 그런 작업을 방해할 수 있어서 환기에 신경을 쓰고 있어요.”

매장 안에 들어갔을 때 뭐라 특징지을 만한 향분자를 만나지 않은 것이 신기했는데 그 이유를 단번에 알 수 있었습니다. 매장 안에 있는 시향 캡슐, 유리로 만들어진 텅 빈 원통에 향수를 분사하고 그 안으로 얼굴을 넣으면 캡슐 안을 채운 향수의 향을 온전하게 만날 수 있습니다. 다른 사람들의 체취, 다른 제품의 방해 없이 말입니다. 온전히 향수병에 담긴 그 향만을 만날 수 있게 설계된 것이 바로 이 시향 캡슐입니다.

“프레데릭 말이 직접 이 시향 캡슐을 디자인했어요. 그는 사람들이 향수를 뿌리고 난 후 곧장 평가하고, 곧바로 구매하는 것을 염려해요. 향수란 것은 시간이 지나면서 달라지는 것이 본성인데 그것을 제대로 순수하게 느끼기 어려우니까요. 하지만, 아무 향이 없는 이 시향 캡슐 안에 뿌리고서 시간이 조금 흐른 후에 향을 맡으면 가능해요. 그 향이 본래 펼쳐내고자 했던 창작자의 세계를 느낄 수 있어요. 시향 캡슐은 바로 그 순수한 향 본연의 세계를 고객들에게 전달하는 통로와도 같아요. 아시겠지만 향수는 톱노트, 미들노트, 그리고 베이스노트가 다르고 잔향이 달라요. 그렇기 때문에 저희는 사람들이 직접 자기 피부에 향수를 뿌리고 시간을 두어 그 향을 천

천히 느끼기를 원해요.”

당장 향수 한 병을 팔고 안 팔고가 중요한 것이 아니라 이 향수를 잘 이해하고 알아주는 사람들을 만나길 바라는, 무언가를 창작하는 사람들이라면 가지게 되는 그 마음이 느껴졌습니다. 내가 만든 옷, 그림, 음식, 가구, 주얼리 등이 만든 사람의 생각까지 알아주고 그 진정한 가치를 알아주는 누군가에게 가길 바라는 그 마음 말이죠. 향수병, 라벨, 박스까지 모두 프레데릭 말이 직접 디자인했다는 말을 들으니 더욱 그의 마음이 느껴집니다. 매장 안에 놓인 향수 냉장 보관고를 보니 제 방 실온 상태에 마구 쌓아놓은 향수들이 떠오릅니다. 베레니스는 “저희가 만든 향수들이 판매되기 전까지는 최고의 상태로 유지하는 것이 저희의 의무니까요. 그래서 냉장 보관해요. 하지만 제 방에 있는 제 향수들은 실온 상태로 있어요.”라며 미소 지었습니다.

프레데릭 말 매장에서는 향수 컨설테이션을 통해 어울리는 향수를 추천해줍니다. 클레어는 제게 블랙에 시크한 패션을 좋아하니 장 끌로드 엘레나Jean-Claude Ellena가 조향한 **비가라드 꽁쌍뜨레**Bigarade Concentree를 추천해줬습니다. 클레어가 시향 캡슐 안에 비가리드 꽁쌍뜨레를 분사했고 저는 시향 캡슐 안으로 얼굴을 넣어 산뜻하고 시원한 오렌지와 장미의 향을 만납니다. 올블랙의 제 옷 위로 오렌지, 로즈의 핑크 컬러들이 피어나는 듯합니다. 시향 캡슐을 환기하고 난 후 클레어가 조향사 올리비아 지아코베티Olivia Giacobetti의 **엉 빠썽** En Passant을 시향 캡슐 안에 분사하자 라일락, 촉촉한 물의 느낌, 초록빛 오이의 향이 느껴집니다. 엉 빠썽은 제가 파리에 오기 전, 서울에서 처음으로 만났던 프레데릭 말의 향수였습니다. 배우 안소희가 유튜브에서 소지품 속 향수라고 공개해[8] 인기몰이한 향수입니다. 또한 제 어머니가 좋아하는 향수로, 이 향을 처음 만났을 때 꽃잎 속으로 빠져드는 거 같다며 환하게 웃으시던 얼굴이 떠오릅니다.

"향이란 지속성만이 중요한 것이 아니에요. 향을 입는 사람과 얼마나 잘 어울리는지가 매우 중요해요."

가장 중요하고 본질적인 것은 향수와 향수를 입는 사람이 잘 어울리냐입니다. 그건 누군가가 대신해줄 수도, 강요할 수도 없는, 철저히 개인적으로 스스로 완성해나가야 하는 일입니다. 베레니스와 클레어의 설명을 들으며 매장을 살펴보니 원하는 양만큼 마치 방아쇠를 당기듯 집안 곳곳에 향을 입히는 퍼퓸 건Perfume Gun, 향을 더욱 오래 붙잡을 수 있는 고무 재질로 만들어 옷장이나 차 안에 두기 좋은 러버 인센스Rubber Incense 등 독특한 아이디어를 현실화한 제품들이 보입니다. 제품 하나하나 설립자인 프레데릭 말이 개발한 것입니다. 다른 이의 눈에는 보이지 않던, 머릿속의 생각이 현실이 되는 것을 목격하는 일은 늘 즐겁습니다. 그의 생각이 베레니스와 클레어와 같은 타인을 통해 제게 전달되는 것을 느낍니다. 향수와 사람들을 통해서 말이죠.

당시 프레데릭 말은 파리가 아닌 뉴욕에 있었기 때문에 이메일로 향수에 대한 그의 생각을 들을 수 있었습니다. 그의 이메일 답변을 보면서 생각을 언어로 정리하고 전달하는 능력이 탁월하다는 것을 느낍니다. 간결하지만 상대방이 이해하기 쉽게 예를 들어 설명하고, 여유로운 재치까지 있는 그의 이야기를 읽으면서 이렇게 되기까지 얼마나 많은 고민과 실행을 해왔는지 생각하게 되었습니다. 몇 년이 지나 서울에서 그를 직접 만나게 되었을 때 향수에 대한 그의 깊고 넓은 혜안, 창업자로서 이 모든 여정을 시작하고 꾸려나간 것에 대한 존경을 다시 한번 표했습니다. 그에 따르면 본인은 회사의 첫 번째 실험대상이며, 일하지 않을 때는 **프렌치 러버** French Lover, **비가라드 꽁쌍트레** Bigaradre Concentrée, **제라늄 뿌르 무슈** Géranium pour Monsieur, 또는 **베티버 엑스트라오디너리** Vétiver Extraordinaire 를 입는다고 했습니다.

"루 베르트랑 Roure Bertrand 에서 일하고 난 후 프랑스의 주요 브랜드들의 컨설턴트로 있었어요. 그때, 세계화와 면세점과 같은 유통의 발전 때문에 주요한 향수 브랜드들이 향수 그 자체에는 덜 집중하고, 제품 이미지에만 더 집중하는 걸 봤어요. 조향사들에게는 더 적은 시간, 더 적은 금액이 주어졌고요. 그래서 생각하게 되었어요. 최고의 조향사들이 자유롭게 향수를 출간할 수 있게 하는 출판사 같은 향수 회사를요. 첫 번째 부티크는 2000년에 오픈했으나 이 콘셉트, 디자인, 처음 9개의 향수가 나오기까지는 오픈 전 2년 정도의 시간이 걸렸어요. 최고의 조향사들과 일하는 유일한 방법은 매우 열심히 일해야 한다는 것입니다. 그리고 절대로 타협해서는 안 된다는 것이에요. 이것이 하나의 향수가 론칭되기까지 오랜 시간이 걸리는 주요한 이유입니다. 그래서 제게 그동안 출시된 모든 향수는 제 가슴속 각기 다른 장소에 저마다의 다른 이야기를 가지고 있어요. 제게 이 향수들은 거의 사람과 같아요. 제가 사랑하는 향수들은 지금 우리의 현 시간대를 벗어난 탁월한 세련미를 가지고 있습니다. 도미니크 로피옹Dominique Ropion의 **윈 플뢰르 드 까시**Une Fleur de Cassie, **카날 플라워**Carnal Flower, **포트레이트 오브 어 레이디**Portrait of a Lady, 모리스 로우셀Maurice Roucel의 **뮤스크 라바줴**Musc Ravageur, 장 끌로드 엘레나Jean-Claude Ellena의 **꼴론 비가라드**Cologne Bigarade는 향수업계의 주요 인물들에게 명작이라 여겨지고, 저는 그 점을 매우 자랑스럽게 여기고 있습니다."

그의 말에서 그 향수를 창작한 조향사들과 그가 함께한 시간과 에너지가 느껴집니다. 제게 프레데릭 말의 향수 하나하나는 한 명 한 명의 사람과 같습니다. 어떤 사람의 이미지가 떠오르게 하는 힘을 가진 향수들입니다. 묘하게 관능적인 매력을 제때에 잘 살리는 재능 넘치는 **뮤스크 라바쉐**, 위스키를 좋아하고 파이프 담배를 피울 것 같은, 자신의 몸에 잘 맞는 정장을 차려입은 신사의 **무슈**Monsieur, 우아한 블랙 드레스에 진주 귀걸이를 즐기는, 약자에게 부드럽고 강자에게 강한 여인 **오 드 매그놀리아**Eau de Magnolia, 정장이 잘 어울리는 호불호 명확한 츤데레 팀장님 같은 **카날 플라워**, 장미꽃을 좋아하면서 가죽 재킷을 즐겨 입는 천재 해커 같은 **포트레이트 오브 어 레이디**, 뭘 해도 뭘 가져도 티 내지 않고 다른 사람들이나 세상일에 무심한 듯한 표정을 하고 있지만 그 눈만은 본질을 꿰뚫는 혜안을 가진 고급스러운 사람, **윈 플뢰르 드 까시**. 이렇게 개성 있는 캐릭터들이 에디션 드 파퓸 프레데릭 말이 출간한 책 속에서 저마다의 이야기를 펼쳐나가는 듯합니다.

서울의 한 백화점의 프레데릭 말 점장님은 제게 "매장에 서서 지나다니는 사람들을 보다 보면 저희 매장으로 오실 분이 딱 보여요. 아… 저분은 우리 프레데릭 말 매장으로 오시겠구나 하면 십중팔구는 우리 매장에 오셔서 평소 입으시는 향수가 다 떨어져 다시 사러 왔다고 하시거나, 새로운 향수를 찾으러 오셨다고 하세요. 멀리 있어도 프레데릭 말 향수를 입는 분은 한 번에 알아볼 수 있어요."라고 하셨습니다. 그만큼 자기 캐릭터가 확실한 사람들, 스스로를 좋아하는 사람들, 또는 앞으로 그렇게 되기를 바라는 사람들이 입는 향수라는 생각이 들었습니다. 프레데릭 말은 자신에게 맞는 시그니처 향수를 찾는 데 어려움을 겪는 사람들에게 다음과 같이 조언해주었습니다.

> "여러분이 편안하게 느끼는 향수를 사세요. 친구들과 판매 직원에게 휘둘리지 마세요. 당신이 좋아하는 것이 당신에게 최고의 향수랍니다. 언제나 당신답게."

처음 사업을 론칭했을 때, 그는 수많은 걱정거리에 직면했다고 합니다. 당시 비즈니스 대부분이 대중에게로 맞춰져 있는 상황에서 창작자인 조향사에게 온전한 자유를 주는, 세상이 원하는 것이 아닌 창작자가 창작하고 싶은 것에 집중하는 것은 기존과는 완전히 다른 접근이었으니까요.

또한 그는 향수 산업에 뛰어들기 전에 자신은 사진작가가 되고 싶었다고 했습니다. 그러나 자신이 어빙 펜 Irving Penn 과 같은 전설적인 사진작가는 될 수 없겠다는 생각에 그 꿈을 이루는 것은 그만두었다고 했습니다. 사진 말고 자기가 잘할 수 있는, 성공할 수 있는 다른 것이 있다고 믿었고, 그렇게 향수 산업에 뛰어든 이후부터는 절대로 의심하지 않았다고 했습니다. 그런 부분을 솔직하게 말하는 그가 더욱 인간적이고 멋졌습니다. 그는 창업 초창기에 엄청나게 많은 일을 해나가야만 했고 결국 그 시간을 이겨냈습니다.

"당신의 꿈이 당신이 누구인지와 일치하는지 확실히 해
야 해요. 당신의 성격과 전혀 맞지 않는 것을 꿈꾸지는
마세요. 그 꿈이 다른 사람들의 것이 아닌, 당신의 꿈인
지 확실히 알아야 해요. 그러고 나면 당연한 말이지만,
끈질기게 하세요! 열정을 가지는 것은 아름다운 일이에
요. 우리는 보통 우리가 소질 있는 것에 열정을 갖게 된
답니다. 기어코 밀고 나가세요."

한옥의 아름다움을 간직한 서울 통의동 재단법인 아름지기
에서 열렸던 행사에서, 프레데릭 말은 시차 적응하느라 피곤할
텐데도 사진 찍을 때 제가 들고 있던 코트가 무거워 보였는지
대신 들어주었습니다. 품위 있게 타인을 배려하는 그의 모습과
행동은 프레데릭 말 향수를 입는 사람들도 그와 같지 않을까 하
는 생각을 갖게 했습니다. 또한 저도 그처럼 멋진 사람이 되고
싶다고 마음먹게 합니다.

세계 최고 조향사들이 책을 쓰듯이 향수를 만들어내는 곳.
다른 방해 요소 없이 향수를 만날 수 있는 시향 캡슐이 있는 곳.
프레데릭 말 매장에 방문하실 때는 시간을 좀 더 여유 있게 내
보세요. 향수 컨설테이션을 통해 내게 맞는 향수를 추천받을 수
도 있으니까요. 그래서 저도 편하게 말씀드리게 된답니다. "프

레데릭 말에 가세요."라고요.

:

에디션 드 파퓸 프레데릭 말
www.fredericmalle.com

코롱의 지속력을 높인

아틀리에 코롱 Atelier Cologne 의 실비 간터 Sylvie Ganter
& 크리스토프 세르바셀 Christophe Cervasel

뉴욕 맨해튼의 남쪽, 하우스턴 스트리트 Houston Street 밑에 자리한 '리틀 이탈리아의 북쪽 North of Little Italy'의 줄임말인 노리타 Nolita 지역. 뉴욕에 살 때 제가 자주 가던, 참으로 좋아하는 지역 중 한 곳입니다. 전 세계적으로 젠트리피케이션 gentrification 화되어가고 있는 지금은 조금 다를 수 있겠지만, 제가 있을 때만 해도 독립적인 창작자들이 창업한 패션, 뷰티, 레스토랑과 같은 공간들이 많았습니다. 사람이 만들어내는 뜨거운 열정과 에너지가 형상화된 공간들을 보는 즐거움이 있어 걷기 좋은 지역입니다. 다시 맨해튼을 찾았을 때 언제나처럼 설레는 마음으로 걷다가 만난 프렌치 블루의 매장 외관이 매력적인 프랑스 니치 퍼퓨머리가 바로 아틀리에 코롱이었습니다. 매장 안은 마치 누군가의 아틀리에 같았습니다. 향수병을 감싸는 가죽 트래블 재킷에 프렌치 빈티지 인그레이빙 기기로 원하는 알파벳 이니셜을 새길 수 있어 더욱 특별한 느낌을 줍니다.

나중에 서울에서 열린 행사에 초대되어 인그레이빙하는 모습을 여러 번 보았는데 결코 쉬운 작업이 아니었습니다. 빈티지라는 단어가 들어간 만큼 사람의 노동력이 많이 들어가는 작업입니다. 향수의 향이 연상될 법한 컬러가 선명한 향수 라벨, 향수 하나하나의 향을 시각적으로 잘 표현해주는 과일, 꽃, 사진기와 같은 물건들이 찍힌 사진의 엽서들이 눈에 띄었습니다. 시향을 하기 전 이 엽서를 보면서 각 향수의 향을 상상해보는 그 시간이 좋았습니다. 당시에는 한국에 진출하지 않았던 터라 궁금한 브랜드였는데, 벽에 걸린 실비 간터와 크리스토프 세르바셀의 사진을 가리키면서 이 사람들이 설립자이자 자신의 보스인데 너무 좋은 사람들이라며 활기차고 상큼하게 칭찬하던 매니저의 말이 두고두고 기억에 남습니다. 나중에 한국을 방문한 실비와 크리스토프에게 그 이야기를 들려주자마자 그들은 제게 그 매니저와 함께 일하는 것은 정말 행운이라며 이름을 알려주었는데 제가 받아 적은 노트를 잘 간수하지 못한 것이 아쉽습니다.

그로부터 몇 년이 지난 추운 1월, 신사동 가로수길을 상큼하게 꾸며놓은 아틀리에 코롱의 클레망틴 캘리포니아 Clémentine California 향수 론칭 팝업 현장을 찾은 실비와 크리스토프와 티타임을 가졌고, 그다음 해에는 창덕궁이 보이는 '다이닝 인 서울'에서 함께 식사를 했습니다.

"퍼퓸 컨설턴트였던 저는 그때 면접관이었어요. 실비가 면접을 보러 왔었어요. 매우 프렌치였죠. 면접 시간에 늦

었거든요. 면접이 끝나고 얼마 지나서 실비에게서 연락이 왔어요. 사업을 해보고 싶은데 조언을 해달라고요. 사실 처음에는 지금 그걸 공짜로 해달라고 하는 건가 싶기도 했어요. 실비는 지금의 아틀리에 코롱의 브랜드 정체성이 되는, 시트러스한 향수인 오 드 코롱을 오래 즐길 수 있는 향수를 만들고 싶다는 사업 아이디어를 말했어요. 전화를 끊은 후에도 그녀의 사업 아이디어가 계속 생각이 났어요. 저는 그녀에게 전화를 걸어 이렇게 말했어요. "그 사업을 같이하려면, 한 가지 조건이 있어요. 당신은 나와 결혼을 해야 해요."라고요."

실비는 뽀뽀 한 번 안 해본 이 남자의 청혼에 "안 될 거 없지."라고 대답했고, 그렇게 두 사람은 아틀리에 코롱을 시작합니다. 시트러스한 코롱을 좋아하던 두 사람이 그때 즐겨 입던 향수가 똑같았다고 합니다. 그래서 그들은 자신들이 가지고 있던 집을 팔고 아틀리에 코롱을 두 사람 사이에서 태어난 아이로 여기자는 마음으로 2009년 아틀리에 코롱을 오픈했다고 했습니다. 그 이야기를 하는 두 사람의 말과 표정에서 그때의 그 순간을 다시 만나는 듯했습니다. 두 사람에게 코롱이란 바로 나폴레옹이 좋아했던 상큼한 시트러스 향수인 '쾰른의 물'인 '오 드 코롱'을 줄여 말하는 것입니다.

"코롱은 남성 향수를 지칭하는 단어가 아니에요. 저희가 창업했던 시절에 미국에서는 코롱을 남성 향수로만 생각했고, 그 잘못된 개념을 바로잡는 것이 어려웠습니다. 고맙게도 블로거와 저널리스트들이 브랜드에 대한 저희의 열정을 이해해주었고, 그 부분에 대해서 많이 언급해주었어요. 덕분에 이제는 많은 분이 코롱이란 향수의 한 종류라는 것을 알고 있습니다. 처음에는 "너희가 뭔데 이렇게 비싸냐?"라는 이야기도 많이 들었어요. 그래서 저희는 저희 향수에 들어가는, 전 세계에서 가져오는 천연 원료들에 대한 설명도 참 많이 해야 했습니다. 우리가 집중하는 것은 향수 그 자체예요. 향수병이 아니라 그 안에 든 향수요."

친절하고 따뜻한 실비와 크리스토프는 언제든지 대화하고 싶다면 파리나 뉴욕에서 보자고 했습니다. 이탈리아, 아이티 Haiti, 멕시코, 필리핀, 중국 등 다양한 산지의 천연 원료들을 가지고, 휘발성이 좋아서 공기 중으로 금방 사라지는 특성을 가진 감귤류의 시트러스한 향을 조금 더 오래 붙잡아둘 수 있는 향수를 만들어내기 위해 열정을 바친 이 커플과의 이야기는 너무나도 유쾌했습니다. 커피 한 잔을 두고 하루 종일 향수 이야기를 나눌 수 있는 사람들, 언제 어디에서라도 다시 만나고 싶은 사람들입니다. 처음 만났던 해에 같이 사진 찍으면서 한국의 손가락 스몰 하트를 알려주었습니다. 다음 해에 다시 만났을 때 실비는 딸에게 그걸 알려주었고 딸이 나중에 학교 친구들에게 이 스몰 하트에 대해 듣고 와서는 엄마가 더 일찍 알려줬다며 "엄마는 트렌드 리더"라며 매우 좋아했다는 말을 들려주었습니다. 지금 가진 것에 감사하며 긍정적인 삶의 자세로 향수를 만들고 인생을 살아가는 그들. 저는 실비에게 그녀를 행복하게 해주는 크리스토프와 좋아하는 일까지 함께하니 좋겠다고 말했습니다. 그러자 실비는 제게 웃으며 그러나 힘주어 이렇게 말했습니다.

"그를 만나 이렇게 함께할 수 있는 것은 제 삶의 큰 행운이라고 생각해요. 하지만, 하니, 결코 잊으면 안 되는 사실이 하나 있어요. 당신을 행복하게 만드는 사람은 바로 당신 자신이라는 것을요."

그녀의 이 말은 제 마음에 뿌리를 내려 제가 힘들 때마다, 필요할 때마다 꺼내는 말이 되었습니다.

자몽 향수 하면 가장 먼저 떠오르는 아틀리에 코롱의 **포멜로 파라디**Pomélo Paradis에서 플로리다 포멜로, 이탈리아 만다린, 아이티 베티버의 힘이 더해진 상큼의 미학을 만나실 수 있습니다. 이탈리안 블러드 오렌지, 차이나 제라늄, 오스트레일리아 샌달우드와 함께 세상 모든 오렌지를 담은 듯한 **오랑쥬 상긴**

느Orange Sanguine, 이탈리아 클레망틴(귤), 튀르키예(터키) 주니퍼 베리가 선사하는 더위를 상큼하게 뚫고 오는 **클레망틴 캘리포니아**, 인도양 레몬의 상큼함과 인디아 재스민, 마다가스카르 바닐라의 포근포근함이 공존하는 **레몬 아일랜드**Lemon Island, 멕시코 라임, 필리핀 코코넛, 중국 유칼립투스가 편안하고 시원한 **세드라 애니브랑**Cédrat Enivrant 등 아틀리에 코롱의 향수들에서 크리스토프와 실비의 열정과 애정을 만나보시길 바랍니다.

"코도 머리도 시원해지는 시트러스 향수를 찾고 있어요. 어디로 가야 하죠?"라는 질문에 대한 제 대답은 언제나 한결같답니다. "아틀리에 코롱으로 가세요."

:

아틀리에 코롱
www.ateliercologne.com

세 명의 친구가 문을 연
딥티크diptyque

딥티크, 그 이름만 들어도 제 코끝으로 톡 튀어 오르는 블랙커런트의 향이 인상적인 장미 향수 **롬브로 단로**L'Ombre Dans L'Eau가 떠오릅니다. 딥티크 향수 중에서 처음 만났던 향수였고 그만큼 강렬했습니다. 움직이는 전동차 유리창 너머로 건너편 열차 안 사람들을 바라보는, 그렇게 동일한 선상에 존재하지만 겹쳐지지 않는 두 가지 세상을 만나는 듯한, 다소 기이한 기분이 드는 향수입니다. 하늘로 로켓이 올라가듯 솟아오르는 블랙커런트와 연결된 관제탑 같은 로즈의 향은 그 유니크함 때문에 1983년 출시 이후 세계적으로 끊임없이 사랑받는 향수입니다.

1961년 극장 디렉터이자 세트 디자이너였던 이브 쿠에랑 Yves Coueslant, 페인터였던 데스몬드 녹스-리트Desmond Knox-Leet, 인테리어 디자이너였던 크리스티앙 고트로Christiane Gautrot 이 세 친구가 파리의 품격 있는 명품거리, 생제르망Saint-Germain 34번가에 설립한 브랜드가 딥티크입니다.

딥티크는 두 개의 부분으로 구성된 그림이나 조각을 뜻하는 고대 그리스어 딥티크스diptychs에서 유래한 이름입니다. 풍부한 예술적 감성을 가진 그들은 여행지에서 영감을 받은 패턴을 담은 천과 오브제들을 파리에 선보였습니다. 지금으로 치면 여러 나라에서 수입한 인테리어 소품을 판매하는 편집숍인 셈입니다. 여행 가서 한 번쯤은 '이거 한국에 가져가서 판매해보면 어떨까.' 하는 생각을 가졌던 분들 계실 겁니다. 이 세 사람은 그 생각을 실행에 옮겼던 것입니다. 많은 창업 이야기가 그렇듯이 그들의 창업 초창기 역시 고군분투하는 시간의 연속이었습니다. 이브 쿠에랑은 창업하면서 진 빚을 갚기 위해 힘들게 일했다고 했습니다. 딥티크는 1963년에 향초를, 1968년에 오 드 퍼퓸 로L'EAU를 출시했는데 이 향들이 큰 사랑을 받게 되면서 본격적으로 향수를 만들게 됩니다.

지금은 고인이 된 이 세 사람의 인생 이야기가 딥티크의 향수에 담겨 있습니다. 캘리그래피를 좋아했던 데스몬드는 1993년 세상을 뜨기 전까지 딥티크 향수 라벨을 직접 그렸습니다. 데스몬드는 직접 향초와 향수를 조향하기도 했고 딥티크 특유의 춤추는 듯한 알파벳을 만들었습니다.[9] 딥티크 라벨에 향수 이름을 읽을 때 알파벳 순서가 묘하게 뒤틀려 있다는 것을 알 수 있습니다. 데스몬드가 크립토그래피cryptography(암호 작성술)를 좋아했기에 향수 이름이 마치 암호처럼 배열되어 있습니다. 장식 예술decorative arts을 전공했던 크리스티앙은 그랑 팰리스Grand-Palais에서 열린 장식 예술 페어에 그녀가 디자인한 모자, 옷, 태피스트리를 전시하기도 했습니다. 그녀는 딥티크의 주얼리, 장식 소품들을 디자인했고, 데스몬드와 함께 당시의 추상 예술과 모던 아트에 영감을 받은 기하학적인 패턴을 가진 딥티크의 패브릭인 코이옹Choriambe, 팔라딘Paladin, 파블루Fabliau 등을 디자인했습니다. 이 프린트들은 파리의 장식 예술 뮤지엄Museum of Decorative Art에 보존되어 있습니다.

에콜 드 루브르Ecole du Louvre 학생이었던 이브 쿠에랑은 딥티크를 론칭하기 전에 무대 예술계에 12년간 종사했습니다. 시노그래퍼scenographer(무대 세트 등 무대의 시각 관련 콘텐츠를 디자인하는 작업)이자 투어 디렉터, 무대 매니저, 프롬프터prompter(배우가 대사를 잊었을 때 대사를 상기시켜주는 사람), 대역 배우이기도 했으며 시간이 남을 때는 당대의 유명 배우들의 초상화를 그리기도 했던 예술적 감수성이 풍부했던 사람입니다. 데스몬드가 죽은 1993년부터 자신이 세상을 떠난 2006년까지, 이브는 딥티크 향수와 향초 라벨을 디자인했습니다.[10] 87세에 암으로 세상을 떠난, 딥티크 설립자 중에서 가장 오래 세상에 살았던 이브는 아버지에게 돈을 빌려 딥티크 창업 자금을 마련했습니다. 그는 어릴 적 베트남 통킹Tonkin 지역에서 지냈는데, 그곳의 프랑스 크레디 아그리꼴 은행 법무팀 수장이었던 아버지는 그가 자라서 자신의 커리어를 따르기를 바랐지만, 이브는 스스로 자신의 길을 선택하고 살아갔습니다.

설립자들의 손길로 완성된 아이코닉한 오벌타원형 형태의 향수병 라벨의 그림들과 함께 향수 하나하나에는 그 탄생 이야기가 있습니다. 딥티크의 베스트셀러 중 하나인 롬브로 단로는 설립자 세 사람의 친구인 디도 머윈 Dido Merwin 이 정원에서 잼을 만들기 위해서 블랙커런트를 뽑고, 부케를 만들기 위해서 장미를 뽑던 것이 계기가 되었습니다. 그녀가 자신의 손을 얼굴에 올렸을 때 손에서 향긋하게 나던 블랙커런트와 장미 꽃잎의 향에 압도당했고, 데스몬드가 곧장 향을 만들었다고 합니다. 제주도 한라봉을 까던 손으로 국화꽃을 만졌는데 그 두 향의 조화가 너무 좋아서 친구한테 향수 만들어달라고 한 것과 비슷하다고 할까요.

데스몬드와 이브는 그리스 펠리온에서 3년 동안 지내면서 그곳의 대리석, 조각돌, 무화과 잎 등을 여행가방에 담아 크리스티앙에게 보냈습니다. 크리스티앙이 그 여행가방을 열자마자 그리스에 있는 듯한 향을 느꼈고, 그래서 1990년에 출시된 향수가 그리스의 흔적을 머금은 무화과나무의 향수인 필로시코스 Philosykos 입니다. 그리스어로 '필로시코스'는 '무화과나무의 친구'라는 뜻이니 딥티크 창립자인 세 사람의 우정을 느낄 수 있는 향수입니다. 여행 간 친구가 그곳에서 나를 생각하며 보내준 엽서를 받는 기분, 우편함에서 그 엽서를 손으로 잡아 꺼낼 때의 그 산뜻한 기분 좋은 설렘을 **필로시코스**를 입을 때 만나게 됩니다.

2005년에 나온 **도손** Do Son 은 이브 쿠에랑의 어린 시절 기억에서 영감을 받은 향수입니다. 베트남의 북 인도차이나에서 유년 시절을 보냈던 이브가 머물던 지역에 도손이라는 리조트가 있었고, 이브의 아버지는 해변의 정자에서 바쁜 하루를 마감했다고 합니다. 그 정자 옆에는 월하향튜베로즈이 잔뜩 있었고, 이브의 어머니는 그 향을 특히 좋아했다고 합니다. 도손은 그런 그의 유년 시절의 기억을 담은 향입니다. 하루의 끝, 바쁜 일을 마치고 돌아온 아버지, 어머니와 함께하는 그 여유로운 한때에 바닷바람과 함께 날아드는 튜베로즈의 향을요.

2021년, 딥티크 창립 60주년 기념으로 출시된 향수 **오르페옹**Orpheon은 창립자 세 사람이 즐겨 가던 1960년대 나이트클럽 바 오르페옹의 이름을 땄습니다. 이 향수는 그래서인지 누군가에게는 타바코, 누군가에게는 메이크업 파우더, 누군가에게는 플로럴하고 스파이시하고 우디한, 마치 무거운 암막 커튼을 열고 들어가면 활기 넘치게, 춤을 추고 웃는 1960년대의 나이트클럽 안을 만나게 해주는 향수입니다. 딥티크는 향수가 그저 향기 물질을 가진 액체가 아닌 누군가의 기억을 만나게 해주는 타임머신과 같은 존재라는 것을 깨닫게 해줍니다.

딥티크의 향수만큼이나 유명한 것이 바로 향초입니다. 특히 인테리어 소품으로 많은 사랑을 받고 있는 딥티크의 자이언트 캔들 자jar는 유명한 도자기 장인 비에봉Virebent과 협업하여 완성된 핸드메이드 작품이며, 캔들 자와 향기 나는 센티드 오발은 모두 수공예로 제작되는데 글자와 문양이 정교하게 만들어지지 않으면 과감하게 깨버립니다.

딥티크는 또 한정판을 멋지게 출시합니다. 그중에서 기억나는 것은 그해에 가장 풍부하고 품질 좋은 꽃과 식물들을 모아 향수를 제조하는 에썽스 엥썽쎄 Essences Insensees 컬렉션입니다. 조향사 파브리스 펠레그린 Fabrice Pellegrin 과 꾸준히 작업하여 2014년에는 **미모사** Mimosa, 2015년에는 **재스민** Jasmine, 2016년에는 그라스의 **로즈 드 마이** Rose de Mai 를, 2019년에는 티아레 꽃과 프랜지패니를 주인공으로 하는 **티아레** Tiare 를 한정판으로 출시했습니다. 에썽스 엥썽쎄 컬렉션은 향수 보틀 자체도 소장 가치가 충분합니다. 미모사의 경우 핸드메이드로 작업하는 역사 깊은 프랑스의 워터스퍼거 Waltersperger 의 장인 중 마지막 사람이 완성시킨 제품, 아니 작품 같은 향수병입니다. 워터스퍼거는 우리에게 익숙한 디올, 입생로랑, 조르지오 아르마니, 세르주 루텐, 겔랑의 아이코닉한 유리, 크리스털 향수병을 만드는 곳입니다.[11]

홀리데이 컬렉션처럼 아티스트들과의 협업을 통해 탄생하는 한정판 제품들도 있습니다. 2014년에는 3명의 예술가로 구성된 아티스트 그룹 쿠보 가스 QUBO GAS, 2015년에는 아티스트 줄리앙 콜롱비에 Julien Colombier, 아티스트 올림피아 르 탱 Olympia Le-Tan, 2016년에는 디자이너 피에르 마리 Pierre Marie, 프랑스 인테리어 디자인 아틀리에인 앙뚜아네뜨 뿌아쏭 Antoinette Poisson 등 이미 유명한 아티스트도 있지만 신예 아티스트들과의 협업을 활발하게 합니다. 아직 세상의 관심을 크게 받고 있지는 않지만 충분히 매력적인 아티스트, 디자이너들을 딥티크를 통해 만나는 즐거움이 있습니다. 딥티크가 협업하는 아티스트들을 볼 때마다 프랑스의 창의력이 딥티크라는 영양제를 맞아 풍성하고 튼튼한 싹을 틔운다 싶습니다.

창립 60주년인 2021년에는 조엘 안드리아노메아리소아 Joël Andrianomearisoa, 요한 크레텐 Johan Creten, 조 폴 Zoë Paul, 크란키추잔 x 히로시 수기모토 Kankitsuzan x Hiroshi Sugimoto, 라비 케이루즈 Rabih Kayrouz와 같은 아티스트들과 제품이 아닌 작품을 한정 수량 제작하여 한화 약 405만 원 이상의 가격으로 판매했습니다. 제품을 넘어 작품을 만들어나가는 딥티크입니다. 과거와 현재를 자유롭게 오가는 딥티크의 모래시계 디퓨저는 리즈 스틱 없이, 열도 가하지 않으면서 공기 중으로 향을 발산시키는 기술을 프랑스 중세의 모래시계를 재해석한 디자인으로 내놓았습니다. 새로운 아티스트뿐만 아니라 기술도 빠르게 받아들여 자신들의 것으로 과감하게 만드는 브랜드입니다.

프랑스 대통령을 역임한 프랑수아 미테랑 François Mitterrand (1916-1996)[12]이 딥티크 생제르망 매장을 찾았을 때 결제하기 위해 줄을 섰습니다. 그에게 줄을 서야 한다고 주장했던, 이브 쿠에랑[13]과 함께 일했었고, 2007년부터 딥티크 CEO를 역임하고 있는 파비안느 마우니 Fabianne Mauny[14]를 2014년 한국 최초 딥티크 부티크인 딥티크 코엑스 서울 매장의 론칭 행사에서 만났습니다. 설립자들이 세상을 떠났어도 그들이 가졌던 창의력과 꿈을 이어 나가는 그녀가 있어 딥티크는 과거에 머물지 않고 지금

이 시대를 살아가는 멋진 브랜드입니다.

딥티크의 시작인 생제르망 34번가의 딥티크 매장에 갔습니다. 운 좋게 그곳에서 설립자들이 사무실로 사용했던 2층을 볼 수 있었습니다. 현재도 사무실로 사용하는 2층에는 특별한 공간이 있습니다. 바로 설립자 세 사람이 생전에 쓰고, 만들었던 물품들로 채워진 뮤지엄 같은 작은 방입니다. 그 방에 들어서자 그들이 창업했던 1960년대의 파리에 들어서는 기분이 들었습니다. 딥티크 특유의 서체와 심벌들을 그린 데스몬드의 스케치들, 서랍을 열 때마다 등장하는 그들이 애정하며 판매했던 패브릭들, 진열장에 놓인 초창기 때 출시되었던 오래된 향수들, 그들이 판매했던 오브제들이 마치 부스스 잠에서 깨어나 눈 비비며 저를 맞이하는 듯했습니다. 그중에는 딥티크의 버드 디퓨저 디자인에 들어간, 나무로 만들어진 새도 있었습니다. 데스몬드와 크리스티앙이 생제르망 매장에 장식했던 새 장식품입니다. 그곳에 잠자고 있는, 설립자들과 함께했던 패브릭의 패턴들은 현재는 딥티크의 공책으로, 딥티크 부티크의 한 벽면을 차지하는 벽지가 되기도 합니다. 파리의 생제르망, 뉴욕의 노리타Nolita, 홍콩의 IFC몰의 부티크 모두 각각 다른 벽지를 가지고 있어 전 세계 딥티크 부티크를 방문하게 만드는 또 하나의 매력입니다. 설립자들의 손때 묻은 흔적들이 지금도 살아 숨 쉰다는 것, 설립자들이 얼마나 애정을 가지고 일했는지, 그리고 그 브랜드 정신을 설립자들이 세상을 떠난 이후에도 이렇게도 잘 유지해나가는 것이 멋집니다. 사람들에게 향수, 향초를 판매하는 1층에서 계단으로 올라가 2층 사무실에서 직접 노트에 스케치하고, 창문으로 부티크를 향해 오는 사람들을 바라보기도 하고, 창업하고 2년 동안 매출이 나지 않아 걱정이 많았을, 그럼에도 창작에 대한 열정에 가슴 설레었을 그때 그들의, 그 시간의 공기를 만날 수 있었습니다.

딥티크 파리 본사에서 설립자 세 사람이 생전에 자주 갔다던, 맞은편에 자리한 르 쁘띠 퐁투아즈Le Petit Pontoise 레스토랑에 갔습니다. '이 세 사람은 어느 자리에 앉았을까?' '무슨 이야기를 했을까?' '함께 창업했던 친구 두 사람을 먼저 보내고 생제르망에 출근해서 이곳에서 혼자 식사를 하던 이브는 무슨 생각을 했을까?' 이런저런 상상을 하며 그곳에서 친구와 저녁을 먹었습니다. 이런 이야기를 나누고 공감할 수 있는 친구가 있음에, 서로의 존재에 감사하며 친구와 와인잔을 기울였습니다. 그때 그 파리의 시간이 지금도 생생하게 떠오릅니다.

프랑스의 자유로운 영혼을 가진 아티스트들이 만들어내는 과거와 현재의 시간의 향기를 만나고 싶다면 주저 없이 말씀드립니다. "딥티크로 가세요."

:

딥티크

www.diptyqueparis.com

한 개의 향분자로 만든 향수,
이센트릭 몰리큘Escentric Molecules의
제프 라운즈 Jeff Lounds

2006년 4월 론칭 후 6주 만에 완판. 케이트 모스Kate Moss, 나오미 캠벨Naomi Campbell이 대기자 명단에 이름까지 올려 화제가 된 향수. 런던의 제프 라운즈Jeff Lounds와 베를린의 혁신적인 조향사 게자 쉔Geza Schön이 만든 이센트릭 몰리큘Escentric Molecules입니다. 2014년 압구정동에 문을 연, 아쉽게도 지금은 문을 닫아 존재하지 않는 니치 향수 전문 편집숍 아이뷰티크iBeautiq에서 제프 라운즈를 만날 수 있었습니다. 그는 이소 이 슈퍼Iso E Super 향분자 하나만으로 만든 **몰리큘 01** Molecule 01을 론칭했을 때를 회상하며 말했습니다.

"2006년, 아무도 저희 향수를 이해하지 못했어요. 런던의 하이클래스 백화점인 하비 니콜스Harvey Nichols와 뉴욕의 바니스Barneys는 우리를 받아주었지만 어떤 백화점은 저희에게 나가라고 했어요. 우리는 입점하고 6주 만에 완판되었어요. 그러자, 처음에 우리를 거절했던 곳에서 우리 제품을 사고 싶다고 했고 그때는 저희가 거부했어요. 싱글 노트 하나만 가지는 향수를 그때의 사람들은 받아들이지 못했어요. 향수병 뚜껑을 없애는 것은 그동안 그 어떤 향수에서도 시도하지 않은 작업이었어요. 뚜껑이 없다고 분사구를 통해 오염물질이 들어가는 일은 없습니다. 많은 사람들이 이해하지 못했어요. 그러나 저희 향수는 론칭 후 완판되었죠. 사실 저희가 겪은 진정한 시련은 저희를 이해하지 못하는 사람들을 대하는 것보다 완판되어서 사겠다는 사람들이 있는데도 팔 제품이 없다는 것이었어요."

유쾌함이 흐르는 제프의 말에서 어떤 상황에서도 원하는 것을 이루고자 하는 의지를 가진 창업가라는 생각이 바로 들었습니다. 보통 향수는 여러 개의 향기 물질로 이루어져 있습니다. 여러 개에서 많게는 백여 개 넘게도 사용됩니다. 르 라보의 경우 그 물질의 숫자를 향수 이름에 붙여서 쓰기도 합니다. 이센트릭 몰리큘의 첫 번째 향수 01은 두 가지 버전의 향수로 출시되었습니다. 이소 이 슈퍼 Iso E Super를 65% 이상 함유하는 **이센트릭 01**, 그리고 오직 이소 이 슈퍼 Iso E Super 하나로만 구성된 **몰리큘 01**입니다. 몰리큘 01은 벨벳 같은 부드러운 산뜻함, 누군가에게는 우디함, 누군가에게는 코튼 향을 느끼게 합니다. 흔히 살냄새라고 이야기하는 이 향수의 향은 나타났다 사라졌다가 다시 나타나는, 마치 누군가의 부름에 답하듯이 등장하는 정령 같은 향수입니다. 하나의 향 분자가 각자의 피부와 결합해서 만들어내는 새로운 향. 그래서 이 향수는 입는 사람에 따라 향이 다르게 구현되어 다른 잔향을 만나게 해주는 즐거움이 있습니다.

이 브랜드에 얽힌 유명한 에피소드가 있습니다. 한 번은 비욘세Beyonce가 로스앤젤레스의 한 매장에서 몰리큘 01을 뿌려보고 난 후 운전을 한참 하고 가다가 향이 너무 좋아서 다시 그 매장에 가서 매장에 있던 향수 전부를 사갔다는 일화입니다. 비욘세는 이 향수에 대해 리한나를 통해 알게 되었고, 리한나는 윌스미스의 부인 제이다 핀켓 스미스를 통해, 제이다는 나오미 캠벨이 뿌린 향을 맡고서 알게 되었다고 합니다.

"우린 다른 사람들이 하는 방식을 따르지 않았어요. 광고는 일절 하지 않았어요. 연예인들에게 향수를 제공한 적도 없어요. 우리는 그냥 우리가 원하는 방식대로 했어요. 영국 해롯Harrods 백화점 관계자들을 만나면 아시겠지만 그들은 정말 좋은 사람들이에요. 우리는 우리 스스로를 행복하다 느끼게 해주는 사람들, 또한 우리를 행복하게 느껴주는 사람들과 일하는 것을 좋아해요. 그리고 그런 사람들과 오랫동안 함께하고 있어요. 지금 우리와 함께 일하시는 분들은 모두 오래된 분들이에요. 우리 제품을 유통하는 분들과도 초창기부터 함께하고 있어요. 어떤 향수는 반짝하다가 사라지기도 하는데, 이렇게 긴 기간을 유지한 것 자체가 그저 고마울 따름이에요. 그런 면에서 광고하지 않고, 입소문만으로 브랜드가 이어지고 있는 저희의 생각이 틀리지 않았다고 봐요. 물론 처음에는 업계 사람들이 이런 저희를 전혀 이해할 수 없다고 했지만요.”

이센트릭 몰리큘은 두 번째 향수로 앰브록산Ambroxan™을 주인공으로 하는 **이센트릭 02, 몰리큘 02**를 출시합니다. 향유고래의 토사물로 바다에서 얻는 물질인 앰버그리스ambergris에서 추출한 앰브록스와 동일한 화학 구조를 가진, 실험실에서 만들어낸 앰브록산[15]의 고운 향을 만날 수 있는 향수입니다.

“01이 나오고 3년이 지난 후에 02를 출시했어요. 이센트릭 몰리큘 01을 즐기던 이들은 굵은 선율을 가진 앰버그리스 향을 만나는 앰브록산의 02 역시 매력적이지만 왠지 이센트릭 몰리큘 01을 배신하는 거 같다고 이야기할 정도로 01에 대한 충성도가 높았어요. 이센트릭 몰리큘 02가 처음 출시되었을 때 더운 중동, 파키스탄에서 대단히 많은 인기를 끌었어요.”

이센트릭 03, 몰리큘 03은 베티베릴 아세테이트 Vetiveryl

Acetate가 주인공입니다. 베티베릴 아세테이트는 반은 천연, 반은 합성인 하이브리드 분자를 말합니다. 인도 풀의 뿌리에서 증류한 베티버 오일vetiver oil의 일부를 아세트산과 교차하여 뿌리가 지닌 쓰고 가죽 같은 부분을 제거한, 베티버의 우디하고 약간 풀 같은 특성을 더욱 부드럽고 우아하게 느끼게 해주는 물질입니다. 게자 쉔은 "아세틸화Acetylation는 베티버의 자몽 터치를 더 두드러지게 해주고, 씁쓸하고 신선한 톱노트도 선사해요." 라고 말했습니다.[16] **이센트릭 04, 몰리큘 04**는 샌달우드 타입의 분자인 자바놀Javanol[17]을, **이센트릭 05, 몰리큘 05**는 1970년대 후반 IFF 연구소에서 탄생한, 머스키한 부드러움, 건조하고 아로마틱한 우디, 달콤한 소나무 향을 만날 수 있는 캐시메란Cashmeran[18]을 주인공으로 만든 향수들입니다. 향기 물질 하나로 이루어지는 몰리큘 시리즈를 피부에 입으면 개개인 저마다의 고유의 향이 만들어집니다. 그렇게 사람마다 향이 다르게 등장하는 것이 항상 신비롭습니다.

"저희 향수를 입는 분들은 사람들이 자신이 쓰는 향수를 알아채는 것을 원하지 않으세요. 성공적인 향수 브랜드지만 여전히 사람들은 자신들의 피부에서 비밀스럽게, 자신만의 고유의 향이 되어주는 저희 향수를 고맙게 여겨요. 그게 저희 향수가 가진 가장 큰 매력입니다."

다른 사람들이 이해해주지 않아도 자신들이 생각하고 믿는 바를, 자신들의 가치를 세상에 내놓은 사람들. 게자 쉔과 제프 라운즈는 바로 그런 사람들이었습니다.

하나의 향기 물질이 사람마다 어떻게 달라지는지 만나고 싶다면, 그리고 그 향이 내게서는 어떻게 표현되는지를 만나보고 싶으시다면 이센트릭 몰리큘, 특히 몰리큘 시리즈를 만나보시길 바랍니다.

:

이센트릭 몰리큘
www.escentric.com

퍼퓸 라이브러리를 연 러쉬Lush
설립자 중 한 사람인 로웨나 버드Rowena Bird

시간이 흘러도 생생하게 기억되는 순간들이 있습니다. 러쉬Lush
의 설립자 중 한 사람인 로웨나 버드Rowena Bird를 만났던 시간이
그런 순간 중 하나입니다. 최상의 원료로 신선하게 만드는 핸
드메이드 화장품이라는 브랜드 정체성 이외에도 러쉬는 동물
실험 반대를 공론화한 브랜드입니다. 러쉬의 채러티 팟Charity Pot
보디로션 제품의 경우 부가세를 제외한 판매금 전액을 인권,
동물보호, 환경보전을 위해 지속적으로 공헌한 비영리 단체에
후원하고 있고, 2021년 12월 기준 94개 단체에 한화로 약 13억
원을 기부[19]했습니다. 러쉬는 2019년 이탈리아 피렌체에 첫 번
째 퍼퓸 라이브러리Perfume Library를, 같은 해 12월 서울 명동역점
에 퍼퓸 라이브러리를 오픈한 화장품만이 아니라 향수에도 진
심인 브랜드입니다.

1977년 코스메틱스 투 고Cosmetics To Go 회사를 설립하고 1995년
러쉬Lush를 론칭한 이 회사의 창립자들은 마크 콘스탄틴Mark
Constantine, 모 콘스탄틴Mo Constantine, 로웨나 버드Rowena Bird, 헬렌 앰
브로센Helen Ambrosen, 리즈 베넷Liz Bennett, 폴 그리브스Paul Greeves[20]입

니다. 반세기 가까이 이 여섯 명의 창업자가 함께 사업을 하고 있다는 사실 하나만으로도 대단합니다. 아마도 시간이 더 흐른 후에는 이들의 창업 이야기를 영화로 만날 수 있지 않을까 싶습니다.

러쉬 하면 1995년에 출시된 러쉬 특유의 시트러스한 우디함을 가진 **카마**Karma 향수, 2011년 출시된 역시나 러쉬 특유의 향과 색감이 느껴지는 그린한 **더티**Dirty 향수가 유명합니다. 러쉬 매장에 가보신 분들이라면 격하게 공감하실 러쉬 특유의 쌩한 밝음과 유쾌, 상쾌, 경쾌함이 녹아 있는 향수들입니다. 이 외에도 제게 다가오는 러쉬의 향은 로즈입니다. 특유의 맑은 꿀향이 흐르는, 강한 장미 향이요. 러쉬는 튀르키예에서 직접 로즈 에센셜, 앱솔루트 오일을 구매합니다. 다른 향수에서도 자주 들어보셨을 단어입니다. 장미의 땅으로 유명한 튀르키예의 이스파르타Isparta 는 오스만 제국Ottoman Empire 이 시리아에서 튀르키예로 다마스크 장미Rose Damascena 를 가져왔다고 알려져 있습니다. 이스파르타 지역 장미밭에서는 수확철에 하루 최대 100kg의 장미를 수확해서 증류소로 보냅니다. 약 200만 개의 장미로 장미 오일 1kg을 만듭니다. 튀르키예로 피난 온 시리아 출신 난민들도 튀르키예 국민과 똑같은 임금을 받고 일하고 있고, 러쉬는 이 지역의 학교를 후원하고 있습니다.[21] 농장에서 직접 원료를 구매하는 것을 넘어 해당 지역의 공동체 발전을 위해 교육을 지원합니다. 러쉬의 초대로 간 행사장에서 러쉬가 사용하는 튀르키예산 로즈 에센셜 오일과 로즈 앱솔루트 오일의 향을 맡아볼 수 있었습니다. 로즈 에센셜 오일은 향을 맡으면 달콤한 꿀 냄새가 같이 났으며, 로즈 앱솔루트 오일은 매력적이고 아름다운 장미가 그려지는 향이었습니다.

러쉬 압구정동 매장에서 러쉬 창립 멤버이자 제품 개발을 담당하는 로웨나 버드와 함께 비비 씨위드 프레시 페이스 마스크 BB Seaweed Fresh Face Mask 를 만들었습니다. 바이올렛을 넣어 끓인 물과 해초, 강원도산 꿀, 팔레스타인과 이스라엘에서 구입한 엑스트라 올리브 오일, 조, 귀리씨 등을 넣어서 마치 음식을 만들 듯이 말이죠. 저는 믹싱볼에 넣은 재료들을 섞으면서 로웨나에게 물었습니다. 오랜 시간 동안 창업 멤버들끼리 의견 충돌은 없었는지, 있었다면 어떻게 해결했는지를요.

"가족 같은 말다툼 정도는 있었어요. 하지만, 큰 싸움이 난 적은 없었어요. 저희 창업 멤버들이 공유하는 신념이 있어요. '좋은 제품을 만든다. 싸다는 이유로 저품질의 원료를 사용하지 않는다. 동물실험에 반대한다. 고객이 항상 먼저다.' 이렇게 우선시하는 생각을 공유하고 있기 때문에 의사결정하는 데 있어서 큰 논쟁이 없었다고 생각해요. 저희는 열정이 있었기에 그 문제들을 해결할 수 있었어요. 자신이 하는 일을 사랑한다면 수많은 어려움을 열정을 통해 이겨낼 수 있어요. 그리고 다행히 저희는 시간이 흐르면서 재정적으로 안정되었어요. 그래서 제가 지금 이 자리에 있고 전 세계에 저희 직원들이 함께 있는 거죠. 저희는 실수에서 많은 것을 배워요. 그리고 저희는 고객을 항상 첫 번째로 두어요. 우리의 열정은 좋은 제품을 만드는 것이며, 고객을 믿고, 우리가 하는 일을 믿는 거예요. 만약 사람들이 우리 제품을 사용하지 않는다면 그건 우리가 잘하고 있는 게 아니라는 것이죠. 그걸 가지고 왈가불가할 필요 없어요. 그 시간에 저희는 매장으로 가요. 매장에서 고객에게 질문해요. "저희가 무얼 더 할 수 있을까요?"라고요. 우리가 더 할 수 있는 것을 찾아서 그걸 고객들에게 전달해주는 것이 바로 저희가 할 수 있는 일이에요."

어떻게 보면 너무나 당연한 브랜딩, 마케팅 교과서 같은 이야기지만 그걸 여섯 명의 공동 창업자들이 몇십 년이 넘게 해오고 있기에 존경스러웠습니다. 다음 해, 홍콩에 갔다 돌아와 인천공항에서 핸드폰을 켜니 러쉬 담당자님에게 문자가 와 있었습니다. 로웨나 버드가 다시 한국에 오게 되었다면서요.

한남동 하얏트 호텔 밑자락에 자리한 러쉬 스파 이태원점. 러쉬 매장의 존재는 근처 길가에서도 확실하게 알 수 있습니다. 러쉬 특유의 선명한 컬러를 지닌 향들이 공기 중으로 마중을 나오니까요. 다시 만난, 여전히 활기차고 열정적이며 따스한 마음이 느껴지는 로에나 버드와 이번에는 입욕제 트와일라 잇을 함께 만들었습니다. 그리고 러쉬가 진행하고 있는 공정거래무역, 과대 포장 반대, 환경 보호 캠페인에 대해서 들었습니다. 러쉬가 대단한 건 튀르키예에서 로즈 오일을 구매하는 것처럼 여러 지역에서 원료를 구입하고 있다는 것입니다. 이날 러쉬의 크리에이티브 바잉팀의 개비는 농장에서 근무하는 농부들을 직접 만나 그곳의 지역경제에 도움이 될 수 있는 슬러쉬 펀드SLush Fund를 조성하게 되었다고 말했습니다.

"어떤 농부들은 자신들이 먹을 것은 키우지도 못하고, 키워봤자 결국에는 헐값에 팔아넘기는 농작물 때문에 피폐하게 살고 있다는 걸 알았어요. 그런 농부들이 자신들이 먹을 수 있는 농작물도 키우고, 제대로 된 값으로 농작물도 판매해서 생활을 영위할 수 있도록 '케어 디 어쓰Care The Earth'라는 프로그램을 만들었어요. 또한, 수익배분 모델을 만들어나가기 위한 '페어 셰어Fair Share'도 만들었어요. 러쉬는 이 프로그램을 통해 가나에서 만들어지는 일랑일랑, 시어버터를 사용하고 있어요."

향수의 세계를 대하다 보면 연구소에서 만들어지는 화학 물질도 접하지만, 자연의 축복과도 같은 천연 원료들에 대해서도 살펴보게 됩니다. 연구소에서 향료를 만들어내기 훨씬 이전부터 우리 인류는 자연에 존재하던 꽃, 식물, 나무의 향에 감사하고 그걸 가지고 향수를 만들어왔으니까요. 향수라는 제조산업 덕분에 많은 노동력과 거대한 공간이 필요한 1차 산업, 농업에도 관심을 갖게 됩니다.

2019년 러쉬가 론칭한 퍼퓸 라이브러리에서 러쉬의 향수 컬렉션과 러쉬의 조향을 담당해온 창업자 중 한 사람인 마크 콘스탄틴이 큐레이션한 향수 관련 책들을 만날 수 있었습니다. 러쉬 퍼퓸 라이브러리 명동역점 오프닝 행사에 초대받아 간 덕분에 직접 보고 산 책들은 향수를 본격적으로 공부하고 싶어 하시는 분들에게 제가 추천하는 책들입니다.

핑크색 표지가 눈에 띄는 『An Introduction To Perfumery』퍼퓨머리 소개는 퍼퓨머리 사업에 대해서 제대로 배울 수 있는 책입니다. 향수 개발 전문 용어, 구성물질들에 대한 정보와 일부 조합 향료의 기본 포뮬러까지도 살펴볼 수 있습니다. 『Aromatherapy An A-Z』아로마테라피 A에서 Z까지에서는 향수는 물론 아로마테라피에서도 자주 사용되는 에센셜 오일에 대한 설명을 볼 수 있습니다. 에센셜 오일의 종류별 특징과 함께 주의사항, 블렌드 포뮬러 정보도 얻을 수 있습니다. 『Essential Oil Safety』에센셜 오일 안전성은 『Aromatherapy An A-Z』보다 기술적으로 심화된 책입니다. 에센셜 오일의 분자적 특징과 국제향료협회IFRA, International Fragrance Association 기준에 대한 설명, 의학적 효과에 대한 전문적인 내용을 만날 수 있습니다. 꾸준히 업데이트되는 러쉬 퍼퓸 라이브러리의 책들 중 새로 만난 책 『The Essence - Discovering the World of Scent, Perfume & Fragrance』더 에센스 - 센트, 퍼퓸 & 프래그런스 세계를 발견하는는 후각 감각기관에 대한 이해부터 향수의 역사, 시트러스, 우디 등의 향수 계열, 니치 향수 브랜드에 관한 이야기까지, 향수 산업에 대한 전반적인 이해를 높이기에 좋은 책입니다. 제가 추천하는 이 책들은 아쉽게도 한국어 번역본은 없고 영어 원서이지만 깊은 지식을 얻기에 유용합니다. 물론, 조향사 장 끌로드 엘레나가 쓴 『나는 향수로 글을 쓴다』와 같이 국내에서 한글로 번역된 책들도 있습니다.

지난해, 러쉬 코리아의 유튜브에 출연하면서 러쉬가 퍼퓸 라이브러리를 론칭하게 된 이유를 더욱 자세히 알 수 있었습니다. 정신없이 빠르고 분주한 현대사회에서 여유를 가지고 고객들과 함께 향기에 관한 이야기를 나누는 공간으로 만든 것이 퍼퓸 라이브러리라고 합니다. 현재 마크 콘스탄틴, 그의 아들 사이먼 콘스탄틴의 뒤를 이어 러쉬 향수를 조향하는 사람은 엠마 딕Emma Dick입니다. 엠마는 비대면 화상 인터뷰에서 이렇게 말했습니다.

"저는 러쉬에서 원료 구매를 하고, 향수 창작 작업에 참여하면서 조향사가 되었어요. 저는 러쉬의 퍼퓸 라이브러리에서도 만날 수 있는 책 『퍼퓨머리 소개』를 보며 가끔씩 다시 조향하기도 해요. 그렇게 기본을 다지면서 영감을 얻기도 하죠.”

러쉬의 향수를 처음 접하시는 분이라면 러쉬의 퍼퓸 디스커버리 키트인 레트로스펙티브The Retrospective, 리제너레이션The Regeneration, 르네상스The Renaissance 세 가지의 키트를 시도해보시길 바랍니다. 레트로스펙티브는 ‘회고’라는 이름답게, 출시 후부터 현재까지 꾸준히 사랑받는 러쉬의 네 가지 향수, 우디한 **브레스 오브 갓**Breath of God, 베르가못·로즈메리의 **팬지**Pansy, 민트·허브의 **더티**Dirty, 패출리·오렌지의 **카마**Karma로 구성되어 있습니다. 리제너레이션은 러쉬의 핵심 가치 중 하나인 윤리적 구매 그리고 거기서 더 나아간 ‘리제너레이션’, 즉 재생 가능한 방식으로 얻은 공정한 원료들을 사용하여 만들어진 대표 향수 네 가지, 스페인 재스민 추출물을 함유한 **러스트**Lust, 패출리와 블랙 페퍼의 **로드 오브 미스룰**Lord of Misrule, 다마스크 장미 추출물, 다마스크 장미 오일과 레몬 오일의 **로즈 잼**Rose Jam, 바닐라와 통카의 **바닐라리**Vanillary를 만날 수 있습니다. 르네상스는 르네상스 시대에서 영감을 받아 탄생한 네 가지의 향수가 들어 있으며, 이 네 가지의 향수는 러쉬에서 스파 트리트먼트 ‘르네상스’ 프로그램에서 사용되는 향입니다. 로즈, 바이올렛의 **컨페티**Confetti, 네롤리의 **네로**Nero, 프랜지파니 꽃과 아몬드의 **프랑지파니**Frangipani, 오리스 루트와 바닐라의 **사포**Sappho입니다. 러쉬 스파는 자체 제작한 음악과 함께 향을 즐기는 다채로운 방법을 선사하기 때문에 독특한 후각, 청각이 결합된 공감각적인 스파 프로그램이 필요하신 분께, 그래서 스파를 받고 나면 무언가 감각 여행을 다녀온 듯한 기분을 갖고 싶은 분들께 추천합니다.

윤종신, 이승철, 쿨, 성시경, 박정현, 타이거JK, 윤미래가 출연한 러쉬의 '냄새 나는 콘서트'에서 온몸으로 신나게 춤추던 로웨나 버드와 다른 러쉬 팀원분들의 모습이 여전히 눈앞에 선합니다. 제 자리가 몇 줄 뒤였기에 그 모습을 생생하게 볼 수 있었습니다. 물론 저도 있는 힘껏 흔들었습니다. 러쉬가 들려주는 전 세계 곳곳의 농장 이야기를 들으면서 언젠가 그곳들을 여행하겠다는 꿈도 갖게 되었습니다.

쨍하게 밝고 신나고 쾌활한 영국의 열정적인 향을 만나고 싶다면 러쉬에 가시길 바랍니다.

:

러쉬
www.lush.co.kr

이탈리아 본사에서 만난
아쿠아 디 파르마Acqua di Parma

어느 날 전화 한 통을 받고, 마음으로 소리를 질렀습니다. 1916년 오픈한 아쿠아 디 파르마Acqua di Parma가 이탈리아 밀라노에서 주최하는 홈 컬렉션 인터내셔널 프리뷰 행사에 한국 인플루언서로 저를 초대하고 싶다고 연락해 온 것이었습니다. 할리우드 전성기로 일컬어지는 1950년대, 케리 그랜트Cary Grant(1904-1986), 데이비드 니븐David Niven(1910-1983), 에바 가드너Ava Gardner(1922-1990), 에바 터너Eva Turner(1892-1990), 오드리 헵번Audrey Hepburn(1929-1993)[22]까지, 당대의 유명 배우들이 즐겨 입은 향수가 아쿠아 디 파르마 **콜로니아**Colonia입니다. 아쿠아 디 파르마는 2001년 LVMH그룹이 매입[23]했으며, LVMH그룹 중에서 유일하게 본사가 파리가 아닌 밀라노에 자리한 브랜드입니다.

5월, 이탈리아의 따스한 햇살을 받으며, 밀라노에서 가장 오래된 격조 있는 호텔 프린시페 디 사보이아Principe di Savoia에 도착했습니다. 1920년대의 고전적인 디자인이 돋보이는 호텔의 로비에는 은은한 향기가 잔잔한 음악처럼 흐르고 있었습니다. 인위적인 공간 향이 아닌, 꾸민 듯 꾸미지 않아 자연스럽게 존재하는 멋진 향은 아쿠아 디 파르마의 콜로니아 향초에서 나는 것이었습니다. 이 향초는 별도의 향초 단지를 가지지 않는 옐로 큐브 캔들Yellow Cube Candle입니다. 왁스가 전면 모두 노출되는 네모난 형태의 60시간 연소가 가능한 1,000g의 수공예 향초입니다. 샴푸, 컨디셔너, 샤워 젤, 보디로션, 비누와 같은 객실 안 어메니티 모두 아쿠아 디 파르마였습니다. 오렌지빛이 감도는 아쿠아 디 파르마 특유의 옐로 컬러의 종이 파일 안에는 아쿠아 디 파르마가 준비한 환영 편지가 있었습니다. 밀라노까지 오느라 쌓였던 여독이 콜로니아의 향과 함께 풀어지던 순간이었습니다.

다음 날 조식을 먹으러 간 1층 레스토랑은 미슐랭 스타를 받은 곳으로 이탈리아의 신선한 과일, 채소의 풍미를 마음껏 즐길 수 있었습니다. 식사를 마치고 들른 호텔 꼭대기 층의 스파와 풀장으로 가는 라운지에는 이탈리아 지중해의 푸른빛을 담아낸 아쿠아 디 파르마의 블루 메디떼라네오Blu Mediterraneo 컬렉션의 향수들이 진열되어 있었습니다. 블루 메디떼라네오 컬렉션 향수들은 이탈리아 지중해 연안에서 나는 과일, 식물 원료를 사용한 향수들로 설명을 읽다 보면 이탈리아 지도를 보게 되고, 그러다 보면 이탈리아 전국 투어를 떠나고 싶어집니다. 전체적인 향수의 세계관이 자극적이거나 무겁지 않게 설계되어 매일매일 기분 좋게, 산뜻하게 입기 좋습니다.

아란치아 디 카프리 Arancia di Capri, 그러니까 남부의 휴양지로 유명한 카프리의 아란치아이탈리아오렌지, 우리로 치자면 대구의 사과라고 할까요. 발랄한 무화과 향을 만나는 아말피의 무화과 **피코 디 아말피**Fico di Amalfi, 여름에도 입기 좋은 무겁지 않은 시프레소 우디향의 **시프레소 디 토스카나** Cipresso di Toscana, 특유의 탄산감이 느껴지는 이탈리아 오렌지의 시트러스함을 만나는 **치노또 디 리구리아** Chinotto di Liguria, 차분한 시트러스함을 가진 **베르가모또 디 칼라브리아** Bergamotto di Calabria, 아몬드와 바닐라향의 **만도를로 디 시칠리아** Mandorlo di Sicilia가 있습니다. **미르토 디 파나레아** Mirto di Panarea는 이탈리아의 화산섬 중 하나인 파나레아 섬에서 자라는 허브의 일종인 미르토와 바질, 칼라브리아산 레몬, 베르가못, 로즈, 블랙커런트의 향이 잔잔하게 나서 비누 향 같다는 이야기를 많이 듣는 향수입니다.

그 옆에는 플로럴 향수들을 만날 수 있는 르 노빌리 Le Nobili 컬렉션 향수들, 가수 아이유가 브이 라이브에서 이 향의 보디 크림을 쓴다고 해서 유명해진 달달한 피오니작약 향의 **피오니아 노빌레** Peonia Nobile, 장미 향의 **로사 노빌레** Rosa Nobile, 목련 향의 **매그놀리아 노빌레** Magnolia Nobile가 진열되어 있었습니다. 호텔 투숙객, 방문객들에게 아쿠아 디 파르마 향을 과하게 분사하지 않고 자연스럽게 공기 중에 머물게 해주었기에 '아… 이래서 이 호텔에서 우리가 묵게 되는구나'라고 생각했습니다. 옥상 밖으로 나가 5월의 이탈리아 햇살을 만끽하며 밀라노 시내 전경을 바라보던 평온하고 감사한 그 순간이 눈을 감으면 떠오릅니다.

호텔 정문과 담장에 핀 다홍빛의 장미. 얼굴이 크지 않은 밀라노의 5월의 장미를 만나면서 또 한 번 이탈리아의 따스한 햇살의 온도, 포근한 감촉을 느낍니다. 향수 소개문이나 리뷰를 읽을 때 종종 등장하는 단어가 바로 이탈리아 햇살입니다. 왜 이렇게 이탈리아 햇살, 햇살 하는지 이탈리아에 오기 전에는 몰랐습니다. 제가 이탈리아에 처음 온 것은 엄마와 함께였고, 아씨시 Assisi, 베니스 Venice, 피렌체 Firenze, 나폴리 Napoli 등을 여행하며 깨달았습니다. 이탈리아만의 햇살 필터가 있다는 사실을요. 유난히 포근하고 따스한 이탈리아 햇살 필터가 세상을 특유의 색감으로 완성합니다. 유럽의 화가들이 왜 그 옛날부터 이탈리아로 그림 유학을 왔는지 알겠습니다. 이탈리아 햇살을 수출할 수는 없으니까요. 이탈리아의 건축물도, 길도 그런 이탈리아 자연의 색감에 영향을 받은 사람들이 만들어서 그렇겠지만 이탈리아 햇살 필터가 더해져 더욱 아름다운 풍경을 선사합니다. 그래서인지 제게 아쿠아 디 파르마의 향수들은 다른 프랑스 향수들과는 다른 이탈리아 햇살 특유의 온도를 담은 향의 터치가 있습니다.

　　옷 못 입으면 벌금 내는 거 아니냐는 말이 있을 정도로 잘 차려입은 사람들이 많은 밀라노 시내, 건물 창가에 놓인 꽃들을 보며 점심으로 티본 스테이크, 스파게티를 푸짐하게 먹고, 카페에서 에스프레소를 마시고 행사장으로 갔습니다. 행사장은 밀라노 아르코 델라 파세 Arco della Pace, 평화의 문이었습니다.

아쿠아 디 파르마는 역사적인 장소인 이곳에 유리로 돔을 만들었습니다. 행사장에 들어갔을 때 '와우Wow'를 외치던 그 순간이 기억납니다. 까만 밀라노 밤하늘이 여과 없이 들어오는 유리로 만들어진 행사장, 고개를 올리니 천장에 매달린 유리 단지 안에 담긴 향초가 일렬로 늘어서 있는, 향초로 밝혀지는 밀라노의 밤하늘, 향기롭고 찬란한 공간에 발을 내딛는 그 놀라운 순간은 제 기억 저장고에 늘 남아 있습니다. 아쿠아 디 파르마의 콜로니아, 블루 메디떼라네오 라인의 향초, 디퓨저의 향들이 공기 중으로 가볍게 날아올라 춤을 추는 듯했습니다. 각 향은 유리 클로쉬향초 덮개로 덮여 있었고 클로쉬를 집어 들어 그 안에 담긴 향을 만나는 것은 피부 위에 자리하는 향을 만나는 것과는 또 다른 즐거움이었습니다. 아시아에서는 유일하게 초대된 한국을 포함한 세계 각국의 인플루언서들이 모인 자리, 설립된 지 100년이 넘은 아쿠아 디 파르마의 홈 컬렉션 출시를 알리는 곳에서 CEO인 로라 버디스Laura Burdese가 말합니다.

"아쿠아 디 파르마는 향만을 말하는 브랜드가 아닙니다.
예술이 일상인 이탈리안 라이프스타일을 보여주는 브랜드입니다."

그리고 이어진 저녁 만찬. 유리로 지어진 행사장 문을 열고 나와 50m 정도 떨어진 장소로 이동해야 하는 그때, 행사장 스태프는 제게 블랙 머플러를 건넸습니다. 가까운 거리지만 혹여나 5월의 저녁 바람이 쌀쌀하게 느껴질까 선물로 주는 것이라는 설명과 함께요. 순간 손님을 대접하는 이탈리아 스타일을 느낄 거라는 브랜드 담당자의 이야기가 떠올랐습니다. 섬세한 배려를 느끼며 머플러를 숄처럼 두르고서는 저녁 식사 장소까지 갔습니다.

입안에서 탱글탱글 터지는 캐비어, 유럽 배의 향미를 맛보는 식사는 코스로 이어졌고, 제 옆에는 포르투갈에서 온 사진가, 건축가 겸 인테리어 디자이너, 에디터분들이 착석했습니다. 한국에 대해 평소 그들이 궁금했던 점들을 듣고 제가 아는 범위에서 대답도 하고, 제가 아직 가보지 않은 나라인 포르투갈의 매력에 대해서 듣기도 했습니다. 그렇게 행사를 마치고 호텔 객실에 들어오니 아쿠아 디 파르마에서 준비한 아이코닉한 이탈리안 옐로 컬러의 원형 박스와 새로 출시된 향초 본조르노Boungiorno가 선물로 놓여 있습니다. 이 선물에 저는 또 한 번 감격할 수밖에 없었습니다. 본조르노는 코를 강하게 치는 자극적인 시트러스가 아닌, 이름 그대로 이탈리아의 좋은 아침(본조르노)을 담아낸 향입니다. 이탈리아 특유의 아침 햇살을 담은, 신선한, 자연의, 찬란하게 빛나는, 기분 좋은 이탈리안 레몬, 민트 잎의 향입니다. 침대 옆에 두기 좋은 향초로 지금도 제 침대 옆에 자리하고 있습니다.

아쿠아 디 파르마는 밀라노와 볼로냐를 연결하는 교통의

요충지인 파르마의 오래된 마을에서 시작한 브랜드입니다. 밀라노의 대표적인 명품 쇼핑 장소인 콰드릴라테로 델라 모다 Quadrilatero della moda에 1990년대에 오픈한 아쿠아 디 파르마의 부티크를 방문했습니다. 보디케어, 홈컬렉션 라인들, 남성들의 그루밍 제품들, 이탈리아 뮤라노 섬의 유리 장인이 직접 입으로 불어서 완성한 유리에 담긴 향초들, 웅장한 나무 케이스가 멋진 향수 소장가들의 향수 컬렉션까지 전부 만나볼 수 있는 곳입니다. 이 부티크에는 알파벳 다섯 개를 고르면 이탈리안 프레스로 새겨주는 각인 서비스가 있습니다. 아쿠아 디 파르마 향수를 담는 이탈리안 옐로 원통 케이스는 마치 가방을 만들 듯 하나하나 종이 패턴을 잘라 덧붙여 완성하는, 이탈리안 전통의 장인정신으로 만드는 종이 상자입니다. 한국에서 일부 향수들이 품절이 되었을 때 추가 발주를 넣었으나 아쿠아 디 파르마 본사에서 자신들의 향수가 큰 사랑을 받아 완판된 것은 기쁘지만 바로 만들어낼 수 있는 제품들이 아니므로 생산이 완료될 때까지 기다려 달라던 에피소드를 들었습니다. 아쿠아 디 파르마는 제품을 빨리 많이 파는 것보다 시간이 걸리더라도 제대로 만들어서 판매하는 데 가치를 두는 향수 브랜드입니다.

아쿠아 디 파르마가 있는 LVMH그룹의 밀라노 본사를 방문했습니다. 밀라노 햇살을 마음껏 만날 수 있는 휴식공간에서 만난 마케팅 팀원들과 함께했습니다. 이번 행사를 위해 그녀들은 신제품 생산, 론칭 준비, 참석자 정리, 음식 메뉴 확정 등으로 야근을 해야 했지만 즐거웠다고 했습니다. 이 사람들, 자신이 일하고 있는 브랜드를 진심으로 사랑하고 있다는 생각이 강하게 들었습니다.

줄리에는 남녀 성별 상관없이 즐기기 좋은 블루 메디떼라네오 컬렉션에서 미르토 디 파나레아와 함께 치노또 디 리구리아에도 한국 사람들이 관심을 가져주면 좋겠다고 했습니다. 이탈리아의 시트러스 오렌지 치노또의 매력을 만날 수 있는 향수로 자신이 지금 입고 있는 향수라고 덧붙이면서요. 작은 오렌지 치노또의 정령들이 꺄르르 하고 웃듯이 흩어지는 치노또 디 리구리아만의 시트러스한 향은 다른 향수 브랜드에서는 만날 수 없는 독특한 매력을 가지고 있습니다.

이탈리아 특유의 햇살을 담은 상큼하고 여유로운 향을 만끽하고 싶으시다면 아쿠아 디 파르마로 가보세요.

:

아쿠아 디 파르마
www.acquadiparma.com

104

향 공학의 선구자,
로베르트 뮐러 그뤼노브Robert Müller-Grünow

'오 드 코롱'이 탄생한 독일 쾰른에 있는 센트 커뮤니케이션 Scent Communication의 설립자이자 책『마음을 움직이는 향기의 힘』의 저자인 로베르트 뮐러 그뤼노브. 그는 삼성, BMW, 디즈니, 코카콜라 등 세계적인 기업들을 비롯하여 호텔, 뮤지엄, 공공시설의 향을 창작하고 그것이 전달되는 방식까지 설계하는 향 공학의 선구자입니다.

2020년 신종 코로나바이러스 감염증으로 인한 팬데믹이 지구를 덮쳤을 때 집과 작업실만 오가면서 조향 작업만 하던 그때 그의 책을 읽었습니다. 향기가 기억을 일깨워준다는 것, 냄새로 결정되는 호감과 비호감 등 평소 제가 향에 대해 가지고 있던 생각들과 많은 부분이 일치하여 고개를 끄덕여가며 읽었습니다. 그의 책에는 카지노, 신축 아파트와 같은 공간 향과 심리학, 의학적 측면에서 향이 활용된 풍성한 사례들이 있었습니다. 기억하고 싶은 페이지에 포스트잇을 붙이다 보니 책의 마지막 장을 덮었을 때에는 포스트잇 범벅이 되었습니다. 흥미로운 향기 이야기가 가득했기에 그와 대화를 해보고 싶어 이메일을 보냈고, 그는 고맙게도 제게 시간을 내어주어 줌Zoom으로 이야기를 나눌 수 있었습니다.

　그는 '가장 인상적이었던 후각의 순간'을 묻는 저의 질문에 삼성과 함께 일했던 때라고 대답했습니다. 그는 삼성이 브랜드 아이덴티티를 새롭게 바꾸려 하던 2004년에 삼성의 브랜드 성격에 맞는 향을 개발해달라는 요청을 받았습니다.

"향은 개인적인 경험, 자신이 살고 있는 환경에 따라 매우 다릅니다. 삼성은 특정한 향을 생각하게 하는 브랜드가 아니에요. 삼성의 플래그십 스토어는 한국은 물론 미국, 브라질, 노르웨이 등 여러 나라에 있어요. 세계 각국의 사람들이 동일한 무언가를 연상시킬 수 있는 향을 만들 필요가 있었어요. 첫 번째로 삼성의 시각 요소를 떠올렸습니다. 삼성 로고의 블루와 화이트. 이걸 어떻게 해석할 것인가 생각했어요. 전 세계 수많은 사람이 떠올릴 것이 무엇일까. 물, 공기, 바다, 산, 바다의 소금 내, 공기 같은 향을 떠올렸어요. 사람들이 어떤 향을 신선하게 느낄지 시장 조사를 했고, 만들어진 향은 패널 테스트, 블라인드 테스트를 거쳤습니다. 초록의 로즈 느낌을 선사하는 로즈 옥사이드rose oxide, 금속적인(메탈릭), 강철, 고품질의 플라스틱 노트가 어우러지는, 자연적이기보다는 첨단의, 기술의, 혁신적인 블루 앤 화이트를 연상시키는 향을 만들었습니다. 뉴욕, 모스크바, 상파울루, 서울 등의 도시에 있는 삼성 플래그십 스토어에서 그 향을 만날 수 있었죠. 저희 회사에는 약 5천여 개의 향이 있는데 지금도 여전히 많은 사람들이 최고로 꼽는 향이 바로 이 삼성의 향입니다.”

'삼성의 플래그십 스토어에 향이 있었나?' 하고 생각하던 차에 로베르트는 아쉽게도 이 프로젝트를 진행했던 직원들이 프로젝트를 떠나면서 더 이상은 삼성 플래그십 스토어에서 이 향을 만날 수 없다고 했습니다. 그는 줌 화면을 통해 가지고 있는 삼성 향을 보여주면서 언젠가는 우리가 사용하는 노트북, 스마트폰을 통해서도 향을 느낄 수 있는 때가 올 거라는 말을 했습니다. 세상은 언제나 이렇게 멋지고 흥미진진한 일들이 가득합니다. 그의 이야기를 들으면서 그런 날이 오기를 상상해봅니다.

그는 영화 〈향수: 어느 살인자의 이야기〉의 영화사로부터 향 창작을 의뢰받았다고 합니다. 조향사 크리스토프 로다미엘 Christophe Laudamiel과 함께 선별된 영화관과 시사회에서 주요 장면에 분사되는 향들을 개발했습니다. 크리스토프가 조향한 향수 중에는 그 유명한 **아베크롬비 앤 피치** Abercrombie & Fitch의 향수 **피어스** Fierce가 있습니다. 아베크롬비 매장에 한 번이라도 들어가보셨다면, 이 향수 이름을 듣자마자 피어스 향수의 향을 떠올릴 수 있습니다. 내가 숨을 들이켜는 건지, 향수통을 들이마시는 건지 알 수 없을 정도로 매장 안을 가득 채운 특유의 시트러스함, 카다멈이 받쳐주는 그린함, 플로럴이 깔린 짙은 우디 향을 가진 그 향 말입니다. 특정한 향수가 브랜드를 바로 연상시키게 하는 향수 마케팅의 대표적인 향수입니다.

"회사 사람들이 다 싫어하는 향수가 있어요. 바로 이 영화의 주인공 장 바티스트 그르누이가 태어난 더러운 파리의 생선 시장 장면에서 영감을 받아 만들어진 향수 '파리 1738'이에요. 너무 싫어해서 지하실에 몇 겹으로 아주 잘 포장해서 보관하고 있습니다. 절대로 그 향이 안 나도록 말이죠. 웬만한 사람들은 이 향을 맡으면 바로 도망갈 거예요. 코가 아프다고 느낄 정도니까요. 물론 저는 지독하고도 독한 이 향수를 좋아하는 사람들도 알고 있어요. 그들은 급진적이고 실험적인 아방가르드Avant-garde한 프랑스인들로 주로 아티스트들이에요. 정말 이 향을 좋아하고, 향수로 피부 위에 입고 싶어 해요. 뉴욕, 런던, 상파울루의 영화관에서 영화가 상영될 때 이 향이 영화관 안을 채웠어요. 그리고 영화를 보시면 아시듯이 영화의 주요 장면인 살구 파는 아가씨의 향, 다양한 향료가 뒤섞인 장 바티스트의 지하실 향으로 이어졌어요. 그리고 마지막은 궁극의, 매우 아름다운 향으로 장식하고요."

향수를 좋아하는 사람들에게는 고전과도 같은 영화 〈향수: 어느 살인자의 이야기〉의 장면에 영감을 받은 향들이라니. 감탄하고 궁금해하는 제게 로베르트는 독일 쾰른에 온다면 향을 맡게 해주겠다고 약속했습니다. 한국에 한 번 온 적 있는 그는 김치, 비빔밥을 좋아해서 쾰른에 있는 한식 레스토랑에도 온 가족들과 함께 간다고 합니다.

"한국의 음식들은 매우 다양한 질감을 가지고 있고, 시고, 맵고 그러면서도 맵지 않은 다양한 맛과 향을 가지고 있어요. 특정해서 꼬집어 말할 수 있는 향이 아닌 다채로운 향이 있었어요. 식탁에 앉았을 때 나던 그 향이 기억나요."

한국 음식은 향이 강하다고 말하는 사람들이 있다는 이야기를 들려주니 그는 자신이 한국 음식에 적응이 되어서 그런지 모르겠다며 그저 한국 음식이 편안하고 건강하게 느껴진다고 합니다.

저는 오프라인에서 향수 경험이 많지 않은, 30대 후반 이상의 한국 남자들을 대상으로 강의를 한 적이 있습니다. 평소에는 물론 특별한 날에도 향수를 거의 입지 않는, 가지고 있는 향수는 보통 누군가에게 선물로 받은 향수가 전부이고, 본인이 스스로 향수를 구매해서 입은 적이 없는 분들이셨습니다. 재스민은 한국에서 꽃으로 볼 수 없고, 문화적으로도 애용한 적 없는, 낯설 수밖에 없는 꽃이고 향입니다. 재스민 인공향료를 시향할 때 창문을 열어 달라, 머리 아프다, 속이 안 좋다는 반응을 받기도 했습니다. 패출리의 경우, 재스민보다 더 격렬한 부정적인 반응을 받았습니다. 재스민보다 "창문을 열어주세요."의 목소리 데시벨이 더 높았습니다. 저는 로베르트에게 먹고 자라고 살아온 사회 문화적 환경이 다르기 때문에 그런 반응이 나온 것 같다는 제 생각을 전했습니다.

"좋은 정보를 공유해줘서 고마워요. 맞아요. 재스민은 진하긴 해요. 일부 유럽에서는 재스민을 길에서 우연히 만날 수 있어요. 특히 밤에는 재스민 향이 난답니다. 물론 향수처럼 농도가 진하지는 않아요. 공기 중으로 퍼져나가는 재스민 꽃 향이니 무겁지는 않겠지만 그렇게 평상시 만날 수 있으니 아무래도 그 경험이 있는 유럽인들에게 재스민이 더 익숙하게 여겨질 수 있어요. 저희 회사는 브랜드 매장과 호텔의 실내 공간 향을 만들기도 해요. 독일은 품질 요구사항 기준이 매우 높아요. 정교해야 하고 좋은 품질을 가져야 해요. 반면에 미국은 향이 고품질일 필요는 없지만 비싸면 안 됩니다. 그리고 향이 강해야 해요. 강한 향일수록 더 좋아해요. 유럽과는 정반대예요. 중국 역시 강한 향을 좋아했어요. 그러고 보면 10년 전

베이징, 상하이에서 택시를 타면 그 안에서 강한 향이 났어요. 향이 강한 것에 익숙한 듯해요. 한국, 일본은 이와는 또 다르고요. 유럽도 스페인, 독일, 프랑스, 이탈리아 그리고 동유럽이 각각 다르고요.”

그의 말을 들으면서 이 또한 개인의 경험에 따라 다르다는 생각을 하게 됩니다. 한국에도 그 공간에 들어가자마자 얼굴을 불쑥 들이미는 강한 향을 지닌 곳들이 있습니다. 물론 이것 또한 제 개인적인 경험과 해석입니다. 누군가는 그 정도의 향의 농도를 강하다 여기지 않을 수 있습니다.

“최근 몇 년간 독일은 아랍에미리트나 파키스탄 산지의 우디한, 달콤한, 무거운, 짙은 향이 유행하는 듯해요. 저는 개인적으로 이런 향의 계열을 좋아하지 않아서 이 트렌드가 바뀌길 바라요. 전 산뜻한 프레시 노트의 향을 좋아합니다. 물론 제 고객사들은 여전히 우디 노트를 좋아하고 있지만요.”

독일에는 5년마다 카셀에서 열리는 도큐멘타documenta, 10년에 한 번 열리는 뮌스터 조각 프로젝트Skulptur Projekte Münster를 보기 위해 간 적이 있습니다. 프랑크푸르트, 베를린에도 들렀는데 모두 저마다의 특색이 있는 도시들이라 기억에 남지만 특히 뮌스터가 지금도 뚜렷하게 기억납니다. 거리 곳곳에 피어 있던 핑크빛 장미꽃들, 자전거 이용자가 많은, 그래서 공기가 좋았던 뮌스터 시내에서 가벼운 공기를 타고 온 향긋한 장미 향이 기억납니다. 로베르트는 뮌스터에 몇 번 간 적은 있으나 그걸 인지한 적이 없어서 다음에 갈 때는 코를 열어두겠다 합니다. 천만 도시의 미세먼지 속에 있다가 간 저이기에 뮌스터의 공기가 확연히 다른 걸 느낀 것이 아닐까 하는 생각이 듭니다.

2013년 대림미술관에서 열린 세계 최고의 출판 장인 게르하르트 슈타이들Gerhard Steidl의 전시회인 〈슈타이들과 함께 책 만드는 법〉에 간 적이 있습니다. 독일 괴팅겐Göttingen에 있는, 지금은 그 주소가 홈페이지에 있지만 당시에는 일 있는 사람이 연락하면 주소를 알려주던 출판 장인 슈타이들. 이제는 세상을 떠난 독일 출신의 패션 디자이너, 샤넬의 크리에이티브 디렉터였던 칼 라거펠트Karl Lagerfeld (1933-2019)가 인쇄 제작물들은 슈타이들을 통해서만 만들어냈던 것으로 유명합니다. 그런 출판 장인 슈타이들의 몸에서 나는 종이 향에서 영감을 받아 만들어진 향수가 있습니다. 페이퍼 패션Paper Passion, 칼 라거펠트가 직접 이 향수의 패키지를 디자인하고, 노벨 문학상을 받은 귄터 그라스Günter Grass가 포장 케이스에 자신의 시를 장식했습니다. 이 향수는 로베르트가 수년간 함께 작업해온, 미니멀한 건축물 같은 조향을 하는 조향사 게자 쉔Geza Schön이 창작한 향수로 인쇄소의 짙은 잉크, 마른 종이의 향에 오스만투스 꽃, 머스크사향를 담은 향입니다. 운 좋게 슈타이들 전시회의 초대 작가로 현존하는 팝 아트의 거장 짐 다인Jim Dine의 인터뷰 통역을 하게 되면서 오프닝 파티와 전시에서 그 향을 만날 수 있었습니다. 책이 있는 공간을 좋아하는 사람들이라면 좋아할 출판 장인에게서 나는 인쇄소의 향이었습니다. 그 향수는 고등학교 때 도서반 반장이었던 제가 도서반원들의 글을 모아 부반장과 함께 갔던, 지게차, 오토바이가 바쁘게 움직이던 충무로의 인쇄소를 생각나게 했습니다. 그곳에 가득 쌓여 있던 종이 넘어 뚜렷하게 다가오던 잉크향과, 책이 나온 후 동기와 후배들과 웃고 떠들던 그때를 동시에 떠오르게 하는 그런 향이었습니다. 아쉽게도 이 향수를 소장하고 있지는 않지만 지금도 기억할 정도로 뚜렷한 향이라고 하자 친절한 로베르트는 게자 쉔에게 아직 샘플이 있을지 모르겠다는 말을 해주었습니다.

"후각을 잃는다는 것은 정말 슬픈 일이에요. 후각을 잃으면 와인, 음식에 대한 맛을 잃고 결국 고마움을 잊어버리게 돼요. 향을 맡는다는 것에 감사할 수 없는 사람이라면 일상의 소중함을 모르는 사람일 수도 있어요."

로베르트의 말을 들으면서 코로나 후유증으로 후각을 잃었던 사람들의 이야기를 떠올리며 후각의 소중함을 다시금 깨우칩니다. 영어, 독일어, 포르투갈어를 하는 로베르트는 아쉽게도 자신은 한국어는 하지 못한다고 했습니다. 한국에 한 번 방문했을 때 한글이 배우기 어렵지 않았던 것이 기억난다고 했습니다. 그에게 저는 한국은 인류 역사상 유일하게 왕이 백성을 위해 만든 글자, 한글을 가지고 있다 했습니다. 한국의 멋진 영웅들을 향수로 기억하고 싶어 세종대왕 향수를 만들었다는 제게 그는 축하한다며 응원해주었습니다. 브랜드와 향을 연결 짓는 작업, 향이 우리의 행동, 감정, 기억에 영향을 미치기에 향으로 커뮤니케이션을 하는 것. 그것에 대해 아무도 신경 쓰지 않을 때 그 일을 개척해나간 로베르트는 센트 커뮤니케이션은 매우 작은 회사지만 매우 바쁜 회사라고 말합니다. 누구보다 먼저 그 일을 해왔기에 전 세계 여러 브랜드에서 작업 의뢰를 받고 있는 그는 팬데믹 상황에도 바쁘게 보낼 수 있음에 감사하다고 했습니다.

"얼마나 비싼 향수를 가지고 있느냐가 중요한 것이 아니에요. 향은 향수만 가지고 있는 것이 아니에요. 향은 어디에나 있어요. 우리를 둘러싼 환경에 감사하는 것이 중요해요."

그의 말에 다시 한번 생각하게 됩니다. 누군가는 내가 먹는 것이 바로 나 자신이라고 말할 것입니다. 저는 "내게 나는 향이 나 자신"이라고 말할 것입니다. 내가 좋아할 수 있는 나의 향

책『창조하는 뇌』에서 "예술가 역시 지극히 평범하고 사회생활도 활발히 하는 개인이다."[24]라고 말했듯 향수의 세계 역시 마찬가지입니다. 조향사들은 다른 브랜드의 향수 창작 작업 공지가 뜨면 팀을 이루기도 합니다. 창작한 향수가 경쟁에서 선택되기도, 탈락하기도 하고, 향수를 만들기 위해 지하철을 타고 출근하기도 하고, 멀리 출장가기도 합니다. 지극히 현실적이기에 프란시스 커정은 제게 이렇게 말했습니다.

"저는 조향사이지 예술가가 아니에요. 제가 만든 향수에는 판매가격이 정해져 있어요. 그런 저를 예술가와 같다고 볼 수는 없지요."

세상을 향해 자신의 창작물을 내놓으면서 돈이라는 사회적 시스템에 의한 가치평가를 명확하게 받는 조향사 역시 우리와 크게 다르지 않다는 것을 말씀드리고 싶습니다.

당신이 만든 최고의 향수는 무엇이냐는 제 질문에 조향사 대부분은 "제가 만드는 최고의 향수는 제가 다음에 만들 향수예요."라고 대답했습니다. 지금 자신이 하는 일을 즐기고, 다음 창작물을 위해 노력하고, 그 창작물의 결과를 기대하는 희망찬 에너지가 가득한 사람들이었습니다. 향수 브랜드를 창업한 창업가들 역시 마찬가지였습니다. 그들은 본인이 원하는 것을 확실하게 알고, 그 일을 잘 해내기 위해 집중하는, 그 과정에서의 스트레스는 응당 자신이 감내할 것으로 여기는 사람들이었습니다. 그들은 자신이 지금 무슨 말을 하고 있는지를 아는 사람들이었고, 눈앞에 있는 사람을 존중할 줄 아는 사람들이었습니다.

제가 만난 조향사들과 창업가들은 자기 생각을 정확히 전달하고 명확한 단어를 선택하려고 했습니다. 눈에 보이지 않는 향을 다루기 때문에 더더욱 그런 것인지도 모르겠습니다. 그걸 전달하는 말솜씨와 태도는 겸손하고 우아했습니다. 그래서 서로 주고받는 대화의 결이 매끄럽고 부드러웠고 그래서 더 잘 전달받았다고 느꼈습니다. 그들이 제게 해준 말들은 좋은 잔향이 되어 삶에 감사하는 마음을 갖게 하고, 힘들 때마다 꺼내어 보는 말이 되었습니다. 마스터 조향사들, 향수 브랜드 설립자들의 창업·창작에 관한 이야기는 다른 누구를 위해서가 아닌 저 자신을 위해서 적은 것이기도 합니다.

그들이 세상에 내놓는 향수도 향기롭지만 제게는 그들 자체가 더 향기로웠습니다. 그들과 함께한 시간을 떠올릴 때면 공기도 생각도 마음도 아름다워집니다. 함께 있다 헤어지고 나서도 잔향이 좋은 사람들을 통해 저 스스로를 돌아보게 되고 앞으로의 저 자신을 그려보게 됩니다. 저 역시 좋은 잔향으로 기억되는 향상 香相(향의 형태)을 가진 향기로운 사람이 되고 싶습니다. 다시 만나 커피 한 잔을 함께 하고 싶은 사람들, 삶을 보다 향기롭게 만드는 사람들, 내가 입는 향수를 만든 사람이 어떤 사람인지 아시면 향수가 더욱 친근하게 느껴지실 것 같아 그때

의 기억들을 꺼내보았습니다. 그들과의 시간의 향기가 잘 전달
되기를 바라면서요.

3.

향수의 도시 그라스

향수의 도시,
그라스Grasse에 가다

향수의 도시, 그라스Grasse.

첫 방문은 향수를 좋아하는 친구와 함께 여행으로, 두 번째는 대한항공 게스트 하우스 입주자 캠페인에 선정되고 거기에 운 좋게 시기가 맞아 MBC 다큐스페셜 〈프랑스에 물들다〉에 출연하게 되면서 다시 찾게 되었습니다. 향수 하면 떠오르는 향수의 도시 그라스는 영화로 유명한 소설 『향수: 어느 살인자의 이야기』의 배경이 된 도시로 에르메스의 수석 조향사를 역임했던 장 끌로드 엘레나Jean-Claude Ellena, 세계적인 조향 그룹 퍼미니쉬Firmenich 출신의 루이 비통 수석 조향사인 자크 카발리에 벨투뤼Jacques Cavallier-Belletrud가 태어난 곳이기도 합니다. 그곳에서는 5월에는 장미 축제, 8월에는 재스민 축제가 열립니다. 특히 1946년부터 시작된 재스민 축제는 향수 산업의 세계적인 중심지인 그라스에 걸맞은 축제라는 생각이 듭니다.

알프스산맥 해안가의 구릉 지대에 위치한, 인구 약 5만 명의 그라스. 향을 기록하는 세계적인 저널리스트들이 묘사하는 이곳은 장미, 재스민, 노랑 수선화, 라벤더, 미모사와 다양한 허브들로 가득 찬 곳이었습니다. 어느 조향사는 그라스 길가에 핀 라벤더 향이 기억난다고 했고, 언론인인 셀리아 리틀턴Celia Lyttelton은 자신의 향수를 만들기 위한 여정을 기록한 책『지상의 향수, 천상의 향기』The Scent Trail에서 예전 그라스에는 길가의 도랑에 재스민 꽃잎이 가득했고, 주유소에서는 재스민 잔가지를 건네주었다고 했습니다.[25] 주유한 후에 재스민 잔가지를 받는다는 건 어떤 기분일까 상상을 하며 프랑스 니스Nice에서 버스를 타고 도착한 그라스는 생각과는 많이 달랐습니다. 장미 농장을 보러 가려면 그라스 도심에서 차로 한참을 나가야 했습니다. 자동차와 오토바이가 쌩쌩 달리고 있었고, 도로는 차들로 꽉 막히기까지 했습니다. 물론 그곳의 차가 서울보다 많지는 않았기에 공기는 서울보다 맑았습니다.

오렌지빛이 섞인 빛바랜 그라스의 집 지붕에서 이 도시의 시간을 만납니다. 가죽 산업의 중심이었던 그라스는 꽃을 활용해 가죽에 향을 입히며 프랑스 궁정의 큰 사랑을 받아 본격적으로 향수 산업이 발전하게 됩니다. 현재까지도 천연 향료와 식품 향에 있어서 선두적인 도시이며, 장미, 재스민, 오렌지 블라썸 등의 꽃을 재배하고 증류해내고 있습니다.[26] 국제 향수 박물관Musée International de la Parfumerie, MIP에서는 향수의 역사뿐만이 아니라 향수 설명문에 자주 등장하는 로즈 드 마이, 제라늄, 재스민, 튜베로즈 등의 꽃들에 대한 정보를 그 특유의 향과 함께 만날 수 있었습니다. 파우더리한 느낌을 선사하는 따스한 노란

빛의 미모사 꽃을, 비록 꽃은 피어 있지 않았으나 로즈 드 마이
_{센티폴리아} 장미 줄기와 재스민의 풀잎들도 직접 볼 수 있었습니다. 그 옛날 고대 문명사회의 향수를 담은 단지들부터 샤넬 넘버5와 같은 역사적인 향수병들까지 전시되어 있었습니다. 6월의 그라스 거리 곳곳에서는 라벤더와 로즈메리를 흔하게 만날 수 있습니다. 로즈메리를 손으로 비벼 향을 맡고, 보랏빛 라벤더에 가까이 다가갔습니다. 길가에서 만나는 하얀 꽃을 보면서 은방울꽃인 뮤규에_{muguet}인지, 재스민인지, 사과 꽃인지 궁금해하면서 걷기도 했습니다. 그러면서 이런 대화를 함께 나눌 수 있는 친구와 그라스에 함께 올 수 있음에, 서로의 존재에 그리고 향수에 감사했습니다. 그때는 몰랐습니다. 그다음 해에 우리가 한 번 더 이곳에 오게 된다는 사실을요.

간간이 들리던 천둥소리가 매서운 비가 되어 사정없이 내리치기 시작했습니다. 우산이 없었던 우리는 비를 피하기 위해 버스 정류장에 들어갔습니다. 탁 트인 하늘 아래에서, 선명하게 짙은 회색의 먹구름을 바라보면서 인정사정없이 도로를 때리는 빗소리를 만끽해야만 했습니다. 그때 곧 비가 내릴 거 같다고 했던 상냥한 퍼퓨머리 직원이 한 말이 생각났습니다.

"우리 인간에게는 불편해도 비는 와야만 해요. 그래야 꽃들이 피니까요. 비가 오면 꽃들에게 좋아요."

자연에 감사하는 이곳 사람들의 마음과 버스정류장 길가에 핀 6월 그라스의 라벤더와 로즈메리의 향이 깊고 차분하게 제 속에 들어와 자리하고 있습니다.

그다음 해 5월, 다시 그라스에 가게 되었습니다. 혹시 기억 하시는 분들이 계실지 모르겠습니다. 대한항공의 게스트 하우 스 입주자 캠페인을요. 그 캠페인 중 하나였던 에메랄드빛의 생트크루와 호수Lac de Sainte-Croix가 있는 프랑스 남부의 무스티에 생트마리Moustiers-Sainte-Marie의 게스트 하우스에서 머무르게 되 었습니다. MBC 특집 다큐멘터리 제작팀과 함께 공기 좋은, 길 가에 핀 장미꽃들의 향이 자연스럽게 느껴지던 인구 711명[27]의 작은 마을 무스티에 생트마리에 도착했습니다.

숙소에서 창문을 열었을 때, 그 전날 촬영 갔던 파이앙스 faience(프랑스의 채색 도자기) 장인이 지나가고 있어 창가에서 인사를 나누었습니다. 디즈니 영화 〈미녀와 야수〉Beauty and the Beast의 주 인공 벨이 아빠와 함께 살 것만 같은 아주 작은 마을이었습니 다. 프랑스의 벽지나 초상화의 드레스에서 보던 에메랄드빛이 여기서 나온 것인가 싶은 에메랄드빛의 생트크루와 호수에서 작은 보트도 몰아보고, 유럽에서 가장 큰 협곡, 세계에서 두 번 째로 큰 협곡인 베르동 협곡Le Georges du Verdon에 서서 눈과 심장이 쫄깃쫄깃해지는 경험을 하기도 했습니다. 고개를 들면 광활한 하늘에서는 독수리가 날아다니고, 고개를 숙이면 바로 절벽이 었습니다. 대여섯 발자국만 가서 한 발자국만 내딛으면 낭떠러

지인 곳. 그런데 그 절벽에서 낙하산 짊어 메고 스카이다이빙을 하던 사람들, 협곡 절벽 중간중간에서 대롱대롱 쉬고 있는 사람들도 있었습니다. 베르동 협곡과 생트크루와 호수, 그리고 '저기에 어떻게 별을 달았지' 싶은 높은 곳에 누군가 달아놓은 인공 별이 반짝이던 마을 무스티에 생트마리. 마을 사람들 이야기로는 십자군 전쟁에 나간 이들이 안전하고 건강하게 돌아오길 바라는 마음으로 옛 사람들이 달았다는 인공 별을 뒤로하고 그라스로 왔습니다.

그라스의 5월,
센티폴리아 장미 농장

그라스의 아침 공기는 평화롭고 신선했습니다. 고맙게도 MBC 특집 다큐멘터리 제작팀은 그라스에서 방문하고 싶은 곳과 하고 싶은 것을 알려달라고 하셨습니다. 그래서 지난해에 와서 하지 못했던 것, 바로 꽃 농장에 가는 것부터 말씀드렸습니다.

그렇게 아침 일찍 분주하게 달려 도착한 곳은 세바스찬의 센티폴리아 장미 농장이었습니다. 세바스찬의 개가 농장에 도착한 우리를 반겨주었습니다. 그 개는 재치 있게 입에 빨간 포피 꽃 poppy(양귀비)을 물고 우리를 환영해주었습니다. 포피 꽃에 정말 향이 없다는 걸 이때 확실히 알았습니다.

5월의 그라스는 한창 장미를 수확하는 시기입니다. 향수 브랜드에서 로즈 하면 자주 들어보았을 로즈가 튀르키예, 불가리아에서 재배하는 다마스크 로즈 그리고 그라스의 센티폴리아 로즈입니다. 프로방스 로즈 프랑스 프로방스 지역에서 자라는 장미, 캐비지 로즈 양배추처럼 잎이 많아서 이름 붙여진 양배추 장미, 로즈 드 마이 rose de mai(5월의 장미)라 불리는 센티폴리아 로즈는 양배추과 장미로 한 송이에 수십 장의 꽃잎을 가지고 있습니다. 톡 쏘기보다는 중앙에 꿀

이 부드럽게 흐르는 인상을 가진 장미 향입니다.

　그라스의 일부 농장은 샤넬, 디올 등의 소유이고, 세반스찬과 같은 농장들의 경우 수확한 꽃들을 이들 연구소로 보낸다고 했습니다. 세바스찬의 농장에서 수확된 센티폴리아 장미는 최상급으로 여겨지고 있다 했습니다. 5월의 아침 햇살을 충만하게 즐기고 있는 우아하고 부드러운 분홍빛의 센티폴리아 로즈가 초록색 풀과 함께 어우러져 있는 모습을 처음 보던 그 순간을 지금도 생생하게 기억합니다. 장미꽃의 향은 공기 중으로 흩어지는 성향이 강하기 때문에 햇빛에 향이 다 건조되기 전인 아침에 꽃을 따야 했습니다. 그래서 아침에 서둘러 나와 센티폴리아 로즈 따기 체험을 위해 바구니를 들었습니다.

　센티폴리아 로즈의 특징은 꽃잎이 많다는 것입니다. 꽃잎의 두께는 한국의 아파트 단지에 피는 빨간색 장미 꽃잎보다 얇고 표면은 더 부드럽습니다. 풍성한 센티폴리아 장미꽃을 잡고, 반 바퀴 살짝 돌리면서, 손톱으로 꽃대 밑줄기를 끊어냅니다. 수분을 너무 많이 머금어 꽃잎의 색이 명확하지 않고 흐리멍덩한 분홍색을 지닌 센티폴리아 장미는 버려야 했습니다. 선명한 분홍빛, 품위 있고 당당하면서 탄탄한 꽃잎을 가진 센티폴리아 로즈만 바구니에 넣었습니다. 그렇게 버려진 꽃이 아주 많았습니다. 최상의 상태인 센티폴리아 로즈만을 수확하는 것이 그라스 센티폴리아 로즈를 최상으로 여기게 하는 이유라는 생각이 들었습니다. 아침이 지나 해가 높이 올라가자 작업은 끝났고 수확한 장미를 밭에 놓인 큰 바구니에 부어 한곳에 모았습니다.

오전 내내 수확한 센티폴리아 로즈는 그 수가 많지 않았습니다. 1파운드(약 454g)의 로즈 드 마이 장미 오일을 만들어내기 위해서는 5톤의 장미 꽃잎이 필요합니다.[28] 이날 저희가 수확한 걸로는 1그램도 나오지 않을 듯합니다. 땅에 버려지는 장미꽃이 아까워서 촬영 끝나고 모아서 포푸리로 사용하면 좋겠다고 생각했는데, 마음씨 좋은 세바스찬은 바구니에 담겨 있던 최고로 선명하고 또렷한 것만 골라서는 저희와 촬영팀을 위한 선물로 종이봉투 안에 넣어주었습니다.

"그라스까지 왔으니 그라스 최고의 센티폴리아 장미를
품에 안아가세요."

바구니 앞에 무릎 꿇고 앉아 센티폴리아 로즈를 포장해주는 세바스찬 옆에 저도 쪼그려 앉아 고맙다는 인사를 했습니다. 장미꽃을 수확하는 것은 단순해 보이지만 꽃잎에 손상이 가지 않게 해야 하는 섬세한 작업이기 때문에 아직은 기계로 할 수 없습니다. 향료 산업은 사람의 손이 많이 필요한 노동집약적 산업입니다. 그래서 인건비가 높은 곳에서 발전하기 어렵습니다. 한국에서 자라는 꽃들에서 향수에 사용할 원료를 추출하면 좋겠다는 생각을 합니다. 풀과 나무보다 꽃이 어려운 것은 보통은 1년에 한 번 수확하며, 그 제한된 수확량을 가지고 오일 추출을 하는 만큼 추출 노하우를 쌓는 데는 시간이 걸리기 때문입니다. 그 시간이 결국 비용이고 이렇게 생산된 물질을 제품으로 활용하기 위해서는 국내외 기준에 맞춰 문제들을 해결해나가야 합니다. 프랑스는 오랜 시간 이 분야에서 연구를 해왔기에 전 세계로 수출하는 제품들을 만들어낼 수 있었습니다. 그라스에 대해 300여 년 동안 이 산업에 힘을 썼다고 이야기하는 만큼 최소한 300번의 시도는 한 셈이니까요. 그래도 또 모릅니다. 한국은 언제나 예상을 뛰어넘으니까요.

그라스의 향 증류 공장

다른 날 아침, 저희는 프랑수아의 향 증류 공장을 찾아갔습니다. 세바스찬의 농장에서 센티폴리아 장미꽃을 수확하는 즐거움을 경험했다면, 프랑수아의 증류소에서는 증류가 되어 물 또는 오일로 만들어지는 것을 보고 싶었습니다. 고맙게도 제작팀에서 그곳을 섭외해주셨고, 그렇게 간 곳이 바로 휴일도 없이 하루도 쉬지 않고 대를 이어 매일 아침 향 증류 작업을 하는 프랑수아의 증류소였습니다. 증류소 옆 프랑수아 소유의 농장에는 장미, 라벤더 등의 꽃과 허브들이 가득했습니다.

증류소 안에는 이날 아침에 수확한 센티폴리아 장미가 흐드러지게 깔려 있었습니다. 핑크빛의 센티폴리아 장미꽃 더미를 보는 것만으로도 기분이 좋아집니다. 엄지공주가 되어 꽃잎 세상을 만끽하는 상상을 해봅니다. 증류소 실내 공간 안을 가득 채운 센티폴리아 장미꽃 향은 세바스찬 농장의 하늘 아래에서 만난 것보다 밀도감이 높았습니다. 그야말로 감미로운 장미향이 우리를 두 팔 벌려 안아줍니다. 우리는 촬영도 잊은 채 꽃바닥에 앉아 꽃을 공중으로 뿌려댔습니다. 허공에서 떨어지는 센티폴리아 장미꽃잎은 우아한 춤사위를 선보이는 커플의 스텝처럼 부드럽고, 매끄럽게 우리를 향해 내려옵니다. 부드럽고 신선한 꽃잎의 촉감이 지금도 기억납니다. 제 두 손이 이와 비슷한 촉감을 경험하게 되면 머리보다 먼저 이 경험을 상기해낼 겁니다.

센티폴리아 로즈 꽃잎을 두 손 가득 채워 바구니에 넣고서는 프랑수아의 거대한 증류통에 와르르 부었습니다. 분홍빛 센티폴리아 로즈 꽃잎들이 증류통 안을 폭신하게 채우는 과정은 향기로움 그 자체였습니다. 안 좋았던 기억과 감정들이 센티폴리아 로즈의 향으로 치유되는 듯했습니다. 프랑수아는 어느 정도 채워졌는지 쓱 보더니 증류통 뚜껑을 닫고서는 압력기를 세팅합니다. 그렇게 증류통 앞에 있자니, 그 옛날 원소의 성질과 변환을 연구했던 연금술사나 혹은 마법사가 된 기분이었습니다.

증류소 밖에서 만나는 그라스의 자연은 몽글몽글 보드랍고 푸른 초원, 파란 하늘의 동화책 속으로 들어온 기분을 갖게 합니다. 영국 테이트Tate 미술관의 큐레이터인 제시카 모건Jessica Mogan이 제10회 광주 비엔날레의 총감독으로 한국에 왔을 때 잡지사 인터뷰 통역을 하게 되었습니다. 그녀는 아티스트들이 작업하는 곳을 꼭 직접 방문한다고 했습니다. 작품을 만들어낸 작가가 지내고 있는 환경을 직접 보고 만나면 그 작가의 작품 세계를 더 잘 이해할 수 있기 때문이라고 했습니다. 그녀의 말이 맞습니다. 매일 보는 풍경은 작가에게 영향을 줄 수밖에 없습니다. 그라스에서 태어난 장 오노레 프라고나르Jean-Honoré Fragonard(1732-1806)가 프렌치 로코코Rococo 화가[29]로 유명한 것은 우연이 아니라는 생각이 듭니다. 그의 작품 속 특유의 부드러운 색감이 여기 그라스의 자연에 있습니다. 이 아름다운 자연이 그의 붓질 하나하나에 스며 있습니다.

프랑수아는 이제 증류가 끝났다며 다시 증류소 안으로 들어오라고 합니다.

> "장미꽃에서 난 향과 증류되어 나온 향은 100% 같지는 않아요. 증류되면서 파괴되는 성분들이 있기 때문이에요. 2~3개월이 지나면 향이 진정되고 부드럽게 나아질 거랍니다."

종이컵 크기의 컵 안에는 막 증류가 끝난 물이 그리고 그 위에는 오일이 얇은 막처럼 생겨 있습니다. 두 사람이 들어가도 한참이나 남을 정도로 큰 통에 센티폴리아 로즈 꽃잎을 가득 채워 넣어서 얻어낸 것이 겨우 이 정도라니. 새삼 왜 그렇게도 오랜 시간 동안 인류의 역사에서 황제, 귀족과 같은 특권 계층들만이 향수를 즐길 수 있었는지 깨닫게 됩니다. 그리고 향수를 원하면 살 수 있는 지금 시대를 살아 행운이라는 생각이 들었습니다.

막 증류된 센티폴리아 로즈의 향은 마치 달고나 만들 때 나는 들큼한 향 같았습니다. 프랑수아는 우리에게 증류한 지 3개월이 지난 센티폴리아 로즈 워터가 첨가된 물을 내어주며 마셔보길 권했습니다. 식품에 들어가는 천연 향료산업 역시 그라스에서 크게 발전한 산업이니 먹어도 되겠다 싶어 기꺼이 마셨습니다. 코에서는 약간 탄 설탕 내가 났지만, 입안에서는 센티폴리아 장미 향이 퍼집니다. 목구멍으로 넘기기 전에 향을 만나는 후비강에서 생생하게 센티폴리아 장미 농장이 그림처럼 펼쳐집니다. 찬란하게 말이죠. 파리의 라뒤레Ladurée에서 먹었던 풍성한 로즈 향의 생크림이 떠오릅니다. 코와 입을 통해 향을 만날 수 있다는 건, 건강하다는 건, 신선하고 맛있는 음식을 먹을 수 있다는 건 참으로 고마운 일입니다. 센티폴리아 로즈의 아름다운 향을 위해 고생하신 농장, 증류소의 사람들과 함께 태양, 비, 구름 등 자연에도 한없이 감사하게 됩니다.

"지금 증류한 이 센티폴리아 로즈 워터를 선물로 드릴게
 요. 그라스의 5월을 기억해주세요."

프랑수아의 선물 덕분에 한국에 돌아온 후에도 물에 센티폴리아 로즈 워터를 넣어 마시면서 그라스의 5월을 떠올려 볼 수 있었습니다. 아직은 그라스에서의 센티폴리아 로즈 향을 온전히 닮은 향수는 찾지 못해서, 언젠가 제가 만들어야겠다는 생각을 하고 있습니다. 그래도 상큼하고 산뜻하게 로즈의 향을

느끼기 좋은 향수로 **프레쉬**Fresh의 **로즈 모닝**Rose Morning, **겔랑**의 **아쿠아 알레고리아 로사 로싸**Aqua Allegoria Rosa Rossa를 추천드립니다.

영화 〈향수〉의 그라스

그라스 관광청의 디렉터인 프랭크와 국제 향수 박물관의 도미니크의 전문적인 설명을 들으며 국제 향수 박물관을 찬찬히 살펴보고 그라스 구도심을 걸었습니다. 언덕이 이어지는 그라스. 분지에 자리 잡은 이 도시는 독일 출신의 작가 파트리크 쥐스킨트의 소설 『향수: 어느 살인자의 이야기』의 주인공 장 바티스트 그르누이가 살았던 1700년대에도 향수의 도시로 이미 유명했습니다.

소설도 유명하지만, 2006년에 개봉한 동명의 영화가 많은 사람에게 깊은 인상을 남겼습니다. 다만, 영화는 스페인에서 촬영된 것이기 때문에 영화 속 그라스의 풍경은 이곳 그라스와는 사뭇 다릅니다. 버려진 생선 머리와 내장들의 썩은 내가 진동하는 파리의 생선 판매상 좌판대에서 태어난 장 바티스트 그르누이. 죽을 줄 알았으나 살아난 그는 탐욕스러운 사람들 밑에서 물건처럼 거래되듯이 살아가게 됩니다. 그는 세상의 모든 향과 냄새를 기억하고 그 향기 물질을 쫓아 향의 발원지를 추적해낼 수 있는 탁월한 능력을 가졌습니다.

영화를 보신 분은 아시겠지만 그는 거의 인간 향분자 추적기입니다. 엄청난 악취가 나는 가죽 무두질을 하며 지내던 그는 악취가 아닌 아름다운, 기분 좋은 향을 담은 향수라는 존재를 알게 됩니다. 그러다 자신의 후각을 자극하는 살구 향을 지닌 젊은 여인을 쫓아가서 살인을 저지르게 됩니다. 체온이 급격히 식어가는 주검 앞에서 그 여인의 향을 붙잡기 위해 처절하게 움직이는 그의 손. 그렇게 눈에 보이지 않으나 엄연히 존재하는 아름다운 향을 어떻게든 잡고 싶은 인간의 욕망이 영화에 담겨 있습니다. 아름다운 향을 자신에게 담고, 가두고 싶은 방법을 알고 싶어 그는 향수 제조자 주세페 발디니를 찾아갑니다. 그르누이는 자신이 어떤 것을 잘하는지 명확하게 알고 있었습니다. 바로 세상의 모든 향을 기억한다는 것이죠. 그의 천부적인 재능을 알게 된 주세페는 그에게 향수의 톱노트, 미들노트, 베이스노트에 대하여, 그리고 에센셜 오일을 담고 알코올을 더하는 기본을 가르쳐줍니다. 주세페는 그르누이가 만들어낸 향수로 많은 돈을 벌게 됩니다. 세상의 모든 향을 다 자신 안에 가둘 수가 없다는 사실을 알게 된 그르누이는 악취가 넘치는 파리를 뒤로하고, 향수의 낙원이라 불리는 그라스로 가게 됩니다. 그리고 그는 깨닫습니다. 세상의 모든 향을 기억할 수 있는 능력을 가진 그 자신에게는 아무런 향도 나지 않는다는 사실을요.

우리가 무엇을 먹는지, 어떤 생활을 하고 있는지에 따라 우리의 몸에서는 각기 다른 향, 체취가 납니다. 그런 체취가 없는 장 바티스트 그르누이, 이 소설 속 가공인물은 결국 이 세상에 존재하지 않는 존재인 셈입니다. 내가 '나'인 걸, 내가 이 세상에 존재하는 것을 증명하는 기본적인 것이 나의 향, 체취라고 작가는 말하는 듯합니다. 그르누이는 체취가 없기 때문에 세상에서 가장 아름다운 향수를 만듦으로써 자신이 이 세상에 존재함을 증명하려 했습니다. 그리고 어쩌면 그는 향수를 통해 자신을 발견함과 동시에 '저를 사랑해주세요.'라고 사람들에게 말하고 싶었던 게 아닐까요.

이 영화를 보면 향 추출과정에 대해 보다 자세하게 알 수 있습니다. 그라스와 파리의 향수박물관에 전시된 내용들이 역동적으로 생동감 있게 움직이고 있다고 보면 됩니다. 그르누이가 파리의 발디니에게서 배운 에센셜 오일 추출방식이 수증기 증류법이라면, 그라스에서 배우게 되는 것은 냉침법enfleurage으로 소, 돼지기름인 라드lard를 활용하는 것입니다. 방향 성분을 흡수하는 성질을 가진 라드를 나무틀로 짜인 유리판 양면에 바르고, 재스민을 놓습니다. 영화에서 그르누이는 꽃이 서서히 죽을 수 있게, 그리하여 그 싱싱한 향 성분이 라드에 더 잘 스며들도록 섬세하게 꽃을 놓고 그걸로 칭찬을 받습니다. 약 48시간을 두고[30] 이렇게 놓인 꽃이 시들면 새 꽃으로 바꾸어줍니다. 전부 수작업으로 진행되는 이 공정 역시 노동집약적으로 시간과 비용이 많이 소요됩니다.

이 영화는 많은 사람에게 깊은 인상을 남겼고, 사람의 몸에서 나는 향을 붙잡는 행위를 실제로 실행한 사례가 있습니다. 벨기에 헨트Ghent 근방의 라봇Rabot 지역의 공공 예술 프로젝트 라봇 톤델리에 블라이상트베스트Rabot-Tondelier-Blaisantvest에서 네덜란드 예술가 롯데 지벤Lotte Geevan과 예브 뷔어스마Yeb Wiersma가 진행한 에센스 드 라봇Essence de Rabot 프로젝트입니다. 2017년 10월 6일, 라봇 지역에 사는 건축업자들, 가게 주인들, 판사들, 나이트클럽 소유주들 100명이 24시간 입었던 티셔츠에 묻은 땀을 증류시킨 에센스 드 라봇을 선보였습니다.[31] 다양한 직업을 가진 사람들의 땀이 한데 모여 이루는 조화를 선보인 이 프로젝트는 향수와 필름으로 전시되었습니다. 호기심이 가는 프로젝트입니다. 한국에서도 이런 식으로 땀으로 얻은 체취로 조화를 이루는 프로젝트가 진행된다면 어떨까 하는 상상을 해봅니다.

그라스 구도심은 리모델링하지 않고 돌벽으로 지어진 그 모습 그대로를 보존한 지역이라는 이야기를 들으며 그곳을 걸었습니다. 좁은 길, 돌계단들을 걷던 중 도미니크는 우리를 잠시 어느 돌벽 앞에 세웠습니다. 돌벽에는 작은 구멍이 있었습니다. 사람 얼굴 하나 정도 들어갈 정도의 크기였습니다. 그 구멍을 통해 안을 들여다보았습니다. 그녀는 이 자리가 그라스에서 향수를 만들던 곳 중 가장 오래된 곳이라고 했습니다. 그 안은 텅 비어 있었습니다. 그 구멍 안으로 잠시 코를 들이밀었습니다. 공간이 품고 있는 시간이 제게 다가옵니다. 그라스 돌벽에 촘촘히 담긴 시간의 향. 숨을 들이쉬는데 그 숨은 현재의 그라스 공기가 아닌 듯했습니다. 만약 가죽 장갑에 향을 입히던 시절의 그라스로 돌아가는 영화 같은 일이 생긴다면, 이 공간 안에서 이루어질 것 같았습니다.

"저도 그라스 구도심을 걸을 때는 소설 『향수』의 장 바티스트 그르누이를 상상하며 걸어요. 아시겠지만 프랑스 건물을 보실 때는 창문의 크기를 보시면 돼요. 사람들이 모일 수 있는 작은 광장을 내려다볼 수 있는 큰 창문이 있는 집은 아마도 이 지역사회에 영향력을 행사한 사람의 집일 확률이 커요. 여기 이렇게 좁은 길에 자리한 작은 창문의 건물 안에서는 그라스 인근의 농장에서 꽃과 식물을 돌보던 사람들이, 그렇게 하루하루를 살던 사람들이 살았을 거라고 생각해요."

그때의 이곳은 땀에 젖은 꽃 향으로 가득 찼을지도 모르겠습니다. 물론 화장실, 수도시설을 고려한다면 그렇게 낭만적인 향은 아닐 테지만요. 구도심의 길들은 쁠라스 드 뿌이Place du Puy 광장과 노트르담 뒤 퓌 대성당Notre Dame du Puy Cathedral으로 우리를 이끌었습니다. 이 로마네스크 양식의 성당에는 바로크Baroque 양식을 보여주는 화가 루벤스Peter Paul Rubens (1577-1640)[32]의 그림과 그라스 출신의 로코코 양식의 화가 프라고나르의 그림이 있다고 도미니크는 알려주었습니다.

그라스 구도심에서는 히잡을 쓴 분들을 자주 볼 수 있었습니다. 태어난 나라의 분쟁으로 인한 난민, 새로운 터전을 향해 온 이민자들이 약 14% 정도이기 때문이죠. 가끔 사람들은 제게 향수를 말하면서 난민, 기후 변화 등 다양한 사회 이슈에 관심을 둔다고 말합니다. 자연에서 얻는 향수의 원료, 그 생산과정을 고려해보면 당연한 일입니다. 제가 만드는 향수들에도 이탈리안 레몬과 베르가못, 인도네시아 패출리, 아메리칸 시더우드, 인디언 샌달우드와 같은 다양한 산지의 에센셜 오일들이 들어갑니다. 직접 원료상에게 구매할 때 매년 작황과 물류 등의 이유로 원가가 변동되는 걸 경험하다 보니 향수를 둘러싼 모든 것들이 저의 관심사가 되었습니다.

그라스의 조향사, 퍼퓸머리들

그라스의 존경받는 조향사로 알려진 디디에 개글뤼스키_{Didier} Gaglewski의 퍼퓸머리에 가게 되었습니다. 그라스에서 생산되는 천연 원료를 활용하여 독자적인 향수를 만들어내는 그의 아틀리에는 국제 향수 박물관에서 그리 멀지 않은 곳에 자리하고 있습니다.

그의 아틀리에에서 그의 향수에 대한 애정과 또 한국의 향에 관해 이야기하는 시간을 갖게 되었습니다. 한국에 한 번도 가본 적이 없는 그를 위해 저는 한국의 민화, 한약재로 즐겨 사용되는 귤피, 감초 등을 선보였습니다. 처음 보는 한국의 그림과 처음 맡아보는 한국의 향. 그는 제가 제주도를 떠올리며 만든 시트러스한 감귤 톱노트를 가진 향을 시향하고서 "강하고도 강한 하늘과 바람이 떠오릅니다."라고 말했습니다. 제가 표현하고 싶었던 제주도는 바다에 가족들을 빼앗긴 여인들이 세찬 바람을 이겨내며 강인하게 삶을 헤쳐나간 섬이었습니다. 창작자로서 그것이 전달되었다는 것이 무척 기뻤습니다. 그는 제게 자신이 작업 중이던 튜베로즈 향수를 선물로 주었습니다. 두껍고 무거운 튜베로즈가 아닌, 향수에 대한 그의 차분한 열정처럼 잔잔하고 섬세하게 등장하는 튜베로즈의 향이 인상적이었습니다.

그라스에서는 퍼퓨머리 쇼핑백을 들고 다니는 관광객들도 쉽게 볼 수 있습니다. 그라스의 대표적인 퍼퓨머리는 세 곳이 있습니다. 그중 첫 번째로 퍼퓨머리 갈리마드Parfumerie Galimard에 갔습니다. 갈리마드갈리마르는 1747년 장 드 갈리마드Jean de Galimard가 설립한 프랑스에서 가장 오래된 퍼퓨머리 중 한 곳입니다. 장 드 갈리마드는 세라농Seranon의 영주이자 '장갑 제작자와 조향사Glovemakers and Perfumers' 길드의 길드원이었으며, 루이 15세의 궁정에 올리브 오일, 포마드와 함께 자신이 처음으로 개발한 포뮬러의 향수를 공급했습니다. 이후 1차 세계대전 참전 용사이자 농업 공로 기사Knight of Agricultural Merit인 시메옹 루Siméon Roux가 오렌지 블라썸, 재스민을 경작하기 시작합니다. 아버지 시메옹의 꽃밭에서 어린 시절을 보냈던 화학 공학자 조셉 루Joseph Roux가 1950년에 증류소를 열고 1980년에 그라스 향수 공장과 역사 뮤지엄Perfume Factory and Historical Museum in Grasse을 엽니다.[33]

퍼퓨머리 갈리마드의 박물관에서는 옛 향료 제작 방식을 보여주는 설비들을 보고, 무료로 진행되는 그룹 투어를 통해 그라스의 전통적인 향료 채취 방법에 대한 설명을 들었습니다. 향수 이야기에 흠뻑 취해 도착한 투어의 끝은 갈리마드 향수 판매 공간입니다. 향수, 에센셜 오일, 디퓨저 등 다양한 제품들을 구매할 수 있는 이곳에서 가족들에게 줄 기념 선물로 비누를 잔뜩 사고, 갈리마드 오 드 콜론 컬렉션의 **쉐브르페이유**chèvrefeuille 향수를 샀습니다. 한글로는 인동덩굴이라 번역되는, 영어로는 흔히 허니서클honeysuckle 이라 부르는 꽃 향입니다. 또한 갈리마드에는 약 2시간에 걸쳐 스튜디오 드 프라그란스Studios des Fragrances 라는 조향사의 오르골에 앉아서 전문가의 가이드를 따라 자신만의 향수를 만들 수 있는 워크숍이 있습니다. 다른 지역을 여행할 때는 그 여행을 기억하기 위해 향수를 사는데 그라스에서는 갈리마드에 들러 그때의 기억을 향수로 만들었습니다. 기억에 남는 향수를 만들겠다고 힘을 주어 결국 길을 잃은 향수가 되어버렸지만, 가끔 향수장에서 꺼내어 분사해 그때를 떠올리며 피식 웃고는 합니다.

다음으로 몰리나드Molinard(몰리나르) 퍼퓸머리를 갔습니다. 아름다운 맨션 안에 들어가는 것만으로도 마치 영화 속 주인공이 되어 여름 별장에 가는 기분이 듭니다. 몰리나드는 1849년 설립[34]되었으며, 여기에는 몰리나드 뮤지엄이 있어서 말린 베티버, 스타 아니스와 같은 천연 원료들, 바카라Baccarat 크리스털과 르네 랄리크 유리로 만들어진 몰리나드 향수병, 에펠 타워를 만든 구스타브 에펠Gustave Eiffel 이 디자인한 금속 구조의 독특한 방인 몰리나드의 증류소, 1920년부터 엠 몰리나드가 만든 비누 제조 공정[35]을 볼 수 있고, 향수 워크숍도 있습니다.

1926년 기업가이자 예술작품 컬렉터였던 외젠 폭스Eugène

Fuchs가 향수를 직접 만들어서 관광객에게 판매하겠다는 마음으로, 그라스 출신의 아티스트 장 오노레 프라고나르Jean-Honoré Fragonard(1732-1806)의 이름을 따서 설립한 퍼퓨머리가 바로 퍼퓨머리 프라고나르Parfumerie Fragonard입니다. 저는 그곳을 그라스에 오기 몇 해 전 파리에서 먼저 만났었습니다. 처음 지냈던 집이 파리의 몽마르트르 지역에 있었습니다. 추운 겨울 아침에 산책 겸 사크레 쾨르 성당Sacré-Cœur Basilica으로 가던 중 향긋한 꽃향기에 이끌려 들어가게 된 곳이 프라고나르였습니다. 그곳에서 파리의 오페라 가르니에Opéra Garnier 근처에 프라고나르가 운영하는 뮤제 드 파팡Musée du Parfum, 향수 박물관이 있다는 것을 알고 방문하게 되었습니다. 1983년에 오픈한 프라고나르의 뮤제 드 파팡에서는 향수 원료 수확, 추출, 증류 등 향수 산업 전반을 살펴볼 수 있는 곳과 이집트 시대부터 20세기까지의 향수를 담은 용기, 향수병들을 볼 수 있습니다. 뮤지엄 전시품목도 다양하고 규모도 크기 때문에 그라스까지 갈 시간이 없으면 파리에서 이곳만 들러도 향수에 대한 기본적인 내용을 얻을 수 있습니다. 프라이빗 투어로 향수에 대해 보다 자세한 이야기를 들을 수도 있고, 자신만의 향수를 만드는 향수 워크숍을 경험할 수도 있습니다.

이 워크숍의 특징은 다른 프로그램에 비해 만드는 향수의 종류와 가이드라인이 구체적이라는 것입니다. 워크숍을 진행한 퍼퓨머 샹탈Chantal의 지도하에 9가지의 선별된 인공 조합 향료들을 가지고 향수를 만들었습니다. 한 번에 자신의 마음에 드는 향수를 만드는 것은 무척 어려운 일입니다. 그렇기 때문에 워크숍이나 원데이 클래스 때 만든 향수는 사실 실생활에서는 잘 안 쓰게 됩니다. 프라고나르 워크숍은 어느 정도는 설계된 향수로 평상시에도 입기 좋은 향수 결과물을 얻게 된다는 점이 마음에 들었습니다. 지금은 한국에 향수 공방이 많아져서 원데이 클래스도 원하는 때에 들을 수 있지만 당시에는 한국에 향수 공방이 많지 않았던 터라 제가 경험한 파리에서의 나만의 향수 만들기는 패션 매거진《하퍼스 바자》Harper's Bazaar에 실리게 되었습니다.

프라고나르 향수 박물관 투어의 마지막 도착지 역시 프라고나르 향수 판매장이었습니다. 1970년대 프라고나르를 이끈 장 프랑수아 코스타Jean-Francois Costa는 예술품과 빈티지 향수 수집에 열정적이었고 그런 그의 컬렉션을 파리의 프라고나르 향수 뮤지엄에서 볼 수 있습니다. 현재는 그의 딸인 아그네스 코스타Agnès Costa와 프랑수아즈 코스타Françoise Costa가 회사를 이끌고 있습니다. 프라고나르는 그라스와 에즈Eze에 있는 3개의 공장에서 직접 에센스를 추출하고, 조향하고, 제조하며 프랑스 안에서 자체 유통을 했습니다. 그러다 2015년에 처음으로 프랑스 이외의 나라에서 자신들의 향수를 판매하기로 결정하였고 그곳이 바로 한국이었습니다. 한국의 향수 전문 유통사인 CEO 인터내셔널이 프라고나르 국내 론칭 행사에 저를 초대했습니다. 이 해에 프라고나르가 정한 '올해의 꽃'은 재스민이었고 덕분에 한정판으로 만들어진 재스민 향수, 재스민 향초의 향들을 만나볼 수 있었습니다.

그라스에는 남부 프랑스 특유의 노란빛을 가진 압도적으로 큰 건물이 있습니다. 눈에 매우 잘 띄는 그곳은 18세기에는 무두질을 하던 공장이었고 현재는 프라고나르가 개조해 향수 원료 가공에서 완제품 포장까지 하는 프라고나르 제조 공장이자 박물관입니다. 이곳에는 오렌지 블라썸, 네롤리의 향을 산뜻하게 만날 수 있는 **플러 도랑지**Fleur d'oranger, 베르가못, 애플, 가드니아, 릴리 오브 더 밸리, 재스민의 상큼하고 달달한 플로럴 노트를 가지는 **에뚜알**Etoile 등 다양한 향수가 있습니다.

그라스의 향미

그라스에서 머물렀던 호텔, 베스트 웨스턴 일릭서 그라스 Best Western Elixir Grasse 에서 조식으로 젤리 같은 제형의 잼과 크루아상, 블랙커피를 먹었습니다. 향수처럼 플로럴 계열의 재스민, 로즈, 바이올렛, 시트러스 계열의 시트론 큰 레몬같이 생긴 과일 잼을 구분지어서 진열해놓은 것이 인상적이었습니다. 5월이니만큼 로즈 잼을 크루아상에 발라서 먹었습니다. 그리고는 재스민, 바이올렛도 조금씩 발라 맛을 보면서 그라스의 꽃 향 가득한 잼을 만끽했습니다. 플로럴함으로 가득한 그라스 5월의 아침이었습니다.

그라스 시내를 걷다 향신료 가게를 갔습니다. 서울 약령시장의 뚜껑을 덮지 않고 진열된 다양한 약재들처럼 가게 안에는 계피, 후추, 생강, 강황, 클로브 등 다양한 향신료들이 뚜껑 없이 진열되어 있었습니다. 그렇기에 그 향신료 가게 근처에서 특유의 향을 가게 문을 열기 전에도 만날 수 있었습니다. 따스한 온도감을 가지는 갈색, 고동색, 쑥색 등의 다채로운 향신료의 모습은 화가의 작업실에 놓인 물감 통 같았습니다. 누군가에게는 코를 쏘는 진한 향이, 누군가에게는 매운 향이 더해진 고소하면서도 매혹적인 향으로 다가가는 향신료의 향들이 제게 말을 거는 듯했습니다. 그 옛날에도 이렇게 귀하고도 귀한 향신료를 진열해놓고 저울에 무게를 달아 팔았을 겁니다. 여유로운 가문에서 일하는 이들이 와서 사 갔을 수도 있고, 마르코 폴로의 여행 이야기를 떠올리며 바다 너머 미지의 땅을 가는 상상을 하고 있었을 누군가가 이 가게 앞에서 향신료 향을 맡으며 서 있지 않았을까 하는 생각도 해보게 됩니다.

향신료 가게 옆집은 그라스 관광청의 디렉터인 프랭크가 그라스 제일의 핸드메이드 젤라토라고 했던, 이제는 사라진 르 펭귄Les Penguins이었습니다. 문을 열고 들어서니 젤라토와 더불어 마카롱에도 바이올렛violette, 라벤더lavande, 플뢰르 도랑제fleurs d'oranger(오렌지 꽃)의 향이 입혀 있었습니다. 프랑스 향수 브랜드의 향수 이름도 그렇지만 젤라토 집에 적힌 꽃 이름을 보다 보니 자연스럽게 프랑스어 공부를 하는 기분이 듭니다. 니스의 길거리 아이스크림 가게에서 먹었던 라벤더 젤라토와 풍미를 비교하고픈 마음에 라벤더를 선택했습니다. 니스가 꽃병에 꽂힌 라벤더 여러 송이가 입안에 핀 격이라면, 그라스 르 펭귄의 라벤더 젤라토는 진한 보랏빛의 라벤더 꽃밭이 좌르륵 펼쳐지는 것 같았습니다. 생생하고, 싱그럽게 자연 그대로의 살아 있는 라벤더의 향을 코로, 입으로 먹습니다. 라벤더 젤라토콘을 들고 먹으면서 걷는 그라스 시내. 팬데믹으로 인해 길에서 마스크 없이 무언가를 먹는 평범함이 소중하다는 것을 지금의 우리는 압니다. 그래서 더욱 그라스 라벤더 젤라토를 먹으면서 걷던 그 기억이 소중해집니다.

라벤더 젤라토를 다 먹었을 즈음 진한 초콜릿 향기에 이끌려 자연스럽게 들어온 곳은 쇼콜라티에 메종 듀플라튜어 Chocolaterie Maison Duplanteur였습니다. 브라질산 통가 빈 초콜릿, 유기농 진저 초콜릿이라고 적혀 있는 진열대 뒤편에서 초콜릿을 만들고 있었습니다. 가게 문을 넘어 길거리에 초콜릿 향이 왈츠를 추듯 날아다닌 건 그 때문입니다. 〈찰리의 초콜릿 공장〉에 등장하는 웡카들은 없지만, 영화를 보면서는 만날 수 없었던 진한 초콜릿 향기를 만날 수 있었습니다. 어떤 초콜릿, 아니 프랑스어로 쇼콜라를 먹을까 하다 5월의 아침에 따온 장미 잎을 넣어서 만든 쇼콜라를 골랐습니다. 중량에 맞춰서 즉석에서 잘라주는, 70% 함량을 가진 쇼콜라를 입안에 녹이니 그라스 센티폴리아 장미 잎이 입안에 돌아다닙니다. 쇼콜라와 함께 춤을 추는 장미 꽃잎의 풍미는 참으로 향긋했습니다.

그라스에서 만난 또 다른 향기로운 쇼콜라는 1949년에 설립된 콩피지 플로리안Confiserie Florian[36] 쇼콜라였습니다. 그라스에서 차로 40분 정도 달려야 만날 수 있는 콩피지 플로리안에서는 5월 새벽 일찍 채취한 프로방스의 로즈가 들어간 화이트 쇼콜라를 만들었습니다. 전날 이동과 촬영으로 4시간 정도밖에 잠을 자지 못했기에, 새벽 일찍 촬영팀만 콩피지 플로리안으로 떠났습니다. 고맙게도 촬영팀 피디님이 콩피지 플로리안의 화이트 쇼콜라를 선물로 주셔서 맛있게 먹을 수 있었습니다. 초콜릿과 로즈가 함께 왈츠를 추는 수준이 아니었습니다. 이미 하나가 되어 하나의 왕국을 만들어 축포를 터트리는 듯, 입안에서 살살 녹아내리는 것이 너무나 인상적이었습니다. 이토록 사치스럽게 센티폴리아 로즈 향과 초콜릿 향이 어우러진 향미를 즐길 수 있다는 것이 놀라웠습니다. 이곳에서 만드는 텐저린, 시트러스, 비터 오렌지, 로즈 페탈, 재스민, 바이올렛 잼도 궁금해졌습니다.

그라스에서의 모든 촬영을 마치고 마지막 만찬을 즐기러 간 곳은, 이제는 사라진 루 파숨 Lou Fassum 이었습니다. 양배추를 물에 적셔 한 겹씩 떼어낸 후 허브에 싼 고기를 넣고 육수를 부어 먹는 그라스 전통음식인 루 파숨을 먹으러 갔습니다. 그라스에서의 시간을 함께했던 그라스 관광청 디렉터 프랭크는 프랑스 전 대통령의 수석 셰프조차 에마뉘엘 루즈 Emmanuel Ruz의 루 파숨 요리가 프랑스 최고라고 격찬했다 했습니다.

와인과 함께 잘 어우러진 식사 코스가 진행되었습니다. 전채 요리로 나온 푸아그라는 그라스 로즈워터를 품어 향긋한데다 투명한 다홍빛의 장미 잼과 함께 나왔습니다. 푸아그라와 장미 잼을 얹어서는 이날 아침에 수확한 장미 꽃잎에 상추처럼 싸서 먹었습니다. 이 요리가 담긴 접시가 등장했을 때, 자리에 앉은 모두는 탄성을 질렀습니다. 그라스의 5월의 장미가 담긴 이

플레이트에서는 반짝거리며 날갯짓을 하는 요정 같은 장미 향도 함께 만날 수 있었으니까요. 루 파숨을 먹으니 몸이 노곤노곤 풀어지면서 여행의 피로가 공기로 흩어지는 향처럼 부드럽게 사라졌습니다. 요리 준비를 하다 중간에 잠시 밖에 나왔던 에마뉘엘 셰프와 짧게 담소를 나누며 사진을 찍었습니다. 그때 그의 몸에서 풍기던 그라스의 채소, 꽃, 육류, 어류가 어우러진 고소한 감칠맛 나는 향이 기억납니다. 몸도 마음도 따스하게 만들어준 식사를 마치고 숙소로 돌아가는 차 안에 울려 퍼지던 노래는 에디트 피아프의 〈장밋빛 인생〉La vie en rose이었습니다. 그때 그 순간은 지금도 제 마음 깊이 자리하고 있습니다.

　다큐멘터리에 들어갈 촬영을 다 마치고 촬영팀은 파리로 출발했습니다. 저희는 그라스를 조금 더 즐기고 싶었습니다. 사실 촬영이라는 것이, 출연자로 등장한다는 것이 그렇게 힘든 일인 줄 몰랐습니다. 카메라 앞에 서는 게 어색한 일반인이다 보니 카메라가 켜지면 경직된 표정으로 말하고 행동했습니다. 그러다 보니 여러 번 촬영하기 일쑤였습니다. 그래서 우리는 그라스에 남아 여유롭게 그라스를 만끽하기로 했습니다. 물론 그때는 몰랐습니다. 촬영팀이 떠난 그날 파리에서 대대적인 파업이 일어났고, 그 때문에 니스에서 파리로 가는 에어 프랑스는 결항이 되고, 예약한 티켓이 파업 보상 보험에 들지 않아 쓸 수 없게 된다는 것을요. 저희는 파리에 가기 위해 테제베TGV 고속열차를 힘들게 예약해야 했습니다. 깐느Cannes에서 출발하는 테제베였고, 깐느는 처음이라 걱정될 만도 했지만 기차 시간 맞춰서 버스 잘 타고 가면 되겠지 했습니다. 그러니 남은 그라스의 시간을 즐겨보자며 그라스 시내로 다시 나갔습니다. "파업 덕분에 계획에 없던 테제베도 타 보네." 하면서, 테제베로 파리로 가는 동안 남부 프랑스의 풍경을 만끽했습니다. 그렇게 도착한 파리에서는 파업으로 택시를 잡을 수가 없어 몇 시간을 서 있어야만 했지만 "그래, 이게 파리지. 그동안 파리 와서 파업을 못 느꼈는데 제대로 겪어보네."라고 말했던 일도 생각납니다. 돌발 상황에서 마음 맞는 친구와 함께 그 상황을 해결하기 위해 노력하고 또 그 상황을 즐기고 인생이란 언제나 계획대로 되지 않음을 아는 어른이 된 것에 함께 감사했습니다.

그러고 보면 참 여행을 많이 다녔습니다. 여행의 기억을 남기기 위해 떠나기 전 면세점에서 또는 걷다가 만나는 향수 매장에서 향수를 사기도 했습니다. 그러나 제가 비행기 안에서, 공항에서 즐겨 뿌리는 것은 향수가 아닌 에센스 미스트입니다. **꼬달리**Caudalie의 **뷰티 엘릭시르 페이스 미스트**Beauty Elixir Face Mist 는 16세기 헝가리 여왕이 사용한 아름다움의 묘약에 영감을 받아 만들어진 페이스 미스트로 청포도, 로즈메리, 페퍼민트의 시원함이 코를 경쾌하게 뚫어줍니다. 비행기라는 밀폐된 공간에서 장시간 지내다 보니 혹여 다른 사람들이 불편할 수도 있기에 비행기 안에서는 향수를 입기보다는 금방 향이 날아가는 이 에센셜 미스트를 비행기 화장실에서 기분전환을 위해 뿌립니다.

자리에 돌아오면 늘 옆자리에 계신 분이 기분이 산뜻해진다고 말해 주곤 했습니다. 이 제품은 파리 여느 약국보다 그라스 약국에서 더 저렴했던 기억이 납니다.

그라스에서 향수의 원료가 되는 꽃을 코로 맡고, 입으로 먹은 향기로운 기억들로 참 행복했습니다. 지금도 세바스찬이 선물로 준 센티폴리아 로즈 꽃잎들을 차 안에 두고 점심을 먹은 후 차 문을 열었을 때 나던 그 엄청나게 짙은 센티폴리아 로즈 향이 떠오릅니다. 마치 오랫동안 떨어져 있던 연인이 공항에서 다시 만나 서로에게 달려와 와락 껴안듯이, 반갑고 설레는 엄청난 밀도감의 센티폴리아 로즈 향이 저를 감싸는 듯했습니다. 달달한 꿀 향이 중앙에 흐르는 그 특유의 핑크빛 장미 향이 와락 제 코, 제 뺨, 제 온몸을 안아주던 순간이었습니다. 그때를 시각화한다면 파리의 자크마르 앙드레 박물관Musée Jacquemart-André에서 봤던 네덜란드 출신의 영국 화가 로렌스 알마 타데마Lawrence Alma-Tadema(1836-1912)의 〈엘라가발루스의 장미〉The Roses of Heliogabalus (1888)[37]가 떠오릅니다. 찬란한 선홍빛의 장미 꽃잎과 그 향이 그림에서 뿜어져 나올 거 같은 그림이요. 참고로 덧붙이면 이 그림은 보기에는 아름답지만 그 이야기는 잔혹합니다. 괴팍하기로 유명한 로마의 황제 엘라가발루스가 개최한 저녁 연회에서 과음과 유희로 지쳐 늘어진 손님들 머리 위 천장이 열리고 장미 꽃잎이 내려오면서 기분 좋은 장미 향이 연회장 안을 채웁니다. 그러다 더 많은 장미 꽃잎이 손님들을 이불처럼 덮기 시작하더니 어느덧 사람들은 꽃잎에 파묻혀 서서히 질식해 죽어갑니다. 장미꽃 향은 어느새 죽음의 냄새가 됩니다. 그림은 엘라가발루스 황제가 그 죽음을 오락 삼아 지켜보며 흥겹게 포도주를 마셨다는 이야기를 담고 있습니다. 보이는 것과 그 이면의 이야기가 가진 온도차가 매우 심한 그림입니다.

시간과 그 시간을 담아낸 공기가 하나의 향분자처럼 우리를 감싸는 도시, 장미의 계절인 그라스의 5월. 그라스 거리 곳곳에는 남부 프랑스의 노란빛 외벽을 가진 건물과 건물 사이에 연결된 선에서 장미 향이 분사되고 있었습니다. 촬영팀분들과 몇 초마다 분사되는지 세보기도 하고, 하늘에서 향이 분사되는 것이 신기하다면서 고개를 들어 올려 남부 프랑스의 하늘을 보며 이야기하던 그때 그 순간이 제 삶에 있음에 감사합니다. 언제고 다시 그라스를 찾아 장미를 만났던 것처럼 미모사, 재스민과 같은 다른 꽃을 농장에서, 레스토랑에서, 거리에서 만끽하고 싶습니다.

소중한 사람과 함께 좋아하는 향수가 있다면 그 향수를 들고, 없다면 좋아하는 향수를 찾으러 그라스에 가보세요. 향수의 도시에서 두고두고 기억할 향기로운 추억을 만드시길 바랍니다.

4.

아이 러브 퍼퓸

눈을 감으면 비로소 보이는 향

고등학교 2학년이 되었을 때, 여드름이 생겼습니다. 대학생이 되면 사라진다던 화농성 여드름은 시간이 흘러도 사라지지 않았고, 덕분에 여드름 치료를 위해 참으로 다양하고 많은 피부과, 한의원, 피부 관리실은 물론 많은 제품을 쓰게 되었습니다. 저는 생살을 누르고, 찢어내면서 여드름 염증을 제거하는 압출 시술을 받았습니다. 너무 고통스럽고 아파서 참 많이도 울었습니다. 남들은 돈 내고 편안하게 관리받고 숙면도 취한다는데, 저는 돈 내고 고통을 사러 온다는 생각이 들었습니다. 얼굴에 자극을 주면 머리가 좋아진다는 글을 본 적이 있는데, 그런 걸로 치면 저는 인공지능 급 두뇌를 가질 판입니다. 여드름 압출뿐만 아니라 얼굴에 최소한 1만 번 이상의 침을 꽂았을 테니까요.

  결점 없는 도자기 피부까지는 바라지도 않았습니다. 그저 이 아픔을 견디고 나면 세수할 때 피부 속에 물컹물컹 잡히는 여드름이 없는 평범한 피부가 되기를 바랐습니다. 울퉁불퉁한 피부를 가지고 외롭고 고통스럽게 눈을 감고 누워 있다 보면 알코올을 비롯한 다양한 향을 만나게 됩니다. "차갑습니다." 또는

"뜨겁습니다."라는 말과 함께 진정팩과 재생 앰플이 얼굴에 얹어졌고, 여드름 제거를 위한 소독 알코올, 과산화벤조일 benzoyl peroxide, 살리실산salicylic acid, 황sulfur 등을 함유한 여드름 피부 화장품을 참 많이도 접했습니다. 특히 황을 함유한 제품들이 뿜어내는 특유의 황 냄새는 오래도록 기억에 각인되어 있습니다. 자기 전에 바르고, 다음 날 아침 일어나 세수를 해도 수건에 그 특유의 냄새를 남기고 때때로 위장에서도 느껴질 정도로 강한 냄새입니다.

미간을 찌푸리게 하는 향만 만난 것은 아닙니다. 티트리처럼 코를 시원하게 열어주는 향도, 로즈와 같은 꽃 향을 만나기도 했습니다. 눈을 감고 시각적인 정보를 차단한 상태에서 만나는 향의 존재는 참으로 명확하고 뚜렷합니다. 지긋지긋한 여드름 덕분에 그렇게 반강제적으로 눈을 감고 선명하게 향을 만날 수 있었습니다. 그래서 시향 법을 물어보시는 분들에게 저는 말씀드립니다. 눈을 감고 향을 만나보세요. 더욱더 명확하게 향의 존재를 만날 수 있답니다. 눈을 감으면 비로소 보이는 그 향의 세계를요.

보이지 않는 향을 만드는 저는
눈에 이상이 있습니다

스티븐 스필버그 Steven Spielberg 감독의 〈쉰들러 리스트〉 Schindler's List(1993), 제임스 카메론 James Cameron 감독의 〈트루 라이즈〉 True Lies (1994) 그리고 1993년 마틴 브레스트 Martin Brest 감독의 영화 〈여인의 향기〉에도 등장하는 음악 〈Por Una Cabezza〉간발의 차이로, 이 음악을 들으면 그 유명한 탱고 장면이 떠오릅니다. 사고로 시력을 잃은 퇴역 장교 프랭크(알 파치노)가 도나(가브리엘 앤워)에게 공기 중에 향이 느껴진다며, 오길비 시스터즈 비누의 향이라 말하는 장면이요.

영화 속 도나가 할머니로부터 크리스마스 선물로 받았다는 오길비 시스터즈 비누는 미국의 1940년대[38] 제품으로 한국으로 치면 1956년 1월 애경이 출시한 화장비누, 한 달에 100만 개가 팔려나간 국내 최초의 국산 화장비누 '미향'[39]의 향처럼 옛날의 향수를 불러일으키는 비누 향일 듯합니다. 그 향을 프랭크가 알아챈 셈입니다. 미향 비누의 향을 기억하는 사람이 많지 않듯 미국에서도 오길비 시스터즈 비누 향을 기억하는 사람들은 많지 않은 듯합니다. 영화 속 도나의 향을 궁금해하는 사람들이 올려놓은 질문과 답글에서 약간의 장미와 베이비파우더의 향이 나는 비누였다[40]는 걸 보며 그 장면 속 도나의 향을 그려보게 됩니다.

뉴욕 거리는 향도 제각각입니다. 다양한 국적, 인종의 사람들이 모인 만큼 다양한 레스토랑들이 거리마다 가득합니다. 리틀 이탈리아에서는 피자 도우와 파슬리, 토마토소스의 향, 그리니치 빌리지의 튀김 오일 향, 카페들의 커피 향, 스타벅스 특유의 탄 커피 향, 한 블록, 한 블록마다 다채로운 향을 만날 수 있어 좋았습니다.

학교 수업을 마치고 돌아오던 어느 날, 제 눈이 이상하다는 것을 알았습니다. 세상이 인상파 화가의 그림처럼 빛 퍼짐이 심해 형체의 경계선이 허물어지듯 보인다는 것을요. 아직 쉐이크쉑버거가 매디슨 스퀘어 파크에 하나 있던 그 시절, 겨울이면 문을 닫기에 그 전에 꼭 먹어야 했던 그때, 뉴욕 의료 시스템에 따라 안과 전문의를 만나기 전 플랫 아이언 빌딩 근처의 검안사에게 들러 3시간 동안 검사를 받고 백내장 진단을 받았습니다. 이십 대의 어느 날이었습니다.

한순간에 제가 보는 세상은 〈루앙 대성당〉, 〈수련〉을 그린 클로드 모네 Claude Monet (1840-1926)가 보았던 그 세상이 되었습니다. 왼쪽 눈이 먼저 백내장을 앓더니, 이듬해 오른쪽 눈마저 백내장 진단을 받았고, 그렇게 그해, 그다음 해 한국으로 돌아와 연이어 수술을 받았습니다. 뉴욕과 비교해 짧은 예약, 대기시간, 검사시간에 감사해하면서 수술을 받았습니다. 제가 왜 20대에 백내장을 앓게 되었는지 이유는 알 수 없습니다. 통상적인 발병 나이보다 한참 어린 나이에 수술하게 된 제게 의사 선생님은 이렇게 말씀해주셨습니다. "우리의 몸은 나이가 들어가고 시간이 흐르면서 문제가 생기기 마련이에요. 왜 내게 이런 일이 생겼냐고 한탄하기보다 남들도 겪을 일, 남들보다 조금 빠르게 겪고 있다고 생각하길 바라요. 우리는 이미 태어났고, 태어난 이상 우리의 몸은 산화되고 결국 문제가 발생하니까요. 기운 내요."

그 말에서 참 많은 위안을 얻었습니다. 눈이 그렇게 되어서인지는 몰라도 귀가 더 잘 들리고, 향을 더 잘 맡게 된 듯했습니다.

수술 후 몇 해가 지나 홍콩 아트 바젤 Art Basel in Hong Kong 에 갔다가 일본 도쿄에 가게 되었을 때 일정을 마치고 호텔에서 씻고 자려는 순간, 왼쪽 눈 11시 방향에서 검은색 커튼이 내려왔습니다. 잘못 본 건가 싶어 다시 눈을 깜빡거렸는데 살짝 검은 선이 보이길래 그저 피곤해서인가 싶었습니다. 일정을 마치고 서울에 와서 조금 쉬니 검은색 커튼은 자주 보이지 않게 되었습니다. 그해 6월, 『나의 사적인 예술가들』, 『인생, 예술』의 저자이자 현재 국제 갤러리 이사인 윤혜정 기자에게서 연락이 왔습니다. "지금 아니면 10년을 기다려야 하는 국제적인 예술 행사가 있어요. 함께 갈래요?" 그 말에 함께 독일로 갔습니다.

그해는 5년마다 독일 카셀에서 열리는 현대 미술 전시 〈도 큐멘타〉documenta, 10년에 한 번 뮌스터에서 열리는 〈뮌스터 조 각 프로젝트〉Skulptur Projekte Münster가 함께 열리는 해였습니다. 조 각 프로젝트가 한창이었던 뮌스터는 자전거의 도시로도 유명 합니다. 제가 여행했던 수많은 도시 중 가장 향기 나는 도시가 어디냐고 묻는다면 제 대답은 뮌스터입니다. 거리 곳곳에 핀 장미꽃, 이름 모를 꽃들. 도시 곳곳에 자리한 작품들을 보기 위 해 거리를 걸을 때마다 미소를 머금은 따스한 손길을 가진 뮌 스터의 바람은 제게 꽃 향을 선물해주었습니다. 뮌스터 도시가 제가 걷는 걸음마다 "이 향은 어때? 예쁘지?"라고 속삭이는 듯 했습니다. 그 향은 은은하게 제라늄의 매력을 살린 **에어린**의 **와일드 제라늄**Wild Geranium과 발걸음 가벼운 장미를 만나게 하는 **겔랑**의 **아쿠아 알레고리아** 라인의 **로사 로싸**Rosa Rossa, 그 두 향 수의 중간 어디쯤을 지나 제게 오는 향 같았습니다.

자전거의 도시에 왔으니 자전거를 타고 도시를 만나고 싶은 마음에 자전거를 빌려서 페달을 돌려 앞으로 가려는데 그때부 터 왼쪽 눈 상단으로 검은색 커튼이 내려왔습니다. 그리고 어지 러웠습니다. 나중에야 알았습니다. 망막은 상을 맺히게 하는 스 크린 역할을 합니다. 보통 망막이 위에서 떨어지기 때문에 스크 린이 위에서 아래로 내려오면 영화를 더 이상 볼 수 없는 것처 럼 깜깜해져서 아무것도 안 보이게 됩니다. 그래서 곧바로 눈에 이상이 발생한 것을 아는데 저는 특이하게 망막 아래쪽이 떨어졌기 때문에 눈의 상단에 커튼이 드리워진 것처럼 보였다는 것을요. 왼쪽 눈이 제대로 앞을 보지 못하면서 제 눈이 원근감을 잃었습니다. 자전거를 탈 수 없었습니다.

한국에 돌아와 다시 찾은 안과, 의사 선생님은 제게 평소와는 다르게 단호하고 긴급하게 말씀하셨습니다. "지금 당장 응급실에 가요. 집에 가서 옷가지 챙겨서 입원하고 바로 수술받아야 하니 바로. 지금 당장. 가요! 어서!" 그렇게 저는 응급실에 가게 되었고, 그다음 날 첫 번째로 수술받게 되었습니다. 망막이 떨어지면 시력을 잃을 수 있기에 위급하다고 했습니다. 이미 레이저나 다른 수술 방식을 할 단계를 지났고, 제가 받는 수술은 인간이 버틸 고통이 아니어서 전신마취를 하게 되었습니다. 이미 그 전에 전신마취 수술을 해본 적이 있기에 (맞습니다. 저는 눈 말고도 안 좋은 다른 곳들이 있습니다) 되도록 피하고 싶었지만 제게는 선택권이 없었습니다. 수술을 받아보신 분들은 아시겠지만, 수술실 들어가기 전에 매니큐어를 지워야 합니다. 급하게 들어온 입원실에서 네일 리무버의 그 짙은 아세톤 냄새를 맡으며, 페디큐어를 지웠습니다. 고요한 입원 병동에 퍼져나가는 날카롭고 쓰린 아세톤의 냄새. 그 냄새는 제게 병원을, 수술 전 굳은 제 몸과 마음을, 올라오는 눈물을 삼키던 순간을 떠올리게 합니다.

병원에서 지내는 동안 신기한 건 향이 잘 맡아지지 않는다는 것입니다. 식사할 때 만나는 음식 향을 제외하고는 말입니다. 태어나서 한 번도 먹지 않은 음식들이 꽤 많습니다. 그 음식들 특유의 향 때문에 먹지 않았습니다. 그런데 입원해 있는 동안에는 향을 잘 맡을 수 없었습니다. 누군가 먹는 오렌지, 귤, 바나나의 향이나 의료진, 환자, 방문객들의 향수, 열어둔 화장실에서의 비누, 치약 향이 잘 느껴질 만도 한데 말입니다. 그래서 생각했습니다. 제 코와 뇌가 저를 위해 배려하는 게 아닐까 하고요. 이미 지칠 대로 지친 저를 위해 어쩌면 근무 태만으로 저를 신경 써준 게 아닐까. 물론 이건 어디까지나 제 생각입니다. 듣는 것은 오히려 더 잘 들렸으니까요. 청력이 날이 서게 예민해집니다. 입원해 있는 동안에 귀마개를 계속 껴야만 했습니다.

전신마취를 받아보신 분들은 아실 겁니다. 세상이 멈추고, 내가 멈춥니다. 말 그대로 정지됩니다. '하나, 둘, 셋.' 마취 주입기를 입에 넣고 기분 좋은 꿈을 꾸고 눈을 뜹니다. 그렇게 체온보다 낮은 회복실에서 감각이 돌아오면 하나의 몸뚱이로서 벌벌 떨며 살아 있음을 자각하게 됩니다. 마취에서 깨어나는 그 순간, 살아 있음을 온몸으로 절실하게 느끼게 됩니다. 병상 위에서 몸을 떨 때 피부 세포 하나하나가 춥다고 외쳐대는 소리가 들리는 듯했습니다. 그리고 내 몸 안의 그 요란함과 달리 움직이지 않고 멈춘 듯한, 내 몸 바깥의 조용한 공기는 무겁고 두꺼워서 어떤 향도 끼어들 틈이 없는 듯합니다. 참으로 차갑고 무거운 숨을 들이켜게 되는 때입니다.

첫 번째 망막박리 수술은 회복하기가 괜찮은 편이었습니다.

그다음 해, 저는 다시 왼쪽 눈 상단을 가리는 검은색 커튼을 보게 되었습니다. 짐을 싸서 다시 입원했습니다.

첫 번째 망막박리 수술을 집도하셨던 교수님은 저보다 더 안타까워하셨습니다. 첫 번째 수술보다 더 복잡한 수술이었기에 전신마취에서 깨어난 후 저는 며칠을 얼굴을 베개에 파묻은 채 엎드려 있어야만 했습니다. 등을 대고 눕는 것이 얼마나 위대한 특권인지를 그때 깨달았습니다. 왼쪽 눈 안에는 기체가 삽입되었고 저는 그 기체가 빠지기 전까지 비행기를 탈 수 없다는 말을 들어야 했습니다. 기체가 있는 상태에서 비행기를 타면 바로 실명된다는 설명과 함께요. 무언가를 하고 싶어도 할 수 없는 상태를 받아들여야 했습니다.

괜찮았습니다. 마음이 평온했습니다. 비행기 많이 탔었으니까요. 여행 많이 다녔으니까요. 물론 아직도 가보지 않은 아프리카, 남미와 같은 지역들, 경험해보지 않은 버닝 맨Burning Man 같은 축제들도 있지만 괜찮았습니다. 가보고 싶었던 곳들, 경험해보고 싶었던 것들 충분히 가보고, 해봤다는 생각이 들었습니다. 무언가 대단한 것을 이룬 삶은 아니었지만, 제게는 충만한 시간들이었으니까요. 그리고 다행히 볼 수 있으니까요. 들을 수 있고, 만질 수 있고, 맛볼 수 있고 맡을 수 있으니까요. 아직 내 삶의 이야기를 적어나갈 시간은 앞으로도 남아 있으니까요.

삶의 어느 시점에 우리는 이런 순간들을 만나게 됩니다. 평범한 일상이 더 이상 평범하지 않게 되는 순간이요. 그래서 딱히 적을 말이 없는 평범한 하루가 참으로 소중합니다. 일상이 있음이 그저 고맙습니다. 계속 엎드려 지내야만 했기에 숨을 쉬는 것이 힘들었습니다. 그래서 저는 제가 가지고 있는 향수들을 오른편에 두고서 공기 중으로 분사하고는 했습니다. 특정한 향 하나만을 지정하게 되면 그 향을 만날 때마다 이 수술 후의 시간이 기억에 남을 것 같아 다양한 향을 만나기로 했습니다. 첫 번째 전신마취 수술을 했을 때 병원에 들고 갔던 향은 지금까지도 선뜻 다시 맡고 싶지 않았기 때문입니다. 움직이기도 힘들고, 고개를 돌릴 수도 없었지만 그렇게 다른 향수를 맡으면서 조금은 다른 공간으로, 시간으로 여행을 떠나는 기분을 만끽할 수 있었습니다. 그렇게 향수가 가진 아름다운 이야기를 보이지 않는 순간에 보이지 않는 향을 통해 경험하게 되었습니다.

아시다시피, 우리가 숨을 쉴 때 두 개의 콧구멍을 모두 이용해서 숨을 쉬지는 않습니다. 오른쪽 왼쪽이 번갈아 가면서 숨을 쉽니다. 눈을 감고 얼굴을 땅을 향해 엎드려 누워 지내야만 하던 때에, 귀로는 동기부여, 뇌과학 관련 TED 강의를 들으면서 다양한 향수들을 분사하면서 그 향을 만나는 것이 오른쪽 콧구멍인지, 왼쪽 콧구멍인지를 확인해나가면서 나름 분주한 시간을 보냈습니다. 이런 눈에 대한 제 개인적 경험으로 인해 강의할 때 저는 안대를 준비합니다. 시각정보를, 빛을 온전히 차단한 상태에서 만나는 향은 더욱 뚜렷하니까요. 안대를 준비할 수 없는 경우에는 눈을 감으시라 요청합니다. 암흑의 세계에 피터 팬의 팅커벨처럼 튀어 오르는 향을 만날 수 있으니까요.

지금 이 글을 쓰는 저는 눈을 감고 자판기를 두들기고 있습니다. 예전 백내장 수술로 인해 삽입된 왼쪽 눈의 인공 수정체가 탈구되었습니다. 한마디로 렌즈가 없는 카메라가 된 셈입니다. 빛 정보는 들어오지만 그걸 모아줄 렌즈가 왼쪽 눈에 없습니다. 세상이 그저 추상화로만 보입니다. 지난 월요일 저녁, 세수를 하고 있었고 고개를 들어 눈을 떴을 때 세상은 이렇게 이상하게 보였습니다. 응급실을 찾아갔고, 역시 이유는 찾을 수 없었습니다. 그저 예전처럼 받아들이는 수밖에 없었습니다. 여러 번의 수술로 인공 수정체를 붙잡고 있던 근육들이 힘들어 놓친 거라는 이야기를 들었습니다. 늘 그렇지만 육체의 한 부분이 손상되어 그걸 개선하기 위해 인위적인 힘을 가하면 또다른 문제가 발생합니다. 처음 백내장 수술을 받았을 때 의사 선생님께서 하셨던 말씀이 생각이 납니다. "세상을 흐릿하게 보는 불편하지만 자연 상태 그대로의 눈으로 살 수 있어요. 아니면 살아 있는 동안 밝고 명확하게 보기 위해 인공 수정체를 삽입하는 수술을 할 수도 있어요. 이것은 인생을 사는 방법을 선택하는 것과 같아요. 불편해도 자연 그대로 사는가, 아니면 편하게 인공적인 부분으로 사는가. 어떤 경우든 문제는 또 발생할 거예요." 선생님의 말씀에 저는 선택했습니다. 문제를 개선하고 또 문제에 맞서는 쪽을요. 후회하지 않습니다. 저는 제가 선택하고, 선택한 그 길에서 최선을 다하는 제가 좋습니다.

드디어 수술을 마치고 돌아왔습니다. 이미 전신마취 수술을 여러 번 받았던 몸인지라, 이번에는 국소마취로 수술을 받았습니다. 수술방 침대 위에서 안구가 꾹 눌린 상태에서 안구에 마취 주사를 맞는 순간 너무 아팠습니다. 지금 자판을 누르는 손가락 끝에서도 그때의 고통이 떠오릅니다. 분주하게 수술 준비를 하시는 분들에게는 죄송했지만, 수술을 포기하고 싶다는 생각까지 들었습니다. 다행히 입 밖에 그 말을 꺼낼 틈도 없이 수술이 진행되었습니다. 안과 수술은 환자가 조금이라도 움직이면 수술에 지장이 생기기 때문에 국소마취와 수면마취를 함께 진행할 수 없다 합니다. 국소마취 수술 전 주의사항으로 수술 중 재채기하지 말아 달라는 문구를 읽었습니다. 재채기하면 머리가 흔들려 수술에 지장이 생기기 때문입니다.

수술하는 안구를 마취하기는 했지만 수술이 진행되는 두 시간 동안 고통은 끊임없이 제게로 밀려들었습니다. 물론 국소마취로 줄어든 고통이긴 하지만요. 누워 있는 수술대 위의 조명이 제게 들어옵니다. 오직 보이는 것은 까만 바탕에 동그란 수술실 하얀빛뿐입니다. 어느 순간 제 안구를 찌르며 들어오는 주사기 바늘이 보였고, 그 주사기에서 분사되는 물질을 보았습니다. 그건 마치 향수병에서 향수가 분사되는 순간이 슬로 모션처럼 펼쳐지는 것과 같았습니다. 더욱 밀도감 있는 모습으로요. 떠다니듯이 제 눈 속을 유영하는 그 모습은 마치 무중력 공간인 우주를 보는 것 같았습니다. 저 멀리 들어오는 수술방의 조명 빛은 마치 태양의 빛과 같았습니다. 장엄한 그 풍경을 보는 동안 조지 프레드릭 헨델 Georg, Friedrich Händel(1685-1759)의 오라토리아〈메시아〉Messiah(1741)의 〈할렐루야〉Hallelujah가 떠올랐습니다.

멋지고 의연하게 아프지 않았다고, 그 광경을 즐겼다고 말하고 싶으나 너무나 아팠습니다. 그래서 더더욱 이렇게 생각하기로 했습니다. 신이 나를 특별히 사랑하사 이렇게 우주여행을 시켜주시는구나. 우주 관광 비행에 성공한 영국의 억만장자 리처드 브랜슨 버진그룹 회장이 자신이 설립한 회사 버진 갤럭틱 Virgin Galactic의 유인 우주선을 타고 지구 고도 85km까지 올라갔고, 아마존 창업자 제프 베조스가 자신이 설립한 블루 오리진 Blue Origin의 우주선을 타고 국제항공우주연맹FAI이 인정하는 우주의 경계선인 고도 100km의 '카르만 라인'까지 가는 이 시대에 신이 나를 위해 나만의 우주여행을 선물해주셨구나 하고요.

제 눈 속에 투입된 물질들이 무중력 상태처럼 떠다니는 그 모습은 정말 평온하면서도 장엄한 우주와 같았습니다. 작은 제 눈에서 그렇게 웅장한 광경이 펼쳐지는 것이 신기할 따름이었습니다. 왜 사람들이 한 사람의 눈에는 우주가 담겨 있다고 하는지 이해가 되기도 했습니다. 《스미소니언》Smithsonian 매거진[41]에서 읽었던 기사가 떠올랐습니다.

"우주에서는 무슨 향이 날까?"

우주 비행사들의 증언에 의하면 쓰고, 스모키하고, 아크 용접할 때 날 듯한 금속 향이 난다고 합니다. 은하의 중간에 있는 거대한 우주진운 dust cloud, 궁수자리 B2 Sagittarius B2 에는 많은 프롬산 에틸 ethyl formate 이 있으니 라즈베리와 럼의 향을 닮지 않았을까 했습니다. 해적의 술이라고 알려진 럼 rum, 럼주 중에서 가장 유명한 바카디 특유의 풀장 소독약 내음이 떠오르는 그 향에 라즈베리를 더한 향, 럼 앤 라즈베리 Rum and Raspberry 칵테일을 떠올렸습니다. 그리고 제 몸속에서 아프다고 소리 지르고 있었을 모든 감각기관과 저를 구성하고 있는 천만억 개의 세포 속 미토콘드리아들, 그리고 이런 저를 지켜봐 주는 사랑하는 가족들, 친구들, 팔로워님들, 구독자님들에게 고맙고 고맙다고 속으로 말했습니다. 그렇게 또렷한 의식으로 수술을 받으면서 수술을 집도해주시는 교수님의 "아프실 텐데 잘 버티고 계세요. 곧 끝나요."라는 말에 위안을 받으며 그리 아프고 그리 길었던 수술이 세 시간여 지나 끝났습니다. 그렇게 이 또한 지나갔습니다.

"당신에게 '향수'란 무엇인가요?"

제게 향수는 인생입니다. 당당하게 존재감을 드러내며 우리의 코를 터치하는 톱노트는 생기 넘치는 우리의 청춘 같습니다.

사랑과 재채기는 숨길 수 없다는 누군가의 말처럼 톱노트는 티가 납니다. 향수병이란 알을 깨고 나온 새가 활짝 날개를 펴고 날아가는 것처럼, 한여름의 햇살처럼, 눈을 감으면 떠오르는 누군가의 환한 미소처럼, 우리에게 선명하게 다가옵니다. 향수의 전반적인 이야기를 담당하는 미들노트는 중년의 시간과 같습니다. 삶의 방향을, 무게감을 알아나가는 그 중년의 시간은 미들노트처럼 향수의 큰 맥락을 완성합니다. 피부에 오래 남게 되는 베이스노트는 제게 인생의 후반입니다. 향수의 향 전체를 든든하게 받쳐주는 베이스노트는 보통 톱노트보다 늦게 등장합니다. 그리고 보통은 톱노트처럼 저 멀리까지 나가지 않습니다. 그렇기 때문에 베이스노트는 가깝고 친밀한 사람이 그 향을 만날 수 있습니다. 시간이 흐른 뒤에 피부 위에서 등장하는 베이스노트는 화려하지는 않지만 무게감을 가지며 깊숙이 자리하는 향입니다. 그래서 인생이라는 영화의 후반부 같습니다.

향수가 인생 같다 말씀드리면, 제가 바라는 인생은 어떤 인생이냐는 질문도 받습니다. "사람은 자신이 사랑하는 것을 하면서 살아야 한다. 좋아하는 일을 마음껏 하면서 살렴." 할아버지는 제게 이런 말씀을 자주 해주셨습니다. 일제 치하, 한국전쟁 등 하고 싶은 것이 있어도 할 수 없었던 시대를 살아야만 하셨던 할아버지의 짙은 한숨 섞인 회한의 모습과 감정이, 인생이란 절대 되돌아갈 수 없는 오직 단 한 번뿐이라는 사실이 어린 제게 깊이 다가왔습니다. 조곤조곤한 말투로 말씀을 이어가

시던 할아버지, 할머니와의 시간에는 두 분이 좋아하시던 곶감과 홍시의 향이 가득했습니다. 저는 그때나 지금이나 특유의 식감으로 인해 곶감과 홍시를 좋아하지 않습니다. 어릴 때도 안 먹는 음식에 대해서 나름의 이유와 먹지 않겠다는 의사 표현을 단호하게 하는 성격을 지닌 저를 두 분은 참 많이도 사랑해주셨습니다. 그래서 홍시와 곶감 향을 맡을 때마다 할아버지, 할머니가 떠오릅니다. 내가 할 일, 내가 사랑하면서 할 수 있는 일이 무엇일까를 찾아야 한다고 생각했습니다. 그래서 궁금하고, 해보고 싶은 일이 있으면 어떻게든 시도해보았습니다. 세상 마지막 날 돌이켜보았을 때 기억에 남을 수 있는 그런 삶을 살고 싶었습니다.

플로리스트가 궁금해서 꽃집에서 아르바이트를 해보고, 호텔리어의 하루가 궁금해서 호텔에서도 일해보고, 비주얼 머천다이저 일이 뭘까 싶어서 뉴욕의 매장에서 마네킹의 팔을 빼고 옷을 입혀보기도 하고, 뉴욕 패션 위크 백스테이지에서 스텝도 해보고, 뉴욕 여행 책을 쓰기도 했습니다. 충무로 인쇄소에서 오타가 난 책에 손톱보다 작은 스티커를 붙여 보기도 하고, 학교 친구와 뉴욕에서 패션 브랜드를 론칭하면서 패션쇼를 여러 번 올리기도 하고, 창작 뮤지컬 기획을 해보기도 했습니다. 뷰티, 커피, 도시 등 브랜드 컨설팅을 하기도 했고 해외 아티스트 방한 시 통역을 하기도 했습니다. 40여 가지의 일을 하루, 또는 몇 년에 걸쳐 해보았습니다. 지인 중 한 명은 제게 왜 굳이 그렇게까지 열심히 하냐고 묻기도 했습니다. 그 이유는 이 시간이 제게 주어진 한 번뿐인 제 인생이기 때문입니다.

　나이가 들어가면서 깨닫게 된 사실은 나비가 되기 위해서는 번데기 과정이 필요하다는 것입니다. 여러 번의 수술, 어두웠던 시간들을 겪었습니다. 끝이 보이지 않는 어두운 터널, 그 길 위에 내가 멈추어서 웅크리고 있음을 알았습니다. 어두우면 비로소 별이 보인다는데 제가 있던 곳은 터널 안이라 별도 보이지 않는 듯했습니다. 어쩌면 지금도 터널 속 한 마리의 번데기일지도 모릅니다. 다큐멘터리 〈놀라운 강아지와 고양이의 세계〉The Wonderful World of Puppies and Kittens를 보면 갓 태어난 강아지는 눈과 귀가 닫혀 있어 볼 수도 들을 수도 없습니다. 체온도 스스로 유지할 수 없고 일어날 수도 없지만 코로 어미 배의 온기를 감지하여 영양이 풍부한 어미젖을 먹을 수 있습니다. 어두워서 보이지 않고 들리지도 않는 적막한 터널 속, 저는 어쩌면 어디에선가 날아온 향기에 이끌려 겨우 한 발자국, 한 발자국 앞으로 가고 있는지도 모릅니다. 느리지만 예전보다는 힘이 나고 조금씩 앞으로 가고 있다고 생각합니다. 그게 가능한 것은 저 혼자의 노력, 재능 때문이 결코 아닙니다. 아픈 저를 보며 가슴 무너지게 아파하시면서 응원해준 가족들, 그런 제 곁을 묵묵히 지켜주고 격려해준 친구들과 지인들, 팔로워님들, 구독자님들을 통해서 조금씩 다시 걷는 법을 배우고 이 길이 끝나는 곳에서 나비가 되어 자유롭게 날아다니는 상상을 해봅니다. 저는 삶의 중년기에는 아름다운 향기를 퍼트리는 나비가 되고 싶습니다. 그리고 바쁘게 움직이는 개미, 거미, 그리고 나비들에게 조금은 숨을 돌릴 수 있는 그늘이 되고 향기가 되어주는 꽃도 되면 좋겠습니다. 그러다 삶의 마지막 챕터인 노년에는 나무처럼 든든한, 땅처럼 누군가를 받쳐주는 사람이 되고 싶습니다. 드러나지 않아도 굳건히 존재하는 사람, 편안한 잔향을 가진 사람으로 기억되고 싶습니다.

저의 인생이란 향수는 궁금한 일은 열정적으로 다 시도해보는 선명하고 뚜렷한 상큼한 시트러스한 톱노트, 짙은 어두운 블랙 로즈의 꽃 향을 지나 다양한 꽃들이 활발하게 날아다니는 플로럴 노트의 미들노트, 그리고 화려하지는 않지만 믿음직한 나무, 흙의 베이스노트를 지닌 향이 되길 바랍니다.

향수는 우리가 존재하지 않는 곳에서 우리를 존재하게 합니다. 그 향기가 바람을 만나 세상을 여행할 때 누군가에게 좋은 감정, 기억이 되어주기를 바랍니다. 그게 제가 바라는 제 인생이라는 향수입니다.

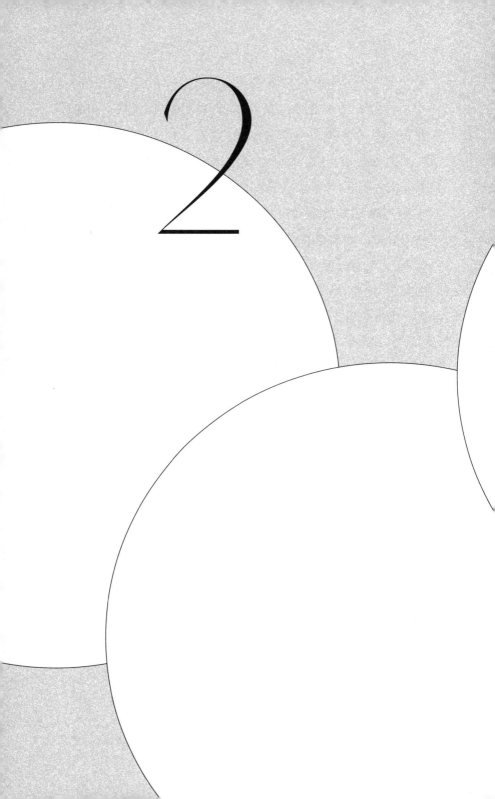

2

내게 맞는 향수 찾기

우리는 왜 향수를 살까요? 조금 더 명확하게 사람들에게 질문하기 위해서 하버드 비즈니스 스쿨의 교수인 클레이튼 크리스텐슨Clayton Christensen의 표현[42]을 빌어 제 유튜브 구독자분들에게 질문을 드렸습니다. 이 자리를 빌어 답변해주신 201명의 구독자분들께 다시 한번 감사의 인사를 드립니다.

Q. 향수를 왜 고용하시나요?

(1) 나 자신을 찾기 위해 —— 73%
(내가 좋아하는 것, 내가 무엇을 좋아하는 사람인지 알기 위해)

(2) 다른 사람들에게 잘 보이기 위해 —— 16%
(인터뷰, 프레젠테이션 등에 어떤 '이미지'를 주기 위해)

(3) 이성에게 잘 보이기 위해 —— 8%
(호감도 상승시키기 전략 차원에서)

(4) 냄새를 가리기 위해 —— 2%
(담배 냄새, 몸에서 나는 냄새를 감추기 위해서)

(5) 선물하기 위해 —— 0%
(친구, 가족, 사회에서 만난 사람들에게 선물하기)

* 소수점 이하 내림

향수를 고용해서 얻는 혜택은 다양합니다. 누군가를 위한 선물, 어떤 자리에서 타인에게 좋은 인상이나 특정한 이미지를 심어주기, 이성에게 잘 보이기 위해서, 냄새를 감추기 위해서 등도 있지만 궁극적으로는 내가 좋아하는 것, 내가 무엇을 좋아하는 사람인지, 즉 나 자신을 찾아내는 것이 가장 큰 혜택이 아닐까 합니다. 응답해주신 분들 중 많은 분이 그렇게 답변을 주시기도 하셨습니다.

'나'라는 사람을 찾아나가는 데에 향수는 과연 어떤 역할을 해주는 것인가를 알기 위해서는 우리의 감각기관 중에서 후각에 대해 살펴볼 필요가 있습니다.

2011년 개봉한 영화 〈퍼펙트 센스〉Perfect Sense에서는 원인을 알 수 없는 이유로 사람들이 감각능력을 하나씩 잃어가게 됩니다. 과학자와 셰프, 두 주인공은 후각을 잃고 미각도 잃어버리며 나라는 존재와 내가 아닌 것의 경계에 서게 되는 매우 공포스러운 현상을 겪게 됩니다. 혹시 '백색 방 고문white room torture'이라는 말을 들어보신 적 있으신가요. 인권운동단체인 국제 앰네스티Amnesty International가 2004년에 처음으로 문서화한 고문으로, 정치범을 상대로 고안된 감각을 극도로 박탈시키는 고문입니다. 이 고문은 감방 안을 바닥도, 옷도 24시간 조명도 음식까지도 모두 흰색으로 어떤 색깔도, 어떤 목소리도 들을 수 없도록 합니다. 이란 정권을 비판하여 이 고문을 당했던 아미르 파크라바Amir Fakhravar는 8개월 동안 그곳에 있으면서 나중에는 아버지, 어머니의 얼굴조차 기억할 수 없었다고 합니다.[43] 인간이 지닌 감각을 박탈시키는 이런 환경은 사물을 인지하는 능력은 물론 나를 나로 인식할 수 있는 기억까지도 상실시킨다고 합니다. 저는 향수 강의를 할 때 이 질문을 종종 던지고는 합니다.

> "시각, 청각, 촉각, 미각 그리고 후각. 만약 이 다섯 개의 감각기관 중 하나를 꼭 버려야만 한다면 어떤 걸 버리시겠습니까?"

제가 향수를 만드는 사람이니 바로 후각이라고 말하는 분들은 많지 않지만 몇몇 분들이 손을 들어 "후각을 버릴 것 같습니다."라고 대답하기도 했습니다. 맞습니다. 많은 사람에게 중요하게 여겨지지 못하는, 그래서 덜 감사하게 되는 감각기관이 바로 후각입니다.

독일 철학자인 임마누엘 칸트 Immanuel Kant (1724-1804)[44]가 후각의 기쁨에 대해 "덧없고 덧없는 fleeting and transitory" 것으로, 함양할 가치가 없는 것[45]이라고 한 건 참으로 유명한 이야기입니다. 반면에 칸트 이후에 등장하는 독일 철학자 프리드리히 니체 Friedrich Nietzsche (1844-1900)는 "냄새를 맡음으로써" 거짓을 지각할 수 있다고 하며, 후각의 이성적이고 직관적인 힘을 가치 있게 여겼습니다.[46] 칸트의 입장이든 니체의 입장이든 어느 입장을 취하셔도 상관없습니다. 중요한 것은 과학과 의학이 발전하면서 후각에 대한 연구들이 계속적으로 나오고 있다는 사실입니다.

코로나19, 두부 외상, 뇌졸중, 항암 화학 요법의 부작용은 안타깝게 후각 상실입니다. 후각 상실은 알츠하이머병, 파킨슨병 같은 신경퇴행성 장애를 초기에 진단하는 징후[47]이기도 합니다. 노화로 인해 자연스럽게 냄새를 맡고 맛을 느끼는 능력이 감소해, 고령의 사람들은 미묘한 냄새들을 알아채기 힘들어집니다.[48] 우리는 종종 "엄마 손맛이 변했어."라는 이야기를 하기도 합니다. 노화로 인해 어머니의 후각과 미각 능력이 저하되면서 반찬의 맛이 변하게 된 것이죠. 혹시라도 부모님이나 친구의 음식 맛이 예전 같지 않다면 그들의 후각 능력을 살펴보면 어떨까 싶습니다.

2004년 노벨 생리의학상 The Nobel Prize in Physiology or Medicine 은 냄새 맡는 행위가 어떻게 작동하는지를 보여준 리처드 악셀 Richard Axel 과 린다 벅 Linda Buck 이 수상했습니다. 그들은 후각 시스템이 우리 삶에 중요한 역할을 하며, 특유의 냄새는 어린 시절의 기억이나 감정적인 기억의 순간을 끌어내고 우리가 맛있다고 느끼는 것도 후각 시스템에 영향을 받는다[49]고 말합니다.

하버드 대학교의 분자 및 세포 생물학부의 의장이자 생명과학 교수인 밴카테쉬 머피 Venkatesh Murthy 는 후각과 기억은 매우 밀접하게 연결되어 있으며, 후각 신호는 감정과 기억에 관련된 영역으로 빠르게 도달한다고 합니다.[50] 우리가 향을 맡을 때, 향은 코 안쪽의 후각상피에서 전기 신호로 변환[51]되어 두뇌 영역

의 기억 형성_{해마}, 감정_{편도체}에 도달하는 것입니다.[52]

하버드 대학교 뇌과학자 질 볼트 테일러 Jill Bolte Taylor 는 기분을 바꾸는 가장 쉬운 방법은 코에 자극을 주는 것으로 극도로 예민한 사람이 바닐라, 장미, 아몬드 향의 향초 향을 맡으면 스트레스가 사라지고 기분이 좋아진다[53]고 말합니다. 제가 향수에 관한 이야기를 할 때 '기억'과 '감정'을 힘주어 반복해서 말하는 이유가 바로 여기에 있습니다.

인간인 우리에게 향은 기억과 감정을 그리게 만들어주는 물감이고 붓이니까요. 그리고 그 '기억 Memory'과 '감정 Emotion'이 바로 '나 ME'이니까요. 그래서 저는 향수가 나만의 고유한 기억과 감정을 찾고, 원하는 기억과 감정을 만들고, 나를 찾아가는 귀중한 도구가 될 수 있다고 믿습니다.

1.

향수를 즐기기 위해
꼭 알아야 할 것들

기억 Memory 과 감정 Emotion

소설 『잃어버린 시간을 찾아서』À la recherche du temps perdu [54]에 등장하는, 차에 적신 마들렌으로 과거의 기억을 떠올리는 현상, 어떤 향이 저장된 기억을 비자발적으로 이끌어내는 프루스트 현상 proust phenomenon 은 한 번씩 경험해보셨을 겁니다. 전혀 모르는 사람과 엘리베이터에 같이 탔을 때 그 사람이 입고 있던 향수의 향을 맡는 순간 떠오르는 헤어진 연인의 기억, 갑자기 맡게된 어떤 향에서 여행 갔던 호텔에 짐을 막 풀었을 때의 기억이 찾아오는 등, 공기 중에 존재하는 향은 기억의 문을 여는 열쇠가 되어줍니다.

내게 좋은 기억을 불러 일으키는 향을 알고 있다면 우리는 그걸 활용할 수 있습니다. 기억 속에 오래도록 저장하고 싶은 순간에 내가 평소 좋아하는 향을 또는 새로운 향을 입혀주는 것입니다. 가장 손쉬운 방법은 여행입니다. 여행을 떠나기 전 향수를 구매합니다. 또는 평소에 좋아하던 향수를 가져가도 좋습니다. 여행하는 동안 그 향수와 함께하는 겁니다. 저는 한 여행에 하나의 향수를 추천합니다. 여행의 기회가 늘어날수록 향수도 늘어나고 내 기억을 다시 열어줄 열쇠가, 그때로 갈 수 있는 타임머신이 늘어나는 셈입니다. 여행지에서 다시 일상으로 돌아와 사진을 보며 그때 그 향수를 공기 중으로 분사하면 더욱 생생하게 여행의 기억이 떠오릅니다.

여행 이외에도 결혼, 졸업, 데이트와 같이 기억하고 싶은 특별한 날에 향수와 함께하는 것도 좋습니다. 저는 프랑스 니스에 갈 때 **세르주 루텐**의 로 L'Eau 향수를 가져갔습니다. 샤워를 막 마치고 나와 보송보송한 로브스를 걸치며 여유로운 휴식을 만나는 듯한 이 투명한 알데하이드, 머스크의 향은 자갈이 깔린 니스의 해변을 기억하게 하는 향입니다. 이 향은 친구와 니스 해변을 만끽하다 스위스 바젤로 가는 비행기 체크인 시간에 3분 늦게 도착해서 비행기를 타지 못해 티켓값을 날리고, 그러나 그게 또 여행의 묘미 아니겠냐며 다음 비행기 끊어놓고 다시 우버를 불러 니스 해변으로 돌아와 말없이 파도만 보았는데도 참 좋았던 그때의 나를, 친구를, 우리를 만나게 해줍니다.

랄프 로렌의 **랄프 로렌 쿨** Ralph Lauren Cool 향수가 있습니다. 지금은 단종된 워터멜론 수박, 큐컴버 오이의 물기 가득한 향과 린넨 블라썸, 허니서클, 재스민의 꽃 향이 활발하게 등장하는 이 향수는 따스한 햇살을 받으며 뉴욕 매디슨 에비뉴의 랄프 로렌 매장을 지나던, 뉴욕에 도착한 지 얼마 되지 않아 뉴욕 생활에 대한 기대감으로 설레던 그때의 저를 만나게 합니다. 더 이상 생산되지 않는 이 향수는 현재 이베이 eBay 에서 150달러 이상의 가격에 거래되기도 합니다. 이 향수에 담긴 저마다의 기억의 순간으로 떠나고 싶은 사람들이 존재하기에 단종된 향수를 찾는 사람들이 있다고 생각합니다.

제 유튜브 구독자분들도 로즈 향의 **발렌시아가**Balenciaga의 **플로라보태니카**Florabotanica와 같이 단종된 향수들에 대한 그리움을 공유해주곤 합니다. 저는 맡아본 적 없기에 함께하는 기억은 없지만, 누군가는 그 향수와 함께한 그때, 그 순간의 기억과 감정을 지니고 있을 겁니다. 다시 만날 수 없는 그 시간, 그 공간, 그때의 자기 자신이 있을 겁니다. 비록 지금 그 향수는 없지만 그 향은 여전히 우리의 뇌 속에는 자리하고 있습니다. 기억이라는 방 안에요.

향의 기억은 저마다 다릅니다. 왜냐하면 우리는 저마다 다른 기억을 가지고 있는, 대체 불가능한 유일무이한 '나'이니까요. 제가 프루스트 소설의 주인공처럼 마들렌을 차에 적셔서 먹는다고 해서 숙모와 함께 보낸 기억 속으로 빠져들지는 않습니다. 제게 그런 기억은 없으니까요.

홍익대 교수인 유현준 건축가는 조선일보 〈유현준의 도시 이야기〉에서 도시는 공통의 추억을 만들어주는 '공짜로 머무를 수 있는 공간'이 필요하다[55]고 적었습니다. 소비재인 향수가 공짜로 공통의 추억을 만드는 것은 아직 무리가 있지만 운 좋게 저는 그걸 시도한 적이 있습니다. 서울 마곡에 자리한 서울식물원 Seoul Botanic Park의 개장을 축하하는 행사에 크리에이터로 선정되어 향수 원료, 라벤더, 가드니아, 그레이프프루트, 레몬그라스, 로즈메리 등의 향료를 천연 향료, 인공 조합 향료로 구분하여 시향할 수 있는 '향기로운 서울식물원' 전시와 강의를 열었습니다. 다소 낯설 수 있는 향수 향료들을 시향하기에 앞서 익숙한 바닐라향이 퍼지는 프랑스 구움 과자인 피낭시에 financier를 드려 참석자들이 그 향을 만나도록 했습니다. 여러 회에 걸쳐 진행된 행사에 백여 명이 넘는 참석자들이 만든 향수들 중 같은 향을 가진 향수는 하나도 없었습니다. 그러나 함께 시향한 그레이프프루트를 비롯한 인공 조합 향료 다섯 가지의 향은 모두의 기억에 남는 공통의 향이 될 것입니다. 피낭시에의 향도 마찬가지고요. 집 근처 베이커리에서, 어느 카페에서 친구들과 이야기를 나누다 피낭시에의 바닐라향을 만날 때, 서울식물원에서의 그 순간을 떠올려주기를 바라는 마음에서 드렸습니다. 조향사인 제가 공통의 향의 기억을 만드는 순간을 제공하게 된 것은 지금도 기쁘게 생각합니다.

2016년 개봉한 영화 〈라라랜드〉 Lala Land로 미국 아카데미 시상식 등에서 여우주연상을 수상한 영화배우 엠마 스톤 Emma Stone은 그녀가 배역을 맡게 되어 연기를 준비할 때 그 캐릭터가 어떤 향이 나는 사람인지 생각하면서 배역마다 다른 향수를 고른다고 했습니다. 시력이 형편없이 나빴기 때문에 후각이 매우 강하게 발달한 것 같다는 말과 함께 자신의 기억들은 모두 향과 밀접하게 관련이 있다고 말하면서요.[56] 어떤 사람을 그려내고 기억하는 데 다른 좋은 도구들도 많겠지만 향수만큼 좋은 매개체도 없는 듯합니다.

학교에 다니면 운동회, 학예회와 같은 공통된 추억거리가 있듯이 세계적으로 큰 사랑을 받은 향수는 동시대에, 출시된 지 오래된 향수의 경우 지난 세대의 사람들과 소통할 수 있는 공통된 후각 추억거리가 됩니다. 여전히 많은 사람에게 사랑받는 **켈빈 클라인**의 CK One, 막 세탁을 끝낸 후의 보송보송 섬유 유연제 같다는 평을 받는 **클린**Clean의 **웜 코튼**Warm Cotton, 신선한, 물의 레몬이 산뜻한 **돌체 앤 가바나 라이트 블루**Dolce & Gabbana Light Blue, 시트러스하게 시작해서 플로럴함과 우디함을 강도 높게 만나는 **존 바바토스**John Varvatos의 **아티산**Artisan처럼 한국은 물론 전 세계적으로 사랑받는, 많은 사람의 기억에 자리하고 있는 향수들이 바로 그런 향수들입니다. 월트 디즈니의 만화영화, 넷플릭스Netflix 인기 시리즈, 할리우드 유명 영화나 BTS와 같은 아이돌 그룹처럼 많은 사람이 공통된 기억을 갖고 대화할 수 있는 요소 중에 향수도 포함될 수 있습니다. 향수의 가격, 유명세 같은 부분 때문에 꺼려질 수도 있지만, 그래도 기회가 되면 한 번은 시향해보세요. 동시대를 사는 사람들과의 공통된 기억에 공감할 수 있을 테니까요.

책『감각의 미래』의 2장 후각 편에서는 후각을 상실한 환자들의 코끝에 시향지를 흔들어 환자들의 기억을 불러일으키는 사례들이 나옵니다. 알츠하이머가 진행되어, 어떤 향을 맡아도 아무 말이 없던 어떤 환자는 베티버 향을 맡고서는 "아! 베티버 향으로 유혹한 여자들이 정말 많았는데!"라며 활기를 띠며 말했다[57]고 합니다. 알츠하이머로 잠겨 있던 뇌 속 기억의 방이 열리는 순간입니다. 잠시뿐일지라도 본래의 나 자신을 되찾는 순간이 있었던 것입니다.

한 번은 어느 기업에서 향수 강의가 끝나고 한 분이 제게 오셨습니다. 그 분은 세상에 이렇게 다양한 향들이 있었구나 하는 걸 처음으로 깨닫게 해준 강의라며 고맙다고 말씀하셨습니다. 그 강의의 약 백여 명의 참석자 중 10명 남짓의 여성을 제외하고는 90명이 남성이었는데 그 분들의 이야기를 들으면서 생각했습니다. 어쩌면 우리 사회는 남자라는 사람들에게 향을 느끼지 못하게 강요한 것은 아닌가 하고요. 직장인 남성의 평균 점심 식사시간이 10분이 걸리지 않는다는 말을 들었습니다. 음식이 놓인 플레이팅이 선사하는 시각적인 수려함, 음식이 제공하는 미각과 후각적 즐거움에 감사할 시간 따위는 당연히 없을 것입니다. 물론 지금은 조금 다른 선택을 하는 남성들이 늘어나고 있습니다. 그런 남성들에게 격려를 해주고 싶습니다. 잘하고 계신다고 말이죠.

우리 뇌가 기억을 제대로 상기시키지 못하고, 새로운 기억을 저장하지 못하는 때에 열심히 살아온 당신을 기억할 향수 하나를 가져보면 어떨까요. 하나가 아니라 여러 개도 좋습니다.

나의 기억과 연결된, 연결될 향은 훗날 잃어버린 기억의 조각을 찾아줄 소중한 단서가 될 수 있습니다. 미래의 자신에게 지금으로 돌아올 수 있는 타임머신이 되어줄 향수를 선물해보세요. 그리고 잊지 마세요. 그 타임머신에는 나뿐 아니라 나의 소중한 사람들도 함께 탈 수 있다는 것을요. 향수가 지닌 그 아름다움과 함께요.

향수 시향하기

향수의 향을 맡을 때 그 향이 내게 선사하는 감정과 기억에 초점을 맞춰보세요. 조향 인스트럭터들인 파리 라티잔 파퓨미에르의 셀린느와 퍼퓨머리 프라고나르의 샹탈 모두 제게 여러 번 강조했습니다. 향수의 원료를 시향하고서 그 향의 이름이 무엇인지 맞추려고 하지 말라고요. 그 향의 이름을 아는 것이 중요한 게 아니라 그 향을 통해 만나는 우리 안의 기억과 감정이 중요하다고 하면서요.

향료의 이름을 알지 못한 채 눈을 감고 시향을 했을 때, 그 향은 저를 낯선 곳으로 데려갑니다. 안개가 낀 듯, 잘 보이지 않는, 무언가 손에 잡힐 듯 말 듯한, 지도 없이, 스마트폰 없이 처음 방문한 도시를 걷는 기분이 듭니다. 무겁고 두꺼운 것 같으면서 달달하기도 하고 건조하기도 한 그 향에 조금 더 집중하자 안개가 조금 걷히면서 꼬마 시절의 제가 보입니다. 풍선껌을 입에 넣을 때의 그 꽃 향, 친구들과 깔깔대고 웃으며 풍선을 불어보던, 마음의 짐이 없어 어깨도 발걸음도 한없이 가벼웠던 저 자신이 영화처럼 눈앞에 그려집니다. 기억과 설렘, 기분 좋은 감정을 떠오르게 한 그 향료의 이름이 재스민이란 걸 안 순간 안개가 걷히고 지도에는 제 위치가 표시되고 저는 제가 알고 기억하고 있는 재스민을 느낍니다. 하얀 꽃, 진한 향, 그라스, 유명한 향수 이름들. 처음부터 그 향의 이름이 재스민인 걸 알았다면 저는 안개 속에서 보게 되는 제 기억과 감정 속 어린 시절의 저를 만나지 못했을 겁니다. 이름이 붙는 순간 우리는 이미 알고 있다고 생각하고, 생각하는 대로 보고 느끼기 때문입니다. 김춘수 시인은 시 〈꽃〉에서 말합니다. 이름을 부르니 나에게로 와 꽃이 되었다고 말이죠. "내가 그의 이름을 불러준 것처럼 나의 이 빛깔과 향기에 알맞은 누가 나의 이름을 불러다오."라는 구절처럼 내가 만난 나의 향수가 내게 와서 꽃이 되게 하려면 나만의 고유한 이름을 지어주어야 합니다. 그렇기에 그 자체의 향을 만나 자신만의 감정과 기억으로 그 향에 대한 이름을 지어보세요.

1) 유명한 향수, 친구가 좋다고 한 향수, 연예인이 쓴다는 향수 등 시향해보고 싶은 향수 리스트를 적어봅니다.

2) 매장에 직접 방문하거나, 온라인에서 시향지 키트, 트라이얼 키트를 주문해서 시향을 합니다. 이때 중요한 것은 직접 시향하기 전까지는 다른 사람의 리뷰를 찾지 않는 것입니다.

3) 해당 향수가 내게 선사하는 '기억'과 '감정'을

살펴보고 그걸 나의 언어로 적어봅니다.

4) 향수에 대한 나의 경험을 다 적고 난 후, 다른
사람들의 시향기를 찾아봅니다.

5) 다른 사람과 나의 감정, 기억을 살펴보며 그들과 나의
다른 점, 공통된 점 그리고 나만의 고유한 점을
찾아봅니다.

처음부터 다른 사람들의 시향기를 읽고 향수를 만나게 되면 나의 기억과 감정이 타인의 단어로 규정된 틀 안에 들어갈 수 있습니다. 이 때문에 되도록 나 자신만의 감정과 기억 찾기를 권장하는 것입니다. 타인의 리뷰 중 간혹 각 티슈 냄새, 소시지 냄새, 화장실 냄새, 파마약 냄새처럼 부정적인 경험을 적어둔 경우에는 시향 전부터 그 향수를 좋아하지 않게 될 수도 있습니다. 실제로 누군가 남긴 부정적 단어가 너무 강렬해서 시향을 제대로 할 수 없다는 말을 많이 듣습니다.

6) 1)번부터 5)번까지의 과정을 시도해본 후 내게
긍정적이고 좋은 감정과 기억을 선사하는 향수를
추린 후 종이 시향이 아닌 피부에 시향을 해봅니다.

7) 피부 위에 향수를 분사하고 1~2분이 되었을 때 한 번
(톱노트), 10~15분이 지난 후에 한 번(미들노트),
20~30분이 지난 후 한 번(베이스노트) 확인해봅니다.

그 변화 과정마다 내가 겪는 감정, 내게 떠오르는 기억을 찾아봅니다. 시향지에 시향을 하실 때도 이렇게 시간대별로 시향을 해보시는 것을 추천합니다.

혹시 내가 어떻게 느끼고 있는지 잘 모르겠다면 향수를 시향할 때 표정을 사진, 영상으로 찍어보세요. 생소한 향에 대한 내 반응을 나도 잘 모를 때 내 얼굴 표정을 확인해보면 알 수도 있습니다. 그럼에도 여전히 잘 기억이 안 나고, 무슨 감정인지 모르실 수도 있습니다. 괜찮습니다. 우리는 오늘 회사에서 먹을 점심 메뉴, 친구들과 먹을 저녁 메뉴를 찾아보는 것보다 우리 자신의 감정과 기억을 찾는 데 시간과 노력을 덜 기울이며 살아왔으니까요. 그래서 이번에는 질문 몇 개를 드리려고 합니다.

질문 1 ── 당신이 기억하는 가장 오래된 향은 무엇인가요?

미국에서 심리학과를 졸업한 친구는 제게 심리상담을 하러 가면 가장 자주 듣는 질문 중 하나가 바로 "당신이 기억할 수 있는 가장 오래된 기억은 무엇인가요?"라고 했습니다. 그 이야기를 듣고 저는 이 질문을 통해서 향과 나의 관계를 보다 면밀히 살필 수 있겠다 생각했습니다.

겔랑의 4대 최고 조향사였던 장 폴 겔랑은 그의 책『장 폴 겔랑 향수의 여정』Les Routes De Mes Parfums에서 네 살 때까지 어머니가 만들어주셨던 딸기 파이의 향이 자신이 기억하는 첫 번째 향이라고 적었습니다. 그리고 그는 당시 독일이 점령했던 파리, 전쟁의 와중에도 어머니가 식기로 아름다운 분위기를 만들어내고, 상당한 수준의 딸기 파이를 준비하던 모습이 눈에 선하다[58]라고 말합니다. 그 딸기 파이의 향은 온윤한 자애로움과 동의어로 이어진다고요.

지금 우리 시대 향수의 권위자로 일컬어지는 프레데릭 말은 세 살 때 할머니 댁의 거실에 있던 여러 송이의 하얀 백합꽃의 향을 기억한다고 했습니다. 참고로 프레데릭 말이 어릴 때 살던 집이 겔랑 집안이 살았던 곳이고 자신의 방이 장 폴 겔랑의 방이었다고 합니다.[59]

제가 기억하는 첫 번째 향은 쌀이 다 지어지면 나는 단내가 살포시 서려 있는 포근하고 따스한 밥의 향입니다. 어릴 적 밥상에 앉아 음식의 향을 음미하며 먹던 기억이 납니다. 그리고 그 밥 향은 저를 다음 기억으로 이끕니다. 놀이터에서 친구들과 놀다가 해가 저물면 아파트 단지 곳곳에 밥 냄새가 퍼집니다. 집에 가까워질수록 더욱 선명해지는 갓 지은 밥의 향은 신나게 놀고 저녁밥 먹을 생각에 기뻐서 현관문을 열고 "다녀왔습니다."라고 인사를 하는 어린 저를 맞이합니다. 여러분이 기억하는 가장 오래된 기억 속의 향은 무엇인가요?

질문 2 —— 나의 첫 번째 향수는?

나탈리 포트만은 자신의 첫 번째 향수에 대해 이렇게 말했습니다. "제가 12살 때 영화 〈레옹〉Léon 촬영을 마치던 때에 장르노Jean Reno 감독이 선물로 향수를 주었고 그게 제 첫 번째 향수였습니다. 어른이 된 듯한 기분을 느꼈던 걸 기억해요. 제게 향수는 여성이 되는 사인과 같았거든요."[60]

한국에서는 만 19세를 성인으로 보며, 5월 셋째 주 월요일을 성년의 날로 기념하고 있습니다. 성년의 날에 인기 있는 선물 중 하나가 바로 향수입니다. 이런 이유로 스무 살 무렵이 처음으로 내가 소유하는 한 병의 향수를 갖는 시기가 아닐까 합니다. 물론 더 이른 시기에, 더 늦은 시기에 만나는 분들도 있습니다. 제 유튜브의 중학생, 고등학생 구독자분들 중에는 이미 좋아하는 향수가 있는 분들도 꽤 있으니까요. 기업과 관공서에 강의 갔을 때 지금 가지고 있는 향수를 본인이 구입했느냐고 물어보면 10명 중 9명은 선물 받은 향수라고 대답합니다. 처음 선물 받았던 향수를 기억하느냐는 질문에 많은 분이 대답하지 못했습니다. 아마 이런 질문이, 아니 향수에 대한 질문이나 대화 자체가 그동안 별로 없었을 겁니다. 강의가 끝나고 본인의 첫 번째 향수 이야기를 생기 돌는 눈빛과 표정으로 해주는 분들이 있었습니다. 그때 저는 그 사람 안에 담긴 이야기를 듣는 독자가 됩니다. 한 사람 한 사람의 이야기는 마치 책 한 권과 같습니다. 눈을 감고 시간을 거슬러 올라가 보세요. 나의 인생이란 책을 앞으로 넘겨서 처음으로 향수를 선물 받았던 순간으로요. 누구였는지, 어떤 상황에서, 무슨 말을 하면서 선물을 주었는지. 그걸 받았던 나는 어떤 표정을, 행동을, 말을 했는지. 첫 번째 향수와 연결된 나의 감정과 기억을 찾아주세요. 아직 내 인생의 첫 번째 향수를 만나지 않은 분이라면 어떤 상황에서 누구에게 받고 싶은지 먼저 상상을 해봐도 좋습니다.

질문 3 —— 내가 좋아하는 음식, 여행지, 공간, 음악은?

그래도 기억이 나지 않는다면 좋아하는 음식을 떠올려보세요. 오렌지, 사과 같은 과일 주스도 좋고 허브티도 좋습니다. 김치찌개, 된장국도 좋고, 막국수, 냉면, 라면도 좋습니다. 이제 그 음식의 향을 떠올려보세요. 하나 정도는 분명 머릿속에서 반짝하고 등장하는 존재가 있을 겁니다.

인상 깊었던 여행지를 떠올려주세요. 파리 시내의 빵 향, 양양 해변의 구운 오징어 향 등 여행지에서 만났던 향의 순간, 그것도 아니라면 호텔 로비처럼 기억나는 공간, 회의하러 갔는데 익숙하지 않게 향이 등장하던 때가 있지는 않았는지, 공간에서 떠오르는 게 없다면 음료, 술의 향도 좋습니다. 좋아하는 사과 주스의 향, 레드 와인의 향, 핸드 드립 커피의 향, 보성 녹차와 같이 친숙하게 자주 만나는 존재들의 향도 좋습니다. 그 안에서 내게 좋은 기억과 감정을 가진 존재들을 추려보세요.

여전히 내 뇌가 저장하고 있는 향을 찾기 어렵다면 이번에는 음악을 활용해보면 어떨까요? 자신을 편안한 상태로 만들어주는, 평소에 즐겨 듣는 음악을 틀어보세요. 2013년 개봉한 영화 〈마담 프루스트의 비밀정원〉Attila Marcel에서 마담 프루스트는 주인공 폴에게 차를 내어주며 말합니다. "이 차는 기억의 바다에서 기억을 끌어내주는 낚싯대와 같다"고요. 마담 프루스트는 그리고 '음악'을 틉니다. 향기로운 차 한 잔과 음악, 폴은 그렇게 기억 속 시간 여행을 떠나게 됩니다.

2014년 개봉한 다큐멘터리 〈그 노래를 기억하세요?〉Alive Inside에서 사회 복지사 댄 코헨Dan Cohen은 치매 환자에게 음악을 들려줍니다. 치매 환자의 가족에게 평소 좋아하던 음악 리스트를 받아서 들려주면 무기력한 환자의 행동, 기분이 달라지는 것[61]을 볼 수 있습니다. 치매로 인한 기억 상실, 자신이 누구인지조차도 잊어버린 경우에도 음악은 기억 속에서 찾아내기 힘든 긍정적인 기억을 불러일으킬 수 있다[62]고 합니다. 그러니 향과 마찬가지로 감정과 기억에 영향을 미치는 음악까지 동원해보시길 바랍니다.

혹여 아직 떠오르는 향이 없다면 '향'이라는 단어를 듣자마자 떠오르는 사람, 기억나는 행사나 사건, 주고받은 말들 이런 걸 떠올려보면 어떨까요? 지금도 떠오르는 것이 없어도 괜찮습니다. 지금부터 만들어나가면 되니까요. 향수의 향과 함께 어떤 기억과 감정을 만들어가면 좋을지 그려보면 됩니다. 우리의 삶이 우리가 생각하는 대로 이루어진다고 상상하는 시간을 가질 수 있을 겁니다.

'내게 맞는 '향수'를 찾는 것은 '나'를 찾는 것'

향수 이야기를 할 때 제가 늘 드리는 말씀입니다. 아마 위의 질문에 답하시면서 내가 몰랐던 나에 대해 배우신 분이 계실 겁니다. 내게 맞는 향수를 찾으려 한 것뿐인데 결국은 나 자신이 좋아하는 것, 내게 깊게 남아 있는 사람들, 사건과 같은 순간들을 만나보게 됩니다. 향을 시향할 때 나와 나를 둘러싼 시간을 함께 시향하는 근본적인 이유와 방법을 말씀드렸습니다.

이제부터는 흔히들 말하는 향수 매장에서 많이 들어본 말들과 함께 향수를 찾는 법을 말씀드리겠습니다. 아마 여기까지 오신 분들이라면 선물 받은 향수 중에서 마음에 드는 향수를 계속 입다가 뭔가 새로운 향수를 찾고 싶어지거나, 아니면 내가 직접 나만의 시그니처 향수를 사볼까 하는 마음을 갖게 된 분들이 많을 겁니다. 그래서 자주 들어본 향수 브랜드 홈페이지에 들어가 보셨을 겁니다. 그런데 향수 설명이 뭔가 복잡합니다. 마치 프렌치 레스토랑의 메뉴판을 보는 것만 같습니다. 레드 와인, 코냑에 페퍼후추, 슬라이스한 양파, 마늘, 타임thyme,

버터, 버섯을 넣어 곤 닭요리 코코뱅 Coq au Vin (불어로 Coq는 수탉, Vin은 와인입니다)을 읽는 것과 같습니다. 그건 마치 외국인들이 처음 한식을 먹기 위해 메뉴판에서 잡채를 봤을 때, 양파, 당근, 마늘, 버섯, 돼지고기, 간장은 알겠는데 고구마 전분으로 만든 면? 참기름? 낯선 언어로 적힌 음식 이름, 그 내용물조차 먹어본 적이 없는 것들을 접하는 것과 같습니다. 생소할 수밖에 없습니다. 그러니 향수 설명을 읽었는데 무슨 소린지 모르는 것은 당연합니다. 향수 산업이 발달한 나라가 한국이 아니고, 지식 정보가 프랑스어, 영어로 기록되어 있기 때문입니다. 브랜드 이름도, 향수 제품 이름도 우리에게 익숙하지 않은 언어로 완성되어 있으니까요. 이제부터는 우리에게 낯선 향수의 단어들을 살펴보겠습니다.

톱노트top note,
미들노트middle note,
베이스노트base note

향수에서는 후각적인 인상을 말할 때 음악에서 음표를 말하는 단어 '노트'를 빌려서 이야기합니다. 톱노트top note, 미들노트middle note, 베이스노트base note는 향수가 공기 중으로 자유롭게 퍼지는, 즉 휘발되는 시간에 따라 등장하는 향을 말합니다. 글로 치면 톱노트는 서론, 미들노트는 본론, 베이스노트는 결론이라 볼 수 있습니다.

톱노트는 향수를 분사했을 때 처음 만나게 되는 향수의 첫인상으로 보통 분사하자마자 5~15분까지 등장하는 가장 휘발성이 강한 향입니다. 그레이프프루트, 라임, 오렌지와 같은 시트러스 노트, 갈바넘galbanum, 바이올렛 잎과 같은 그린 노트들은 공기 중으로 흩어지는 성질이 강하기에 톱노트에 등장하게 됩니다.

하트노트heart note로도 불리는 미들노트는 향수의 큰 줄기를 이루게 되는 그러면서 베이스노트로 넘어가는 중간 단계의 향으로 톱노트보다 오래 남는 향입니다. 분사 후 피부 위에서 10~20분 이후부터 1시간까지 만날 수 있습니다. 보통은 로즈,

일랑일랑, 재스민과 같은 플로럴 노트나 레몬그라스, 바질과 같은 허브류의 노트들입니다.

　베이스노트는 향수의 향 중에서 가장 뒤늦게 등장하는 향으로 가장 오래 지속되는 향입니다. 향수의 지속력을 책임지는 향이기도 합니다. 향수의 전체적인 향을 떠받드는 토대가 되는 향으로 보통 바닐라, 클로브 등의 스파이시 계열, 샌달우드, 시더우드 등의 우디, 앰버, 머스크 노트가 됩니다.[63] 사실 이름만 들으면 상톱노트, 중미들노트, 하베이스노트를 떠올리게 됩니다. 톱노트에서 흔히 만나는 베르가못, 그레이프프루트의 시트러스한 향들은 코를 치고 올라가듯 등장합니다. 시트러스보다 확실히 낮게 깔리는 샌달우드, 앰버는 베이스노트에서 만나게 됩니다. 하지만 조향사의 세계관에 따라 톱노트부터 샌달우드, 앰버가 등장할 수도 있습니다. 향의 높낮이보다는 향수라는 한 권의 책의 전개에 따라 등장하는 향의 이야기를 만나는 데 집중하는 것이 향수를 이해하기 더 편하실 겁니다.

　향수를 알아가는 데에 필요한 것은 시간입니다. 마치 사람처럼요. 첫인상이 좋은 사람톱노트, 함께하는 시간이 좋은 사람미들노트, 헤어진 후에도 함께한 시간이 좋았다 느껴지는 사람베이스노트처럼요. 시간이 흐름에 따라 첫인상과 달라 실망하기도, 또는 진면모를 발견하고 기뻐하듯이 향수도 마찬가지입니다. 톱노트에서 기분 좋아서 샀는데 30분이 지나 집에 도착하니 전혀 다른 향이 되었고 심지어 마음에 들지 않아 당혹스러운 경험을 하신 분들도 있을 겁니다.

히어로즈 오브 코리아의 신사임당Shin Saimdang 향수는 만들 때 신사임당의 붓끝으로 그려나가는 과일, 꽃, 나무의 순서를 담았습니다. 그래서 톱노트에서 그레이프프루트의 시트러스한 과일을, 미들노트에서 오렌지 블라썸의 부드러운 꽃을, 베이스노트로 샌달우드의 두껍고 매끄러운 우디함을 시간이 흐름에 따라 뚜렷하게 만나보실 수 있습니다. 이 때문에 톱노트, 미들노트, 베이스노트를 설명할 때 활용하는 향수이기도 합니다. 어쩌면 톱노트, 미들노트, 베이스노트보다는 "향수 뿌린 후 톱노트의 첫 1분은 좋았니? 미들노트의 중간 5분은? 베이스노트를 만나는 30분 지나서는 각각 어땠니?" 이렇게 물어보는 것으로 대체할 수도 있겠지만 후각 경험이 자로 잰 듯하니 향기로운 여유로움이 사라지는 듯합니다.

향수가 꼭 시트러스한 톱노트, 플로럴한 미들노트, 우디한 베이스노트로 흘러가야 하는 것은 아닙니다. 그런 형태로 설계된 향수들이 기존에 많이 출시되어 있고, 흔하게 만날 수 있지만 그렇게 만들어져야만 향수가 되는 것은 아닙니다. 빨간 국물 라면이 많이 출시되어 있다고 해서 하얀 국물 라면이 라면이 아니라고 말할 수 없는 것처럼요.

톱노트부터 베이스노트까지 전환이 없는 구조로 처음부터 끝까지 동일하게 인식되게 조향된 수직적 포뮬러vertical formula의 향수, 이센트릭 몰리큘Escentric Molecules의 **몰리큘 01**처럼 이소 이 슈퍼 Iso E Super 분자 하나만으로 만들어진 향수들도 존재합니다. 파리의 조향 인스트럭터 셀린느는 제게 이렇게 말했습니다.

"향수는 사랑과 같아요. 정해진 규칙이 없어요. 모든 것
 이 가능한 세계죠."

저는 그녀의 이 말을 참 좋아합니다. 향수가 지닌 아름다움을 정말 잘 요약하고 있습니다. 가끔은 "왜 톱노트, 미들노트, 베이스노트가 발생하나요?"라는 질문을 받습니다. 조향사가 만들어낸 성분 함량 포뮬러가 다르기 때문이고 기본적으로 향이 휘발되는 시간이 다릅니다. 이 점이 향수를 매력적으로 만듭니다. 각각의 향이 휘발되는 시간을 우리는 통제할 수 없습니다. 조향사는 그걸 감안하여 향수의 향을 설계합니다. 사람들마다 지성, 중성, 건성, 복합성의 피부 상태, 그 향을 입었을 때의 공기 중 수분의 정도, 물리적인 환경에 따라 향이 피부 조직에서 휘발되는 시간이 달라지며 향의 교향곡이 조금씩 다르게 연주됩니다.

공기 중을 유랑하는 향들은 저마다의 성격을 가집니다. 톱노트의 시트러스한 노트는 세상에 나와 앞만 보고 빠르게 튀어나와서는 사라지고, 미들노트의 플로럴한 노트는 주변을 조금 살펴보면서 인사도 나누고 스몰토크도 나누고 헤어집니다. 뒷짐을 지고 뒤늦게 등장하는 베이스노트의 우디한 노트는 느긋

하게 나를 바라보고 내 이야기를 집중해서 들어주면서 나와 좀 더 오랜 시간을 함께합니다. 제게는 향수의 톱노트, 미들노트, 베이스노트들이 그렇습니다. 그렇게 저마다 다른 개성과 성격을 가지고 있습니다. 조향사의 상상력이 있는 한 셀 수 없이 많은 향수가 탄생되고 또 그걸 입는 사람에 따라 셀 수 없이 다양하게 표현된다는 것이 즐겁습니다. 마치 수많은 사람 중에 내게 맞는 사람을 만나 사랑을 하듯이 말이죠.

향수의 세계는 정답이 없어서 좋습니다. 마치 사랑처럼요.

오 드 투왈렛 vs 오 드 퍼퓸 vs 퍼퓸

향수의 지속력을 결정하는 첫 번째 요인은 부향률입니다. 오 드 코롱보다 오 드 투왈렛보다 오 드 퍼퓸이 지속력이 깁니다. 두 번째는 향 자체에 따라 결정됩니다. 부향률이 높은 오 드 퍼퓸이라도 산뜻하고 가벼운 화이트 머스크 베이스노트가 주를 이룬다면 바닐라, 샌달우드와 같은 묵직한 베이스노트를 가진 오 드 투왈렛 향수보다 지속력이 짧다고 느낄 것입니다. 그래서 향수마다 지속력이 다릅니다.

오 드 코롱, 오 드 투왈렛을 즐기는 분들은 향수가 자신의 피부에 오래 남는 것보다 향수를 분사하고 두어 시간 동안만 내 감정, 내 기억을 좋게 만들어주는 것을 좋아합니다. 몸에 땀이 잘 나거나, 사람들을 많이 만나거나 여러 공간을 방문하기 때문에 다양한 향이 섞이는 것을 피하기 위해, 피부에 잔향이 남아 있는 상태에서 향수를 다시 분사해 향이 섞이는 것보다 본인이 좋아하는 향수를 산뜻하게 즐기고 싶어서 지속시간이 짧은 오 드 투왈렛을 좋아하는 분들도 많습니다. 향수의 가치는 꼭 지속력에만 있는 것은 아닙니다. 자신에게 맞는 향수의 타입을 고르셔서 즐기면 됩니다.

위 내용을 간단히 표로 만들어 보았습니다.

구분	함량	지속시간
오 드 코롱 Eau de Cologne	2-4%	2시간
오 드 투왈렛 Eau de Toilette (EDT)	3-15%	3시간
오 드 퍼퓸 Eau de Parfum (EDP)	15-20%	7시간 +
퍼퓸 Parfum	15-40%	10시간 +

향수는 영어로 퍼퓸perfume, 프랑스어로 파팡parfum 이라 말합니다. 향이 나는 성분에 대하여 아주 간략하게 말씀드리면, 향 성분을 함유한 식물의 꽃, 잎, 줄기, 뿌리 등을 자연에서 수확하여 열을 가해 수증기 증류steam distillation로 얻어내는 에센셜 오일essential oil, 온도가 올라가면 분해되어 버리는 향 성분까지 얻기 위한 용매 추출solvent extraction의 앱솔루트 오일absolute oil 이 있습니다. 로즈 앱솔루트 오일의 경우 로즈 에센셜 오일에 비교해서 향이 더욱 짙습니다. 반면에 로즈 에센셜 오일은 로즈 앱솔루트보다 더 많은 장미꽃잎이 필요하며 로즈 앱솔루트에 비해 조금 더 산뜻한 장미 향을 만날 수 있습니다.

열을 가하지 않고, 용매를 사용하지도 않고 오렌지처럼 그 껍질을 짜서 향을 추출하는 압착 방식도 있습니다. 압착으로 추출한 것은 에센셜 오일이 아닌 에센스라고 부릅니다. 통상 향수에서는 에센셜 오일, 앱솔루트 오일은 천연 향료로, 그리고 인공적으로 만들어진 리날룰linalool, 유칼립톨eucalyptol, 벤즈알데하이드benzaldehyde 등을 합성 향료라 합니다. 이 합성 향료들을 일정 포뮬러로 배합하여 흔히 방산시장에서 만날 수 있는 단일노트 로즈, 재스민 조합 향료들을 프래그런스 오일fragrance oil 이라고 부릅니다. 향수의 주요 성분은 바로 이 천연 향료, 합성 향료, 알코올 등입니다.

향 원료 추출방식, 향기 물질들에 대해 더욱 세부적으로 알고 싶으시다면 일본의 이학박사 히라야마 노리아키의 저서『향의 과학』, 시트러스 노트를 구성하는 리모넨limonene, 민트 노트의 캠퍼camphor 등의 향기 물질에 대한 깊은 이해는 해태제과와 향료회사 출신의 (주)편한식품정보 최낙언 대표의 저서『향의 언어』, 로즈 조합향을 구성하는 제라니올geraniol, 제라닐 아세테이트geranyl acetate, 시트로넬롤citronellol, 유제놀eugenol 등을 지닌 포뮬러가 궁금하다면 토니 커티스Tony Curtis와 데이비드 G. 윌리엄스David G. Williams가 쓴『퍼퓨머리 소개』An Introduction To Perfumery를, 건강 관리 전문가들을 위해 쓰인 에센셜 오일 성분, 안전에 대해서는 아로마테라피와 에센셜 오일 연구 전문가 로버트 티서랜드Robert Tisserand와 식물 화학plant chemistry과 약물학pharmacology 강사이자 박사인 로드니 영Rodney Young의『에센셜 오일 안전성』Essential Oil Safety을, 에센셜 오일을 활용하는 아로마테라피에 대한 효과는 일본의 아로마테라피 전문가 와다 후미오가 쓴 책『누구나 쉽게 배우는 아로마테라피 교과서』를, 아로마테라피에서 말하는 에센셜 오일들의 역사적 배경, 레시피가 궁금하시다면 파트리샤 데이비스 Patricia Davis 가 쓴 『아로마테라피 A에서 Z까지』Aromatherapy An A-Z를 추천드립니다.

향수의 계열, 노트별 추천 향수

파리, 뉴욕, 시드니를 오가며 살고 있는 향수 전문가들의 전문가인 마이클 에드워즈Michael Edwards는 매년 향 산업 가이드북인 『세계의 향』Fragrances of the World을 발간하고 있습니다.[64] 1984년부터 향을 4가지의 계열, 프레쉬fresh, 플로럴floral, 앰버amber, 우디woody로 구분하고 있으며, 그의 홈페이지fragranceoftheworld.com에서 무료로 향수의 계열 표를 다운로드할 수 있습니다. 오리엔탈 계열은 현재는 앰버로 변경되었습니다. 서유럽에서 사용해온 오리엔탈이란 단어가 향의 인상을 대변하지 못할뿐더러, 모욕적인 느낌이 묻어나는 단어이기에 사용을 자제하자는 시대적 요구를 반영한 것입니다.

내게 맞는 향수를 찾을 때 친구들과 식사할 때 메뉴 고르는 것처럼 하라고 말씀드립니다. 음식 메뉴 정할 때 한식, 분식, 중식, 일식, 이탈리안, 패스트푸드 등 카테고리로 나눈 후 예산, 근접성, 인테리어 등을 고려해 레스토랑 몇 개를 추려내듯이 말이죠. 제가 말씀드리는 향수 계열은 마이클 에드워즈와 퍼퓸 소사이어티Perfume Society의 내용을 참고하여 정리해본 것입니다.

향수업계에서 자주 사용하는, 향수 매장에서 쉽게 들을 수 있는 단어 위주로, 향수가 지닌 전체적인 향의 인상을 중심으로 적어봅니다. 추천하는 향수들에 대해 간략하게 적은 코멘트는 해당 향수들에 대한 제 개인적인 이해와 해석입니다. 저의 글은 처음 향을 만나보시는 분들께는 간단한 참고가, 이미 향을 아시는 분들에게는 '이렇게도 느끼는구나!' 하는 하나의 사례가 되길 바라며, 저마다 자신에게 다가오는 향의 방문을 환영해주길 바랍니다.

제 글이 시향하는 향수에 대한 선입견을 주지 않도록 나름 정리해서 적어보았습니다. 향수 이름은 같은 카테고리의 다른 향수보다 비교적 톱노트가 가볍게 느껴지는 순서대로 적은 것이니 적혀진 순서대로 시향하면 향의 무게감, 두께감, 발향의 속도감 등의 차이를 느끼실 수 있어 보다 흥미로운 시향이 될 것입니다.

1. 시트러스Citrus

그레이프프루트자몽, 라임, 레몬, 오렌지, 만다린, 베르가못bergamot, 쁘띠그레인petitgrain과 같은 감귤과의 상큼한, 코를 톡 치는, 때로는 쏘는 듯한 또랑또랑 선명한 시트러스 향은 휘발되는 성향이 매우 강하여 피부 위에서 빠르게 증발하여 공기 중으로 사라집니다. 그래서 향수의 첫인상인 톱노트에서 주로 만나실 수 있습니다. 시트러스 계열의 향수에서 톱노트의 상큼한 시트러스함을 한 시간 넘게 원하는 것은 라면 다섯 개를 한 번에 끓여 먹고 난 후 배가 부르지 않길 바라는 것과 같습니다. 무료해지는 오후 시간, 머리도 속도 답답할 때 기분 전환을 위해, 상큼한 자몽, 오렌지 주스를 마시는 기분으로 즐기기 좋은 향수들로 성별에 상관없이 입기 좋습니다. 다른 향수처럼 개인에 따라 사계절 내내 입기 좋으며 특히 봄, 여름 그중에서도 무덥고 습한 한여름 텁텁한 공기 사이를 치고 올라가 상큼하게 만들어주기 때문에 인기가 많은 향수 계열입니다. 기운이 유독 없어진 친구, 가족, 지인들에게 기운 내라며 선물로 주기에도 좋은 향수입니다.

시트러스 향수를 시작하는 이들을 위한 향수로는 2001년 출시 후부터 전 세계적인 사랑을 받는 레몬의 상큼함이 여는 톱노트가 인상적인 **돌체 앤 가바나 라이트 블루**Dolce & Gabbana Light Blue, **조 말론 런던**의 시그니처 향수 중 하나인 **라임 바질 앤 만다린**Lime Basil & Mandarin이 있습니다.

♡ 그레이프프루트Grapefruit

레몬보다 달콤하고, 오렌지보다 덜 시큼하고, 베르가못보다는 존재감이 있어 많은 사람에게 사랑받는 시트러스 향수가 그레이프프루트, 자몽 향수입니다. 자몽이 주인공으로 활약하는 **프레쉬**의 **헤스페리데스 그레이프프루트**Hesperides Grapefruit, **아틀리에 코롱**의 **포멜로 파라디**Pomélo Paradis, **히어로즈 오브 코리아**

의 **신사임당**Shin Saimdang 향수가 있습니다. **조 바이 조 러브스**Jo by Jo Loves는 자몽 향이 마치 고운 가루 채에 걸러져 나오듯 섬세하게 등장하고, 프레쉬의 헤스페리데스 그레이프프루트는 세련된 슈퍼마켓에서 만나는 자몽을, 아틀리에 코롱의 포멜로 파라디는 거대한 자몽 농장의 자몽을, 히어로즈 오브 코리아의 신사임당 향수는 부드럽게 등장하는 자몽 향과 오렌지 블라썸 꽃향을 함께 만나실 수 있습니다.

♡ 오렌지 Orange

오렌지 주스를 즐겨 마신 기억을 가진 사람들이 많은 덕분에 오렌지 향수는 많은 사람에게 친숙한 향입니다. 세상 모든 오렌지(프랑스어로 '오랑쥬')를 가득 담은 풀장에 풍덩 빠진 것도 모자라 그 안에서 직접 손으로 오렌지 껍질을 깐 것처럼 온몸을 감싸는 상큼한 오렌지 향이 풍성하게 등장하는 **아틀리에 코롱 오랑쥬 상긴느**Orange Sanguine, 이탈리아 특유의 봄날 햇살 같은 포근하면서 산뜻한 오렌지 이탈리아어로 '아란치아'를 만나는 **아쿠아 디 파르마 아란치아 디 카프리** Arancia di Capri. 오랑쥬 상긴느가 아이맥스 영화관의 대형 스크린이라면 아란치아 디 카프리는 스마트 워치의 화면 사이즈 같은 섬세하고 잔잔한 오렌지 향입니다. 주니퍼 베리와 베티버가 더해져서 앞의 두 향수보다 하늘빛 달콤함이 가미된 귤 영어로 '클레망틴'의 상큼함을 만나는 **클레망틴 캘리포니아** Clémentine California, 오렌지에서 달콤한 꽃으로 흐르는 **쇼파드**의 향수 **비가라디아**_{Chopard Bigaradia}도 있습니다.

2. 프루티_{Fruity}

감귤류가 아닌 블랙베리와 같은 베리류, 망고, 피치, 멜론, 파인애플, 애플 등의 과일 향이 주인공인 달콤한, 달달해서 관능적인 매력도 묘하게 존재하는 프루티_{과일의} 노트가 주인공인 향수입니다. 한여름 시원한 에어컨 바람을 맞으며 과일을 먹는 듯한 기분을 주는 산뜻, 상큼, 달달한 프루티 향수도 있으며, 단 향이 지나쳐 과일을 잔뜩 먹고 달고나까지 먹은 듯한 무겁고, 끈적이는, 그러나 누군가에게는 앙큼한, 유혹적인 잔향을 남기는 프루티 향수도 있습니다. 단 향을 좋아하는 분들은 그런 마무리감을 선호하지만 그렇지 않은 분들은 베이스노트와 잔향까지 잘 확인하고 고르세요. 피치, 애플, 애프리컷, 멜론의 기분 좋은 달콤함의 **크리드 스프링 플라워**_{Spring Flower}, 달콤한 과일 향의 애프리컷, 라즈베리의 프루티 향수 **MCM**의 **MCM**이 있습니다. 코코넛_{Coconut}의 흔적을 즐기기 좋은 향수는 **크리드**의 **버진 아일랜드 워터**_{Virgin Island Water}, **톰 포드**의 **솔레이 블랑**_{Soleil Blanc}, **겔랑 코코넛 피즈**_{Coconut Fizz}, **아틀리에 코롱 퍼시픽 라임**_{Pacific Lime}, **메종 마르지엘라 비치 워크**_{Beach Walk}가 있습니다.

♡ 베리_{Berry} 그리고 체리_{Cherry}

블랙베리, 스트로베리, 체리를 만나게 해주는 프루티 향수는 시트러스의 시원함에 상큼한 달콤함을 원하는 분들에게 좋은 향수입니다. 산뜻한 블랙베리 향의 **조말론 블랙베리 앤 베이**Blackberry & Bay는 베리류의 프루티 향수의 대표입니다. 블랙베리, 페어, 리치가 어우러진 과일 향을 만나는 **마크 제이콥스 데이지 드림**Daisy Dream도 있습니다. 달콤한 체리의 프루티함에 꽃과 우디함이 더해져 짙은 달콤함이 관능적으로까지 느껴지는 **바나나 리퍼블릭**Banana Republic의 **다크 체리 앤 앰버**Dark Cherry & Amber, **톰 포드의 로스트 체리**Lost Cherry도 있습니다.

♡ 페어 Pear

한국 나주산 배 특유의 풍성하고 단 배 향과 달리 건조한 유럽산 배의 시큼 달달한 향이 가루처럼 흩어지는 향으로, 데일리 향수로 사랑받는 **조말론 잉글리쉬 페어 앤 프리지아**English Pear & Freesia, **메종 마르지엘라의 스프링타임 인 어 파크**Springtime in a Park의 톱노트에서 페어 향을 만날 수 있습니다.

♡ 피치 Peach

복숭아 마니아들이 사랑하는 향수로 **베네피트 메이비 베이비**Maybe Baby, **조말론 넥타린 블로썸 앤 허니**Nectarine Blossom & Honey, 섬세하고 매끄럽고 파우더리하게 피부 위에 복숭아 향을 선물로 주는 **케이코 메쉐리**Keiko Mecheri의 **포 드 페쉐**Peau de Peche가 있습니다.

♡ 무화과Fig

사실 무화과철에 무화과에 코를 묻고 킁킁 향을 맡다 보면 살짝 고개를 갸우뚱거리게 됩니다. 이건 뭐지 싶은 특이하고 자극적인, 다듬어지지 않은 야생적인 자연미가 느껴지니까요. 그러한 무화과 향을 바탕으로 부드러운 밀키함이 포근하게 모락모락 피어올라 독특한 매력을 완성해내는 **딥티크 필로시코스**philosykos, 프루티한 오스만투스 향의 톡톡 튀는 상큼함에 언뜻언뜻 등장하는 무화과 향을 만나는 **니콜라이의 휘그 티**Fig Tea가 있습니다.

3. 그린Green

초록의, 자연의, 신선한, 깨끗한, 열린 창문을 통해 들어오는 풀 향을 조금이라도 연상시키는 향수 계열입니다. 도시 속에 갇혀 있는 듯한 기분이 들 때, 자연을 느끼고 싶을 때 찾게 되는 데일리 향수, 출근용 사무실 향수로도 사랑받는 계열입니다. 팬데믹으로 실내에 머무는 시간이 늘어나면서 많은 사람이 찾게 된 향수이고, 한여름 지치고 무더운 공기를 깨우기 위해 찾는 향수이기도 합니다.

풀, 허브, 꽃의 줄기에 달린 잎의 초록 향들, 택배로 도착한 꽃의 줄기에 달린 잎을 정리할 때, 손에서 나는 신선한 잎의 향들, 잘 가꾸어진 초록의 정원을 거니는 느낌을 갖고 싶을 때 1976년 장 끌로드 엘레나가 만든 **시슬리의 오 드 깡빠뉴**Eau de Campagne, 잔잔한 시트러스함과 플로럴함을 가진 초록빛을 떠오르게 하는 **에르메스 운 자르뎅 수르 닐**Un Jardin sur le Nil, 피오니의 달달한 꽃 향과 완두콩의 신선한 향을 만날 수 있는 **페라가모 정글 디 세타**Giungle di Seta, 코와 뇌를 깨우는 시원한 민트 향의 **에따 리브르 도랑쥬 유 오어 썸원 라이크 유**You Or Someone Like You와 **러쉬 더티**Dirty, 차분하게 촉촉한 흙과 나무 밑동에 자리한 이끼의 향 **이솝의 횔**Hwyl, 휴양지 리조트의 잘 가꾸어진 정글을 유리창 너머로 보는 기분을 갖게 해주는 **프레데릭 말 신테틱 정글**Synthetic Jungle, 리조트 정원을 걷는 것 같은 **메종 마르지엘라의 소울 오브 더 포레스트**Soul Of The Forest, 시트러스하고 달달하기도 한 그린 향 **크리드 실버 마운틴 워터**Silver Mountain Water, 유칼립투스의 시원한 그린함이 지난 자리에서 달달한 재스민을 만날 수 있는 **히어로즈 오브 코리아 허난설헌**Heo Nanseolheon도 있습니다.

4. 워터/아쿠아/마린/오셔닉 Water/Aqua/Marine/Oceanic

신선한, 활력을 주는, 물의 향을 만날 수 있는 향수 계열로 바쁜 일정을 마치고 편안하게 휴식을 취하는 여유로움을 선사합니다. 오셔닉을 좀 더 강한 바다의 물 향으로 말하기도 하지만 전체적으로 워터, 아쿠아, 마린 모두 말 그대로 물을 떠올리게 하는 향수입니다. 짙고 푸른 강렬한 전통적인 남성 향으로 여겨지기도 했으나 자극적이지 않은, 잔잔한 물결 같은 향들도 있습니다. 오랫동안 전 세계인의 사랑을 받아온 워터 계열로는 다비도프 쿨 워터Davidoff Cool Water, 조르지오 아르마니 아쿠아 디 지오Acqua di Gio가 있습니다. 출근할 때 입기에도 좋고, 어떤 패션 룩에도 잘 어울리는 세르주 루텐의 로L'Eau, 히어로즈 오브 코리아의 이순신Yi Sunshin, 바다 내음 충만한 메종 마르지엘라 세일링 데이Sailing Day, 클린 써머 세일링Summer Sailing은 비 오는 날 입어도 좋습니다. 강하고 짙은 물내의 불가리 아쿠아 뿌르 옴므Aqva Pour Homme, 불가리 아쿠아 디비나Aqva Divina가 있습니다.

5. 프레쉬/에어리 Fresh/Airlike

편안한, 스포티한, 산뜻한, 포근한, 갓 세탁을 마친 햇살에 따스하게 잘 말려진 린넨 셔츠를 만질 때 날 거 같은, 보통 섬유유연제 같은 향이라고도 표현되는 향수 계열입니다. 호불호가 많이 없어서 향수를 처음 입거나, 향수 입은 티가 나지 않는 향수를 찾는 분들이 첫 번째로 찾는 계열로, 향수 브랜드 클린Clean에서 이 계열의 향수들을 집중적으로 출시했습니다. 클린 웜 코튼Warm Cotton, 클린 쿨 코튼Cool Cotton, 필로소피의 퓨어 그레이스Pure Grace, 프레데릭 말 덩 떼 브하Dans Tes Bras에서 살짝 고개를 들고 주변을 두리번거리며 머스크에게 인사하는 시트러스, 플로럴 노트들을 만날 수 있습니다. 은은하고 잔잔하게 포근하게 살며시 등장하는 머스크를 만나면서 신선한, 공기 같은, 섬유유연제 같다고 느끼게 하는 향수로 사랑받고 있으나 지속력이 긴 향수를 찾는 분들은 피하는 향수이기도 합니다.

6. 플로럴 Floral

달콤한, 부드러운, 매끄러운, 우아한 플로럴 향수는 예전에는 여성만 입는 향수로 여겨졌지만 최근에는 남성들도 입는 경우가 늘어나 향기로운 사람들이 많아지고 있다는 생각이 듭니다. 꽃다발을 사고 싶은 특별한 날, 향수를 입은 티를 내고 싶은 날, 기억하고 싶은 날에 또는 자신만의 시그니처 향수인 경우에는 데일리로 즐기는 분도 많습니다.

사실, "플로럴 향수 추천해주세요."라는 질문을 받을 때면 늘 곤란합니다. 꽃의 종류만큼이나 플로럴 향수의 종류도 많고 향의 세계 역시 확연히 다르기 때문입니다. 재스민, 로즈, 피오니, 가드니아, 릴리 오브 더 밸리, 일랑일랑, 튜베로즈, 프리지아, 히아신스, 카네이션, 미모사 등의 각 꽃이 주인공인 향수들과 꽃다발 부케처럼 여러 꽃 향을 만날 수 있는 플라워 부케 향수 등 다양한 향이 존재하기 때문입니다.

두껍고 무거운 플로럴 향수 **샤넬 No.5,** 이보다 산뜻하게 설계된 상큼하고 달달한 꽃 향을 만날 수 있는 **코코 마드모아젤** Coco Mademoiselle 이 있습니다. 이 두 향수만 시향해 보아도 플로럴 계열의 향수마다 그 두께감, 온도는 확연히 다르다는 것을 느끼실 수 있습니다. "이게 전통적으로 짙은 장미와 재스민이구나."를 느끼고 싶으시다면 **조이 바이 장 파투** Joy By Jean Patou, 여러 꽃이 풍성하게 담긴 향은 **랑방 메리 미** Marry Me, **메종 프란시스 커정 페미닌 플리뢰르** Feminin Pluriel, **크리드 러브 인 화이트** Love in

White, 꽃의 풍성함을 넘어서는 파격적인 달콤한 플로럴 노트를 만날 수 있는 **빅터 앤 롤프 플라워밤**Flowerbomb 등의 향수들이 있습니다.

플로럴 향수는 꽃피는 봄에 추천해 달라는 분들이 많은 계열로 특히 봄을 만나기 좋은 노란빛의 파우더리한 프리지아 꽃 향은 **산타 마리아 노벨라 프리지아**Santa Maria Novella Fresia, **딥티크 오프레지아**Ofresia를 말씀드립니다. 라일락 향은 **프레데릭 말 엉 빠씽**En Passant, 우아한 매그놀리아목련 향은 **프레데릭 말 오 드 매그놀리아**Eau de Magnolia, **아쿠아 디 파르마 매그놀리아 노빌레**Magnolia Nobile, 파우더리하면서 달콤한 피오니모란/작약의 향은 **조 말론 피오니 앤 블러쉬 스웨이드**Peony & Blush Suede, **아쿠아 디 파르마의 피오니아 노빌레**Peonia Nobile, 펜할리곤스의 **피오니브**Peoneve, 매끄러운 튤립은 **바이레도 라 튤립**La Tulipe, 상큼 달콤한 과일 향 같은 오스만투스 꽃 향은 **아쿠아 디 파르마 오스만투스**Osmanthus, **아틀리에 코롱 러브 오스만투스**Love Osmanthus를 통해 만날 수 있습니다.

♡ 네롤리Neroli 또는 오렌지 블라썸Orange Blossom

향수 계에서 비터 오렌지야말로 아낌없이 주는 오렌지 나무라는 생각이 듭니다. 과실에서는 쁘띠그레인 에센셜 오일을, 꽃은 수증기 증류하여 네롤리 에센셜 오일을, 휘발성 용매volatile solvents로 추출하면 오렌지 블라썸 앱솔루트 오일을 얻습니다. 17세기 말 이탈리아 도시 중 하나였던 네롤라의 공주인 마리 안느 드 라 트레모일레Marie Anne de La Trémoille가 비터 오렌지 에센스를 넣어 목욕을 하고, 장갑에도 향을 묻혀 다니면서 인기를 끌게 되어 네롤리라 이름 지어졌다는 이야기가 있습니다. 1kg의 비터 오렌지 꽃으로 1g의 네롤리 에센셜 오일을 얻습니다. 프랑스 남부에서 자라는 비터 오렌지 나무 한 그루에서는 5-10kg의 꽃을, 나무가 더 큰 북아프리카에서는 한 그루에서 최대 20kg의 꽃을 수확할 수 있습니다.[65] 섬세하고 세밀하게 공기 중으로 흩어지는 네롤리에는 살짝살짝 초록의 잎 향이 묻어 있습니다. 여름의 쨍한 햇살이 아닌 봄의 포근하게 뺨을 어루만지는 햇살 같은 상냥한, 다정한 따스함이 스며 있는 꽃 향이라 생각합니다. 바질향이 초록초록 등장하는 네롤리 향수 **조말론 바질 앤 네롤리**Basil & Neroli, 상큼한 시트러스함이 더해진 네롤리는 **니콜라이 케이프 네롤리**Cap Neroli로 만날 수 있습니다. 네롤리보다 풍성한 오렌지 꽃 향을 만나기 좋은 오렌지 블라썸의 향은 **펜할리곤스의 오렌지 블라썸**Orange Blossom을 통해 만나실 수 있습니다.

저는 프랑스 그라스에서 오렌지 나무에 열린 오렌지를 본적은 있지만 비터 오렌지 나무의 꽃 향을 만난 적은 없습니다. 제주도의 하얀 귤꽃은 네롤리나 오렌지 블라썸의 향과는 다르지만 그래도 비슷한 결을 가지고 있습니다. 편안한 꽃의 향을 만나게 해주는 오렌지 블라썸, 네롤리 향수는 데일리 향수로 플로럴 향수 계열을 처음 시도해보시는 분들에게 적극적으로 추천하는 향수입니다.

♡ 로즈 Rose

사람을 기분 좋게 만들어주는 대표적인 꽃 향인 장미는 이집트, 로마시대부터 꾸준하게 인류의 사랑을 받아온 꽃입니다. 장미 향수에 관한 이야기만으로도 책 한 권이 나올 수 있을 정도입니다. 역사상 맨 처음 증류된 꽃도 장미입니다. 수많은 장미 중에서 향수 계에서 애용하는 장미는 튀르키예와 불가리아의 다마스크 로즈, 프랑스 그라스의 센티폴리아 로즈입니다. 다마스크 로즈는 터키쉬Turkish 로즈나 불가리안Bulgarian 로즈로, 센티폴리아 로즈는 5월의 장미란 뜻의 로즈 드 마이rose de mai 란 이름으로 종종 향수 브랜드에서 말하는 걸 들어보셨을 겁니다. 두 장미 모두 100장 가까이 되는 많은 꽃잎을 가진 양배추과科 장미로 캐비지cabbage 로즈로 불리기도 합니다.

그라스의 센티폴리아 장미 농장과 증류소에서 만났던 센티폴리아 장미의 꽃잎 표면은 백합과 튤립보다 훨씬 얇고 여리고 부드럽습니다. 중심에는 꿀이 흐르는 듯한 향을 지닌 화사하게 웃는 장미 향이었습니다. 센티폴리아 로즈가 다마스크 로즈에 비해 꿀 향이 짙은 편입니다. 한국의 아파트 단지나 유럽의 길거리에서 만날 수 있는, 스파클링 와인처럼 살짝 코를 치는 장미 향과는 사뭇 다릅니다. 450g의 오일을 위해서 5톤의 센티폴리아 로즈 꽃잎이 필요합니다. 로즈 향수에 따라 다르지만 일부 로즈 향수의 경우 "누구 향수 뿌렸니?"라는 말을 듣게 하는 향수이기도 합니다. 누군가는 데일리 향수로, 누군가는 특별한 날에 입습니다. 저는 햇빛 찬란한 날, 레드, 핑크, 옐로 등의 화사한 옷을 고르고 인간 장미꽃이 되고 싶을 때 또는 울적한 기분을 전환하고 싶을 때 로즈 향수를 찾습니다.

　부드럽게, 다정하게 꿀 향이 흐르는 센티폴리아, 다마스크 로즈 향은 **에어린의 로즈 드 그라스** Rose de Grasse, **프레쉬의 로즈 모닝** Rose Morning, **아쿠아 디 파르마의 로사 노빌레** Rosa Nobile, **겔랑의 로사 로싸** Rosa Rossa에서, 단 향이 진하게 나타나는 장미 향은 **러쉬의 로즈 잼** Rose Jam에서 만날 수 있습니다. 가루처럼 흩어지는 파우더리한 로즈 향은 **끌로에 오 드 퍼퓸** Chloe Eau de Parfum, **겐조의 플라워 바이 겐조** Flower By Kenzo에서 만날 수 있습니다. 과일의 상큼함이 더해진 프루티한, 사이다 같은 장미 향수라 불리는 **딥티크 오 로즈** Eau Rose, 블랙커런트와 로즈가 뚜렷하게 팔짱 끼고 성큼성큼 걸어오는 **딥티크 롬브로 단로** L'Ombre Dans L'Eau, 과일의 달콤함까지 더한 로즈 향의 **펜할리곤스 바라** Vaara, 무겁지 않은, 산뜻하게 매끄러운 장미 향의 **바이레도 로즈 오브 노 맨즈 랜드** Rose Of No Man's Land, 장미 맛 사탕을 먹으면서 매끄러운 로즈 향 가득한 궁전 안에 있는 장미 정원을 걷는 듯한 **메종 프란시스 커정의 아 라 로즈** A la rose, 재능 있는 고독한 아티스트의 몸에서 날 거 같은 장미 향 **세르주 루텐 라 휘 드 베흘랑** La Fille de

Berlin, 달달한 피오니꽃 향과 거친 패출리가 동시에 장미와 함께 존재하는 **구딸의 로즈 폼퐁** Rose Pompon, 〈미녀와 야수〉에서 야수가 살 것 같은, 깊은 숲속에 자리한 신비로운 성에서 만나는 짙은 장미 향 **이솝 로즈** Rōzu, 클로브, 프랑킨센스, 패출리, 샌달우드가 함께하는 함부로 말 걸기 힘든 분위기를 풍기는 짙고 두텁고 풍성한 장미 향 **프레데릭 말의 포트레이트 오브 어 레이디** Portrait Of A Lady가 있습니다.

제라늄 geranium의 향은 장미 향과 참 많이 닮았고 장미와 공통되는 성분을 가지고 있습니다. 장미 향에 희미한 초록 허브 향 한 줄기가 더해진 듯한 제라늄의 향은 **에어린 와일드 제라늄** Wild Geranium, **딥티크 제라늄 오도라타** Geranium Odorata 로 만나보실 수 있습니다. 저는 로즈 향수와 제라늄 향수를 함께 시향하면서 분명히 생김새도 다른 꽃인데 참으로 닮은 두 향을 만드는 자연의 신비로움을 찬양합니다. 세련되게 피부에 남는 제라늄은 **에스티 로더 드림 더스크** Dream Dusk에서 만날 수 있습니다. 그리고 제라늄 향이 코에 아주 살짝 스친 후에 시원하고 지배적으로 등장하는 민트 향을 만나는 **프레데릭 말 제라늄 뿌르무슈** Geranium Pour Monsieur가 있습니다.

♡ 재스민 Jasmine

장미를 꽃의 여왕이라고 한다면 재스민은 꽃의 왕으로 표현하기도 합니다. 누군가에게는 무겁고 짙고 두껍고 또 누군가에게는 매끄럽고, 우아하고 거부할 수 없이 달콤한 꽃 향입니다. 프랑스 그라스에서는 이른 아침에, 이집트와 모로코에서는 밤에 꽃을 수확합니다. 재스민은 6월부터 수확을 시작하는데 그라스의 한 퍼퓸머리에서 알려주길 수확 시기가 늦어질수록 달콤한 향이 더 짙어진다고 했습니다. 200종이 넘는 재스민이 있는데 향수 계에서는 재스민 그란디플로럼jasmine grandiflorum과 재스민 삼박jasmine sambac을 주로 사용합니다.

보통 향수에서 재스민이라 하면 아침에 피는 재스민 그란디플로럼을 말하며, 재스민 삼박은 저녁 8시에 개화하는 더 진하고 달콤한 재스민입니다.[66] 1그램의 재스민 앱솔루트를 얻기 위해서는 8천 송이의 재스민 꽃이 필요합니다. 재스민 노트는 플로럴 향수에서 많이 만날 수 있는 대표적인 노트입니다.

재스민의 특징적인 향을 주인공으로 만날 수 있는 향수는 **불가리 재스민 느와**Jasmin Noir, **르 라보 재스민 17**Jamine 17, **조 말론 재스민 삼박 앤 마리골드**Jasmine Sambac & Marigold, 달달한 재스민은 **썽봉**100Bon의 **재스민 & 일랑일랑**에서 만날 수 있습니다. 향수로서 재스민은 너무 강하다고 말씀하시는 분들이 많습니다. 중국 음식점에서 만나는 따스한 재스민 차의 재스민과는 확실히 다른 농도감을 가진 재스민입니다. 차에서 만나는 은은한 재스민 향수도 언젠가 나올 거라 기대해봅니다.

♡ 튜베로즈Tuberose

플로럴 향수 중에서 가장 호불호가 극심한 향수입니다. 튜베로즈는 이름에 로즈가 붙어 장미가 아닌가 생각하시는 분도 많지만 수선화과로 그 꽃은 저녁에 향이 짙게 난다 하여 월하향으로 불리기도 합니다. 우아한 플로럴 향수의 대표이기도 하지만 튜베로즈 향을 부정적으로 받아들이시는 분들에게는 두통까지 발생시키는 부담스러운 향수입니다. 그래서 플로럴 계열 향수를 시도해보고 싶다는 분들께 무겁고 두껍고 부담스러운 또는 크림처럼 매끄럽고 풍성하게 가루처럼 흩날리는 달달하고 우아한 튜베로즈 향을 만날 수 있는 **딥티크 도손**Doson을 먼저 시향해보실 것을 추천드립니다. 하나의 기준이 되어주는 향수가 됩니다. 플로럴 향수를 선택할 때 튜베로즈 노트가 느껴지는 향수를 고를 것인가 말 것인가 판단할 수 있는 지표가 되어주기 때문입니다.

대표적인 튜베로즈 향수는 **라티잔 파퓨미에르 뉘 드 튜베로즈** Nuit de Tubereuse, **르 라보 튜베로즈 40** Tubereuse 40, **구딸 패션** Passion, **구찌 블룸** Gucci Bloom이 있습니다. 유칼립투스의 그린함이 더해진 튜베로즈 향수는 **프레데릭 말의 카날 플라워** Carnal Flower, 앞의 튜베로즈 향수들보다 조금 가볍고 산뜻하게 튜베로즈를 만나고 싶다면 **바이레도 플라워헤드** Flowerhead를 말씀드립니다.

♡ 이리스/아이리스 Iris
영어권에서는 아이리스, 불어권에서는 이리스라고 부르는

붓꽃입니다. 꽃이 아닌 뿌리에서 그 향을 추출하기에 프리지아의 향보다 더 낮고 짙게 깔리는 건조한, 가루처럼 흩어지는 파우더리한 향이 특징적입니다. 플로럴 계열로 넣었지만 때때로 건조한 가죽의 향으로 레더 계열로 분류하기도 합니다. 일반적인 꽃 향과는 확연하게 다른 향의 세계를 펼쳐냅니다. 로즈, 재스민을 상상하셨던 분들에게는 낯설 수 있는 향수입니다. 그러나 기존의 플로럴 향수 말고 조금 차분한 꽃 향을 찾는 분들, 특히 우디 향수를 좋아하시는 분들이 플로럴 향수를 갖고 싶다고 하실 때 추천드리는 향수로 **펜할리곤스 이리스 프리마**Iris Prima, **프레데릭 말 이리스 뿌드르**Iris Poudre, **불가리 이리스 도르**Iris d'Or, **아틀리에 코롱 아이리스 레벨**Iris Rebelle, **엑스니힐로**Ex Nihilo의 **아이리스 포르셀라나**Iris Porcelana가 있습니다.

7. 시프레 Chypres

사랑의 여신 아프로디테가 나왔다는 지중해 동부 키프로스 Kypros 섬에서 이름을 가져온 향수 계열로 시트러스한 톱노트, 라다넘labdanum의 미들노트, 오크모스의 베이스노트를 가진 향수를 부르는 말입니다. 1917년, 베르가못, 라다넘, 오크모스로 이어지는 프랑스와 코티François Coty의 향수 시프레Chypre에서 시작된 향수로 대표적인 향수는 **켈빈 클라인의 CK One, 샤넬 넘버19**가 있습니다. 플로럴, 우디, 레더, 머스크와 같은 애니멀릭 노트들이 조연으로 등장할 수도 있지만, 시프레한 향수 영화의 주인공들은 시트러스한 톱노트에 이어 등장하는 따뜻한 이끼 향입니다. 남성 향수로 유명한 향수들에서 많이 발견할 수 있고 최근에는 자주 사용하는 단어는 아닙니다. 시트러스한 향수로 구분되기도 하고, 여러 향이 있는 아로마틱aromatic 향수로 표현하기도 합니다.

8. 푸제르Fougère

향수 설명에서 자주 만나보셨을 이 단어 푸제르도 시프레와 함께 최근에는 자주 사용하지 않고 아로마틱, 우디로 표현합니다. 푸제르는 프랑스어로 '고사리양치류'를 뜻합니다. 베르가못, 라벤더, 제라늄, 베티버, 오크모스(오크나무참나무에 붙어사는 이끼 식물), 쿠마린을 만날 수 있는 향입니다. 1882년 **우비강**Houbigant의 **푸제르 로얄**Fougère Royale로 시작된 이 향수는 고사리가 자라는 숲에서 펼쳐지는 다채로운 향의 이야기를 상상해보기 좋은 향수입니다. 전통적인 향수의 계열로 1889년 **겔랑**의 **지키**Jicky가 여성을 위한 푸제르 향수로, 1904년 **겔랑**이 내놓은 **무슈아 드 무슈** Mouchoir de Monsieur (신사의 손수건)는 더욱 짙은 마무리감을 가진 남성을 위한 푸제르 향수로 보고 있습니다.

가장 인기 있는 푸제르 향수로는 베르가못 톱노트, 라벤더, 제라늄, 베티버, 우디한 베이스노트를 지닌 **디올 소바쥬**Sauvage가 있습니다. **톰 포드 푸제르 다르장**Fougère d'Argent, **켈빈 클라인 이터니티**Eternity, **펜할리곤스 사토리얼** Sartorial이 대표적인 향수

227

로 남녀 누구나 입어도 좋지만 보통은 남성들의 이발소 향으로, 전통적인 남성 향수로 이야기되는 향입니다. 시프레 계열보다 톱노트의 상큼함이 덜하며 라벤더, 짙은 초록, 이끼, 우디 향이 강합니다. 고전적인, 전형적인 남성 향수로 표현되는 향수가 부담스러운 분들이라면 푸제르 단어가 붙은 향수는 건너뛰시길 바랍니다.

9. 스파이시 Spicy

따스한, 달콤한, 매운 듯한 향신료들이 주인공인 향수 계열로 시나몬계피, 진저생강, 카다멈, 페퍼후추, 사프란, 너트맥육두구, 클로브정향, 코리앤더고수가 감각적이고 이국적이고 강하게 등장하는 향으로 종종 밤을 연상시키는 유혹적인 느낌으로 표현됩니다. 예전에는 오리엔탈 계열로 불리기도 했습니다. 그러나 최근 아시아 향수 시장이 커지며 서유럽 중심의 세계관인 동방인, 오리엔탈이라는 단어가 알게 모르게 모욕적으로 사용되고 받아들이는 경우들이 있고, 향의 특징을 보여주지 못하는 단어이기 때문에 향신료가 강한 향은 스파이시로, 보다 매끄럽고 달달하게 등장하는 앰버 노트가 중심인 향은 앰버 계열로 표현합니다. 간결하게 등장하는 사프란 향을 만나는 **바이레도 블랙 사프란**Black Saffron, 상큼한 라임향과 함께 등장하는 너트맥은 **4711 라임 & 너트맥**4711 Lime & Nutmeg, 달콤한 복숭아와 함께 코리앤더를 만나는 **4711 화이트 피치 & 코리앤더**White Peach &

Coriander, 아몬드와 건초의 향을 가진 통카 빈tonka bean의 향은 **르라보 통카 25**Tonka 25, 클로브, 카다멈의 따스한 스파이시함을 만나기 좋은 **이솝 마라케시 인텐스**Marrakech Intense가 있습니다. 마라케시 인텐스보다 좀 더 산뜻한 시트러스함이 더해진 클로브의 스파이시함을 만나고 싶으시다면 **이솝 테싯**Tacit을 말씀드립니다. 서유럽은 이 향신료를 위해 침략 전쟁을 일삼은 대항해시대를 열었을 정도였으나, 한국에서는 음식, 향수로 만났던 경험이 덜하다 보니 아직은 낯설어하는 분들이 계시지만 충분히 매력적인 향수 계열입니다. 시트러스 향수, 프루티 향수와 더불어 스파이시 향수는 식사 모임에 입고 가면 음식 향과 잘 어울리는 향수입니다.

10. 앰버 Amber

나무의 송진이 오랜 시간 땅속에 묻히면서 화석이 된 것을 앰버라고 말하는데 향수에서의 앰버는 거기서 기인한 향을 말하는 것이 아닙니다. 통카tonka, 페루 발삼Peru balsam, 벤조인, 바닐라, 라다넘labdanum이 지니는 부드러움, 달콤함, 파우더리함의 향수들을 일컫는 말입니다. 페루 발삼은 톨루 발삼Tolu balsam, 스타이렉스 벤조인Styrax benzoin (안식향나무)으로도 불립니다. 흔히 페루 발삼 또는 벤조인 노트로도 말하는 이 향은 바닐라와 비슷한 부드러운 향에 시나몬의 향이 더해져 깊고 풍부한 단 향을 선사합니다. 앰버 계열 향수는 피부 위에 관능적으로, 깊으면서 짙고 무겁게 오래 남는 성숙한 향입니다. 무겁고도 무거운 **겔랑**의 **샬리마**Shalimar, 부드러운 앰버의 **세르주 루텐 앰버 술탄** Ambre Sultan, 보다 밝게 느껴지는 앰버의 향 **에르메스 롬브르 드 메르베이** L'Ombre des Merveilles가 있습니다.

11. 구르망 Gourmand

　　1992년 출시된 띠에리 뮈글러 Thierry Mugler의 **엔젤** Angel에서 만나는 풍성한 프랄린praline 노트는 캐러멜라이즈화된 설탕을 입힌 아몬드, 초콜릿의 향으로 많은 사람의 마음을, 코를 사로 잡습니다. 이후로 캐러멜, 초콜릿, 바닐라, 커피, 코냑, 아몬드에 스파이시한 노트나 앰버 노트가 더해져 따뜻하고 포근하고 맛있는 디저트를 연상시키게 하는 향의 계열로 자리 잡았습니다. 마카롱, 마시멜로처럼 달콤하다고 여겨지는 **뮈글러 에일리언** Alien, **입생로랑 블랙 오피움**Black Opium, **디올 페브 델리시우즈** Feve Delicieuse, **빅터 앤 롤프 봉봉 파스텔**Bonbon Pastel, **프라다 캔디** Prada Candy, **로라 메르시에 앰버 바닐라**Ambre Vanillé가 있습니다. 향수 입은 티가 확연히 나는 구르망 계열의 향수를 좋아하는 분들은 달콤한, 사랑스러운, 다가가고 싶은, 매혹적인 향수로 데이트 향수로 애용하기도 합니다.

♡ 바닐라 Vanilla

　　예전에는 관능적, 유혹적으로 여겨진 오리엔탈로 불리었던 스파이시 계열로 많이 구분되었으나 최근에는 바닐라 특유의 달콤함을 살린 구르망 향수들이 큰 인기를 끌고 있기 때문에 구르망 계열의 대표적인 향료로 소개해봅니다. 마다가스카르의 바닐라 버번Vanilla bourbon, 멕시코의 바닐라 플래니폴리아Vanilla planifolia종이 즐겨 사용되며 가장 희소한 것은 타히티섬의 바닐라입니다. 바닐라 아이스크림을 통해 많은 사람이 익숙하게 여기는 향으로 전 세계 수많은 사람들에게 친근한 향입니다. 말린 마다가스카르 바닐라 꼬투리의 향을 맡아보면 바닐라 아이스크림의 부드러운 바닐라 향 밑에 자리하는 쓴 향을 만나볼 수 있습니다. 바닐라 특유의 고운 향은 **코모디티**의 **골드**Gold, 바닐라의 쓴 향까지 온전하게 모두 함께 만끽하려면 **아틀리에 코롱 바니유 앙상세** Vanille Insensee, **아쿠아 디 파르마 바닐라**Vaniglia, **세르주 루텐 엉브와 바닐** Un Bois Vanille을, 머스크와 함께하는 바닐라가 이렇게까지 섹시할 수 있구나 싶은 **프레데릭 말 뮤스크 라바줴**Musc Ravageur, 집중도 높은 페루 발삼이 더해져 마치 타는 듯이 짙고 거대한 풍성한 바닐라의 향은 **메종 마르지엘라 바이 더 파이어플레이스**By the Fireplace에서 만나실 수 있습니다. 바닐라 향을 찾는 분들이라면 바닐라, 벤조인(페루 발삼)이라는 단어에 집중하시면 좋습니다.

12.   애니멀릭 Animalic
단어 그대로 동물의 향으로 따뜻한, 관능적인, 유혹적인 향수의 대표적인 계열입니다. 전통적인 향수들에서부터 최근에 출시되는 향수들까지 자주 만날 수 있는 향수 계열입니다. 지속력이 오래가는 장점이 있습니다. 앰버그리스ambergris(용연향)는 향유고래의 소장에서 분비된 것이 쌓인 물질이 향유고래 몸 밖으로 배출되어 바다에 떠다니다 사람들이 얻게 되어 흔히 바다의 로또, 황금 덩어리라고 불립니다. 태국 어부가 바닷가에서 발견한 100kg의 앰버그리스는 35억 원[67]의 가치로 평가받았습니다. 생성된 지 얼마 안 된 앰버그리스는 검은빛을 띠고 시간이 지날수록 색이 연해지면서 소금기가 있는 미묘하고 기분 좋은 향으로 변해간다고 합니다. 그래서 프랑스어로 앰버그리스, 회색 앰버로 이름 지어졌습니다. 합성으로 만들어진 것이 앰브록사이드ambroxide입니다. 앰버그리스는 향수의 주인공보다는 머스크와 함께 비중 있는 역할로 베이스노트에서 종종 만날 수 있습니다.

머스키musky하다고 많이 표현하는 머스크musk는 티베트 사향 사슴의 성기와 배꼽 사이의 주머니의 머스크 샘에서 나오는 강력한 물질로 그리스 탐험가들이 6세기부터 인도에서 가져오면서 성욕을 촉진하는 향으로 큰 인기를 끌게 됩니다. 1kg의 향수 성분을 생산하기 위해서는 140마리의 사향 사슴이 필요했기 때문에 그 수가 급격히 줄어들었고, 1979년부터 CITES멸종위기에 처한 종의 국제 거래에 관한 협약 보호를 받고 있습니다. 장 폴 겔랑은 1969년부터 불순물이 없는 깨끗한 머스크를 파리에서 구하는 것은 불가능했다고 했습니다.[68] 천연 머스크 오일 한 방울을 손수건에 떨어뜨리면 40년 후에도 그 향을 맡을 수 있다는 이야기가 있을 정도로 지속력이 긴 향입니다. 저는 사향 사슴에서 나온 천연 머스크 오일을 만나본 적은 없습니다. 현재는 합성 향료로 사용하며, 암브레트ambrette 씨, 갈바넘galbanum, 안젤리카 뿌리 추출물에서 머스크의 관능적인 향을 가져오기도 합니다. 가벼운 파우더리한 머스크를 느끼기 좋은 **더바디샵 화이트 머스크**White Musk, 보다 짙고 풍성한 키엘의 **오리지널 머스크**Original Musk, 제대로 두껍고 무겁고 짙은 머스크는 니콜라이의 **머스크 인텐스**Musc Intense, 세련된 느낌의 머스크는 르 라보의 **어나더 13**Another 13, **암브레트 9**Ambrette 9에서 만날 수 있습니다. 상큼한 블랙베리의 톱노트로 시작하는 기분 좋은 머스크 향수로 **라티잔 파퓨미에르의 뮈르 에 뮈스크**Mûre et Musc, 달콤하게 시작하는 **딥티크 플레르 드 뽀**Fleur de Peau, **톰 포드 화이트 스웨이드**White Suede, 존재감 넘치는 당당한 플로럴의 달콤함을 가진 **나르시소 로드리게즈**Narciso Rodriguez의 **퓨어 머스크 포 허**Pure Musc For Her에서도 머스크를 만날 수 있습니다.

13. 우디 Woody

자연의 따스한, 차분한, 고동색 나무 기둥을 만나는 듯한 나무 향이 주인공인 향수 계열입니다. 짙고 강한 샌달우드, 시더우드, 오우드/아가우드, 오크우드, 가이악우드와 같은 나무, 흙

내와 나무 내를 품은 베티버, 패출리 노트를 만날 수 있는 향수 계열입니다. 예전에는 브랜드에서 남성 향수라고 내놓는 향수 중에 우디 향수들이 있었으나 최근에는 짙은 자연, 나무 목재의 우디 향수를 입는 여성들이 늘어나면서 남녀 공용으로 즐기고 있습니다. 나무의 향을 좋아하는 데에 남성, 여성이 따로 있지는 않을 테니까요. 묵직한, 자신감 넘치는, 믿음직스러운, 고풍스러운 인상을 주기 좋아서 클래식한 정장을 차려입어야 하는 자리, 말에 신뢰감을 주어야 하는 프레젠테이션이나 회의, 협상, 계약을 하는 상황에 어울리는 향수이기도 합니다. 우디 노트는 시트러스, 플로럴, 시프레 등 다양한 향수의 베이스노트에서 만날 수 있기도 합니다. 건초의 향이 거칠게 솟아나는 듯한 시더우드를 만날 수 있는 **조 말론 블랙 시더우드 앤 주니퍼** Black Cedarwood & Juniper, 장미가 더해진 시더우드의 **바이레도 슈퍼 시더** Super Cedar, 위스키 오크통을 떠오르게 하는 오크우드 향의 **조 말론 잉글리쉬 오크 앤 헤이즐넛** English Oak & Hazelnut, 가이악 우드 향을 만나는 **아틀리에 코롱 가이악 이터널** Gaiac Eternal, 산뜻한 베티버의 **조 러브스 핑크 베티버** Pink Vetiver, 매력적인 베티버의 **딥티크 베티베리오** Vetyverio, 짙은 패출리의 **프레데릭 말 무슈** Monsieur, 코리앤더, 시나몬과 시더우드, 샌달우드를 만나는 스파이시한 우디함을 만나는 **펜할리곤스 오푸스 1876** OPUS 1876 이 있습니다.

♡ 샌달우드 Sandalwood

따스하고 부드러운 표면감을 가지는, 베이스노트에서 자주 만날 수 있는 노트는 샌달우드입니다. 인도 샌달우드는 산탈럼 알붐 Santalum album 나무에서 에센셜 오일을 추출하는데 풍성한 샌달우드의 향을 위해서는 30년을 키워야 하며 멸종으로부터 보호하기 위해서 정부가 수확하는 것을 규제하고 있습니다. 동남아시아의 숲처럼 높은 습도를 가진 공기를 품은 샌달우드는 **딥티크 탐다오** Tam Dao 에서, 따스한 햇살이 비치는 마른 날의 샌달우드는 **히어로즈 오브 코리아의 세종대왕** Sejong the Great 향수에서, 스모키하면서 시원하기까지 한 샌달우드는 **르 라보 상탈 33** Santal 33, **메종 루이 마리** Maison Louis Marie 의 **No.4 부아 드 발랭쿠르** No.04 Bois de Balincourt 에서 만날 수 있습니다.

♡ 오우드 Oud/Oudh

바다의 로또가 앰버그리스 용연향 이라면, 육지에서 만날 수 있는 로또, 보석과 같은 향료는 오우드라고 할 수 있습니다. 자연적으로는 수백 년을 산 나무에서 만들어지는 이 구하기 힘든 향은 아가우드 agarwood 라고도 알려져 있습니다. 아퀼라리아 말라센시스 Aquilaria malaccensis 나무의 나무껍질이 곰팡이 균에 감염되었을 때 만들어지는 수지가 오우드가 됩니다. 인도, 중동 아랍 문화권에서 즐겨 사용되는 향으로, 따스하면서도 차가운, 두꺼우면서도 얇은, 깊고 집중도 높은 발삼의 향이 살짝 지나가는,

쌉쌀한 고독 속에서 머리가 청명해지는 듯한 신비로운 향입니다. 현재는 CITES에 따라 머스크와 마찬가지로 자연림에서 수확하는 것은 불법이며 베트남 등에 있는 대농장에서 얻고 있습니다. 20ml의 순수한 오우드 오일을 위해서는 70kg의 나무가 필요합니다.[69]

중국 베이징에서 의뢰를 받아 오우드 향수를 만들게 되었을 때 그들이 보내준 베트남, 인도네시아, 중국 오우드 오일을 손목에 살짝 묻혀 잠들고 일어난 다음 날 아침, 머리도 몸도 깃털처럼 가볍고 속이 산뜻했던 것이 떠오릅니다. 산들바람을 타고 오는 듯한 산뜻한 오우드 향을 만날 수 있는 **아쿠아 디 파르마의 오우드**Oud, 톱노트에서 오우드를 명백하게 만나는 **톰 포드 오우드 우드**Oud Wood, 품위 있게 매끄럽게 장미와 함께 무도회장에 등장하는 오우드를 만나는 **메종 프란시스 커정의 오우드 사틴 무드**Oud Satin Mood, 화려한 오우드를 만나는 **크리드 로얄 오우드**Royal Oud가 있습니다. 사우디아라비아의 쉐이크 압둘 아지즈 알 자세르Sheik Abdul-Aziz Al Jasser가 1982년 론칭한 아라비안 오우드Arabian Oud에서는 오우드 오일을 함유한 다채로운 오우드 향수들을 출시해서 프랑스, 이탈리아와는 또 다른 아랍 문화권의 오우드 향을 선보이고 있습니다. 아직 한국에서는 만날 수 없는 이 향수들이 궁금합니다. 화려하면서도 소박한, 전통적이면서 현대적인 매력 넘치는 오우드의 향은 앞으로도 많은 사랑을 받을 듯합니다.

14. 레더Leather

짙고 매끄러운, 때로는 타는 듯한, 건조한 연기가 나는 것도 같은, 오래된 도서관, 가죽 재킷을 떠올리게 하는 향입니다. 사프란, 머스크와 함께 부드럽게 등장하는 레더 노트, 연기 나는, 타는 듯한 버치birch(자작나무) 타르의 스모키한 노트로도 만나게 됩니다. 가죽에서 향을 추출하지 않으며 흙내, 뿌리 많은 오크모스, 베티버를 만나게 하는 이소부틸 퀴놀렌isobutyl quinoline이 레더 향을 구축하는 데 사용됩니다.

영국의 조지 3세King George III (1738-1820)가 장갑 가죽 향에 매료되어 크리드Creed에게 요청해서 탄생한 향수가 만다린, 앰버그리스, 샌달우드를 품은 **크리드 로얄 잉글리쉬 레더**Royal English Leather[70]입니다. **조 러브스의 스모크드 플럼 앤 레더**Smoked Plum & Leather, **바이레도의 비블리오티크**Bibliotheque, **메모**Memo의 **프렌치 레더** French Leather, **바이 킬리안 로얄 레더**Royal Leather, **톰 포드 투스칸 레더**Tuscan Leather, **샤넬 퀴르 드 뤼시**Cuir de Russie에서 저마다의 가죽을 만날 수 있습니다.

세상에 존재하는 모든 향을 명확하게 계열에 넣을 수는 없습니다. 딥티크 롬브로 단로를 플로럴 계열의 로즈 향수로 넣었지만 롬브로 단로의 블랙커런트 향이 인상적인 사람이라면 프루티 계열의 향수로, 바이레도의 라 튤립의 그린함이 두드러지게 느껴지는 사람은 플로럴 계열보다 그린 계열의 향수로 표현할 수도 있습니다. 누군가는 프레데릭 말의 엉 빠썽에서 라일락 꽃 향만큼이나 선명한 오이 향을 만날 수 있습니다. 그럴 수 있습니다. 오이 향의 주성분인 알코올의 일종인 '노나디에놀'과 '노나디엔알'에 예민한 분들[71]이라면요. 미각 유전자 TAS2R38을 가진 분들은 브로콜리, 콜리플라워, 양배추, 방울양배추 등의 쓴 맛에 극도로 민감하기 때문에 채소 자체를 싫어하기도 합니다.[72] 그러니 같은 음식을 주문했더라도 그 맛은 제각각입니다. 미각에 크게 영향을 미치는 것이 후각인 만큼 우리 각자의 몸이 가진 유전자, 살아온 환경 등에 따라 다를 수밖에 없습니다. 향수의 계열을 구분함에 있어 전체적인 향의 인상을 말할 때 누군가는 톱노트에 집중을, 누군가는 전체적인 향의 흐름에서 차지하는 비중이 큰 향에, 누군가는 향수를 출시한 브랜드에서 붙인 이름에 따라 분류할 것입니다. '일 더하기 일은 이'와 같은 정답을 바라는 분들에게는 어렵게 느껴질 수 있습니다. 그 모든 것이 다 맞습니다. 향수는 그걸 받아들이는 사람에 따라 끝없이 다채롭게 달라집니다. 그게 향수라고 생각합니다.

다음은 향수에 관해 이야기할 때 자주 등장하는 표현에 관한 내용입니다.

비누 향과 살내음

일상 속에서 자주 만나게 되는 비누는 많은 사람에게 익숙한 존재입니다. 향수 중에는 비누 향으로 여겨지는 향수들이 있습니다. **산타 마리아 노벨라**의 부드럽고 잔잔하게 흩뿌려지는 프리지아 꽃향기의 **프리지아**Freesia, **아쿠아 디 파르마**에서 출시된 이탈리아의 화산섬 중 하나인 파나레아 섬의 관목식물, 허브의 일종인 미르토를 담고 있는 투명하게 산뜻한 **미르토 디 파나레아**Mirto di Panarea, 하얀색에 대한 찬사를 향으로 표현한 향수 **바이레도의 블랑쉬**Blanche, 은은하게 등장하는 꽃과 머스크의 **메종 마르지엘라 레이지 선데이 모닝**Lazy Sunday Morning, 잔잔한 아쿠아와 푸르른 사이프레스가 함께하는 **히어로즈 오브 코리아의 이순신**Yi Sunshin 향수, 여린 오렌지 시트러스함을 만나는 **딥티크 오데썽**Eau Des Sens 이 있습니다. 누군가는 이 향수들에 대해 "이런 비누 향도 있어?" 하는 반응을 보일 수도 있습니다.

제가 진행하는 향수 강의를 들었던 싱가포르의 한 유럽 명품 회사 CEO는 수업 중 블라인드로 한 향료를 맡고서는 어릴 적 자신이 쓰던 비누 향이라고 했습니다. 익숙하고 친숙한 향이라고 하면서요. 저는 그녀의 이야기가 흥미로웠습니다. 그녀가 시향한 향료는 한국에서 블라인드 시향을 할 때면 그리 좋은 피드백을 받지 못하고 "독하다", "머리 아프다", "창문 열어주세요"라는 등의 반응을 종종 받는 향이었으니까요. 물론 모든 분이 그 향을 싫어하는 것은 아니겠지만, 다른 향에 비해서는 불호가 상당히 많았던 향이었습니다. 특히 남성분들에게 혹평을 받았고, 그 향료를 시향한 후 비누 향이라고 말한 한국인은 아직까지 한 명도 없었습니다. 그 향료는 바로 재스민이었습니다.

향료의 이름을 들은 그녀는 자신이 사용했던 어린 시절의 비누를 찾아 보여주었습니다. 싱가포르에서 당시 유명했던 그 비누에는 재스민 노트가 있었습니다. 싱가포르에서 자란 그녀에게 강력하고 지배적인 재스민 향은 비누 향이 되지만 한국에 계신 분들에게는 그저 머리 아플 뿐인 향입니다. 저는 이것이 향수가 지닌 아름다운 매력이라고 말합니다. 저마다 다른 기억으로 누군가에게는 재스민이 어린 시절을 추억하는 비누 향이, 누군가에게는 그저 불쾌한 향이 되는 것입니다.

1918년 시작된 포르투갈 비누 브랜드 애시브리토Ach.Brito는 편안한 꽃향기가 밀키하게 등장하는 프로폴리스Propolis, 아몬드, 알로에의 신선 고소한 향의 알로에 베라Aloe Vera, 타닥타닥 장작이 타는 소리가 들리는 듯이 강렬하게 등장하는 장작 타는 향의 페드라 포메지Pedra Pomes 등 다양한 비누가 있습니다. 이런 비누를 쓰고 자란 사람들에게 도브Dove 오리지널 비누의 향은 비누 향이라고 여겨지지 않을 수도 있습니다.

그렇게 특정 향이 비누에 있었기 때문에 비누 향이라고 느끼기도 하지만 비누 향이라는 표현에는 또 다른 측면이 있습니다. "이게 비누 향 같다는데 저는 이게 왜 비누 향인지 모르겠어요. 저는 이런 향이 나는 비누를 쓴 적이 없는걸요."라는 이야기를 종종 듣고는 합니다. 제가 언급한 위의 향수들이 비누 향으로 느껴지지 않으셔도 문제없습니다. 걱정하지 마세요. 비누 향 같다고 말한 친구도 그런 비누를 쓴 적이 없을지도 모릅니다. 친구는 어쩌면 "뭔가 친숙해", "자극적이지 않아", "잔잔해", "편안해", "나를 불편하게 만들지 않아"라는 표현을 비누 향이라고 설명한 걸 수도 있습니다. 그러니 누군가 비누 향이라고 표현했을 때, 그걸 비누 향이라고 못 여기는 내가 잘못되었다고 생각하지 않으셔도 됩니다. 그저 '아~ 저걸 비누 향이라고 느낄 수 있구나', '얘는 이런 향을 편안하게 받아들이는구나' 하고 생각하면 됩니다. 비누 향이 아닌 다른 향수들도 마찬가지입니다. 그렇게 우리가 서로 다른 사람임을 향수를 통해 다시 한번 깨닫는 즐거움을 느껴보시길 바랍니다.

향수에 대해 생각할 때 관능적으로 느끼는 포인트 중 하나는 바로 눈에 보이지는 않지만, 맨살에 남는 존재라는 향수의 본성 때문일지 모르겠습니다. 저는 종종 살냄새 같은 향수를 추천해 달라는 이야기를 듣습니다. 제가 수많은 사람의 피부에 코를 대고 맡아보지는 않아 살냄새가 정확히 어떤 향인지 정의할 수는 없습니다. 한 가지 말씀드릴 수 있는 건 사람마다 저마다 즐겨 먹는 음식, 오래 머무르는 공간, 라이프 스타일에 따라서 피부의 향이 다르다는 것입니다.

영국 브리스톨 대학교University of Bristol의 연구에 따르면 사람들 중 2%는 겨드랑이에서 냄새가 나지 않는 유전자 ABCC11을 가지고 있다[73]고 합니다. 겨드랑이 땀 냄새조차 누군가는 아예 나지 않는다는 걸 생각하면 살냄새를 정형화하기는 참으로 어렵다는 것을 알게 됩니다. 하지만 많은 경우에 사람들은 포근하게 피부에 내려앉는 머스크의 향에서, 또한 머스키하고 우디하고 포근포근한 인상을 선사하는 이소 이 슈퍼Iso E Super 향분자에서 살냄새를 느낍니다. 베이스노트에서 머스크를 만날 수 있는 향수들, **클린**의 **클린 스킨**Clean Skin처럼 머스크가 주인공인 향수들 또는 이소 이 슈퍼Iso E Super 향분자 하나로 만들어진 **이센트릭 몰리큘**의 **몰리큘 01**Molecule 01, 남다른 포근함을 피부 위에 선사하는 **에따 리브르 도랑쥬**의 **고스트 인 더 쉘**The Ghost In The Shell, **히어로즈 오브 코리아 허난설헌** 향수를 살냄새 향수라고 많이들 말합니다.

살냄새 향수가 인기를 얻는 건 팬데믹, 1인 가구 증가와 같은 사회 현상으로 개인이 느끼는 고립감, 외로움 때문이 아닌가 싶습니다.

또한 살냄새는 내 피부에 잘 어우러져서 나를 잘 표현해주

많이 출시되면서 더 이상 향수를 성별로만 구별 짓는 것은 의미가 없습니다. 성별 상관없이 사용할 수 있는 남녀공용 향수, 성별 없는 젠더리스 향수는 일부 특정 향수에 국한되는 것이 아니라 모든 향수에 해당되는 말입니다.

한국에도 대표적인 여성 향수로 알려진 향수를 입는 남성들이 있습니다. **샤넬 넘버5**, 튜베로즈 향이 말끔한 **딥티크 도손**Doson, 아이리스, 재스민, 로즈, 오렌지 블라썸의 꽃다발 플로럴 향수인 **메종 프란시스 커정의 페미닌 플리뢰르**Féminin Pluriel, 이집트산 제라늄, 튀르키예산 로즈, 프리지아를 배경 삼아 섬세하고 우아하게 등장하는 작약 꽃의 아이유 향수로도 유명한 **아쿠아 디 파르마 피오니아 노빌레**Peonia Nobile, 재스민과 튜베로즈의 매끈한 화이트 플로럴 향의 세계를 가진 **구찌 블룸**Gucci Bloom과 같은 플로럴 향수를 입는 남성들이 있습니다. 향수가 악취를 가리기 위해 쓰는 것이 아니라 자신의 피부에, 자신의 패션 스타일에, 누군가의 심상에 남을 이미지로 스스로에게 좋은 감정과 기억을 주는 것임을 아는 사람들이 늘어나기 때문이라 생각합니다.

군더더기 없이 깔끔하게 이 꽃 향들을 구현해내려면 땀, 담배, 과음과 같이 몸에 안 좋은 냄새를 배게 하는 요소와는 거리를 두어야 합니다. 좋은 향기가 나는 사람이 된다는 것은 자신의 삶을 뒤돌아보고, 어떤 사람이 되고 싶은지 생각하는 일입니다. 라이프 스타일에 관심을 기울이며 보다 향기로운 자신을 만들고 싶은 욕망에 성별은 장벽이 될 수 없습니다.

향수와 성격

제가 아는 시원시원한 성격을 가진 어떤 분은 시트러스 향이 나던, 난폭한 운전을 하는 택시에 탑승했던 경험으로 인해 시트러스한 향을 맡으면 멀미와 두통이 난다고 했습니다. 어떤 향을 좋아하는 사람 중에 그런 성향을 가진 사람들이 있었던 것일 뿐이지, 그런 성격이기 때문에 그런 향을 좋아하는 것은 아닐 겁니다. 이번 장을 읽으면서 '어? 난 안 그런데.'라고 하시는 분들도 있을 겁니다. 이 장의 이야기는 그저 일부의 사례들이니 흥미 위주로 봐주세요.

기업과 관공서에서 강의를 진행할 때 저는 참석자들에게 향료의 이름을 알려드리지 않고 시향을 진행합니다. 그 향에 대한 참석자분들의 기억과 감정을 끌어내고 공유하려고요. 그러다 보면 개인마다 다르게 해석되는 후각이란 감각과 우리 뇌의 활동을 알게 됩니다. 제가 그분들의 이야기를 듣고 "혹시 이런 상황에 이렇게 행동하지는 않으신가요?"라고 물어보면 많이들 놀라십니다. 어떻게 알았느냐고요. 물론 그분들의 패션, 말솜씨, 들려주시는 개인적 경험 등 다른 요소들이 충분히 영향을 끼치고 있지만 어떤 향을 좋아하는지에 따라 조심스럽게 예측해보게 됩니다. 앨런 R. 허쉬 Alan R. Hersch 의학박사가 미국 시카고에 설립한 향미 치료 연구재단 Smell and Taste Treatment and Research Foundation이 18,631명을 대상으로 진행했다는 향과 성격에 대한 연구내용[74]과 그동안 온·오프라인에서 제게 찾아와 주신 천 명 이상의 분들과의 경험을 바탕으로 적어봅니다.

하늘로 높이 올라가는 듯한 시트러스 향수 계열들을 좋아하는 분들은 음식 메뉴 결정에 문제가 없으신 분들이 아닐까 합니다. 그리고 자신이 정한 점심 메뉴로 다른 사람들을 이끄는 능력도 좋은 시원시원한, 진취적인, 뒤끝 없는 성격을 가지신 분, 그러나 본인은 뒤끝 없이 말했다고 해도 그걸 들은 사람은 뒤끝을 가질 수 있고, 누군가에게는 다소 공격적이고, 팩트 폭행의 말투를 구사한다고도 여겨질 수 있는 분들일 수 있습니다. 물론 이런 성격을 가진 분들이 다 시트러스한 향수를 좋아하는 것은 아닙니다.

로즈 향을 좋아하는 사람은 의사결정하기 전에 모든 경우의 수에 대해서 먼저 고민하는 사람들로 충동 억제를 잘할 수 있는 신중한 사람들이라는 말이 있습니다. 사실 이렇게 무언가를 하기 전 생각을 많이 하는 분들은 과거의 자신이 했던 실수를 쉽게 잊지 못하는 이불킥 플레이어들일 수 있기도 해서 혼자 있을 때는 쉽게 자신의 흑역사를 파고들며 부정적인 마음의 목소리에 빠져들 수도 있지 않을까 합니다. 로즈 향은 아로마테라피에서도 긴장 완화, 우울한 기분 개선을 위해 즐겨 사용되는 만큼 로즈 향이 주는 그런 효과가 좋아서 선호하는 것이 아닐까 하는 생각을 해봅니다. 그러나 또 한편으로는 우리 모두 어느 정도 그런 성향은 가지고 있지 않나요? 물론 자주는 아니어도 그래도 일 년에 한두 번 또는 더 많이 '이때 왜 그랬지?' 하는 경우는 있으니까요. 그럴 때는 로즈 향수를 집어 드시길 바랍니다.

바닐라 향을 좋아하는 사람들은 파티, 사교모임에서 낯선 사람들과도 쉽게 대화를 할 수 있는, 생동감 넘치는 활기찬 사람들로 여유 시간이 생기면 집 밖으로 돌진하는, 사람들과 만나는 것을 좋아하는 성향이 있다고 합니다. 바닐라 향은 향수에 따라 다를 수는 있지만, 보통은 향수를 입은 티가 납니다. 서울식물원에서 블라인드 시향을 했을 때 그 자리에서 아이들이 아이스크림을 외쳤을 정도로 바닐라 향은 우리에게 친숙한 향입니다. 거부감이 없고 편안함을 선사하는 향이라 처음 만나는 사람들과도 스스럼없는 이들이 즐겨 입지 않을까 합니다.

샌달우드 향을 좋아하는 사람은 완벽주의에 가까운, 스스로에게 높은 기준을 가지고 있는, 성취형 인간이라고 합니다. 큰 프로젝트의 발표, 계약 협상과 같은 자리에 나갈 때 남성, 여성 상관없이 우디 향을 입는 것을 쉽게 발견할 수 있습니다. 존재감을 드러내기에 좋은 향수 계열이 우디 향수이고, 샌달우드는 우디 향수에서 자주 만날 수 있는 노트니까요.

코코넛 향을 좋아하는 사람들은 스타일리시한 패션을 즐기는 사람이라는 평을 받습니다. 품질 좋은 것을 즐기다 보니 그들의 옷장 안에는 브랜드 라벨을 가진 옷과 주얼리들이 있을지도 모릅니다. 자신만의 취향이 확고해서 어떤 사람들에게는 고집이 세다고 느껴질 만큼 주관이 있는 분일 수 있습니다. 제가 유튜브 영상에서 코코넛 향을 좋아하는 사람에 관해 설명하자 그런 성격을 가진 형제, 자매, 친구들이 떠오른다는 댓글을 받았습니다. 바닐라, 샌달우드처럼 존재감 있게 등장하는 향은 아니지만 매끄럽고 은은하고 편안하면서도 남다른, 독특한 향이라 좋아하는 것이 아닐까 합니다.

계절, 상황, 패션, 브랜드와 향수

봄이 오면 많은 분이 향수를 찾습니다. 따스한 봄 햇살, 산들바람, 꽃이 피는 5월 성년의 날 선물로 인기 있는 아이템이 향수이기 때문입니다. 단편적으로 봄에는 플로럴 향수를, 무덥고 텁텁한 여름에는 시원 상큼한 시트러스 또는 아쿠아 계열의 향수를, 옷깃을 여미는 가을이 오면 따스하고 포근함을 선사하는 스파이시, 구르망 향수를, 거대한 빙벽에서 부는 칼바람을 온몸으로 맞는 듯한 한겨울이 다가오면 우디한 향수들을 익숙하게 받아들이시는 듯합니다.

회사에서 프레젠테이션하거나 큰 계약을 성사시킬 정도로 타인에게 강렬한 인상을 주고 싶을 때는 짙은 우디, 아쿠아, 스파이시 향수를, 자전거를 타거나 조깅할 때, 걸으면서 쓰레기를 줍는 봉사활동처럼 활동적인 상황이거나 튀고 싶지 않을 때는 섬유유연제나 비누 향처럼 자극 없는 편안한 향수를 입기도 합니다. 자연 속으로 들어갈 때는 되도록 향수를 입지 않는 것이 좋습니다. 참고로 미국 옐로스톤Yellowstone과 같은 국립공원은 흑곰, 회색곰 유인을 방지하기 위해 음식은 물론 향수를 쓰지 말라고 권장하고 있습니다.[75] 어떤 동물, 곤충이 그 향에 이끌려올지 모르니까요. 마다가스카르Madagascar 여우원숭이lemur 수컷은 후각샘에서 프루티한 향과 플로럴 향을 뿜어냅니다.[76] 프루티, 플로럴의 달콤한 향에 암컷 여우원숭이가 이끌려올 수 있습니다.

향수를 패션의 완성으로 여기는 사람들이 늘어나면서 패션에 따른 향수 이야기도 합니다. 전통적인 정장 차림을 하는 남성이라면 우디, 스파이시 향수를, 핑크빛 컬러의 꽃무늬 드레스를 입은 여성이라면 로즈 또는 피오니 향수를, 블랙 롱 이브닝 드레스라면 튜베로즈 또는 매그놀리아 향수를, 하늘하늘한 노란빛의 원피스에는 프리지아 향수를, 가죽 재킷에는 레더 향수를 매칭하기도 합니다. 입생로랑 가방을 메고 입생로랑 향수를, 톰 포드 재킷을 입고 톰 포드 향수를 입으며 패션 디자이너의 룩과 향을 매칭하기도 합니다. 깔끔한 댄디룩Dandy Look, 멋쟁이 신사 룩에 르 라보, 바이레도를, 단색의 단정한 미니멀한 룩에 이솝을 매칭하여 패션 룩에 어울리는 브랜드로 향을 매칭하기도 합니다. 어떤 것이든 좋습니다. 내가 좋아하는 향수라면, 내가 원하는 나를 표현해줄 수 있는 향수라면 무엇이든 좋습니다.

계절, 상황, 패션에 따라 향수를 바꾸는 분들, 호기심이 많아 여러 향수들이 들어 있는 트라이얼 키트에서 그날그날 랜덤하게 향수를 집어 들어 분사하는 분들도 있습니다. 그리고 어떤 때, 어떤 상황이든 항상 늘 똑같은 향수를 입는 분들도 계십니다. 좋은 거 하나 고르면 꾸준히 그것만 사용하고 쉽게 바꾸지 않는 분일 가능성이 큽니다. 의사결정을 해야 하는 것들이 너무 많아 향수를 고르는 데 쓰는 에너지를 아끼기 위해 그럴 수도 있습니다. 나의 성격, 라이프 스타일과 맞다면 저는 그 무엇이든 좋다고 생각합니다. 그것이 바로 나 자신이니까요.

　한편으로 자기 자신의 일상에 작은 변화를 주고 싶은 분들께는 반전 매력을 생각해보라고 말씀드립니다. 흰 티셔츠에 청바지를 입었는데 향수는 대담하게 유혹적인 장미 향을 가진 **프레데릭 말**의 **포트레이트 오브 어 레이디**Portrait of A Lady를 입는다든지, 카리스마 넘치는 정장을 입었는데 향수는 싱그러운 자연, 초록의 정원을 연상시키는 **시슬리**Sisley의 **오 드 깡빠뉴**Eau de Campagne를, 이탈리아의 잘 정돈된 정원을 만나는 **아쿠아 디 파르마 시프레소 디 토스카나** Cipresso di Toscana를 입듯이 말이죠. 누군가의 예측대로만 흘러가는 건 재미없잖아요. 그렇게 향수를 가지고 마음껏 플레이해보시길 바랍니다.

　때때로 "관능적으로 보이고 싶은데, 어떤 향수가 좋을까요?"라는 질문을 받고는 합니다. 보통 사람 피부 내를 연상시키는 머스크 또는 살내음 향수들을 추천해 드리지만, 사람마다 '관능적'인 것을 느끼는 포인트는 다릅니다. 시각적 정보와 후각적 정보의 예상하지 못한 반전은 또 하나의 관능미로 다가가지 않을까 합니다. 이 책을 읽는 분들께 향수로 반전 매력을 만들어보시길 권해봅니다.

일상 속 향기

♥ 커피 Coffee

아침에 일어나 커피 원두의 향을 맡을 때, 오늘도 새로운 하루가 시작됨을 깨닫습니다. 가끔은 밤에 잠들 때 내일 아침의 향긋한 커피를 만나고 싶어서 자는 것 같기도 합니다. 자연의 산물을 만날 때는 제 손에 오기까지의 여정을 그려봅니다. 농장에서 농부의 손에서 잘 자란 커피 원두가 큐 그레이더 Q grader 의 손을 거치고 로스터에 의해 로스팅되고 분쇄되어 제게로 오는 과정을요. 한 잔의 향긋한 커피, 그리고 그 커피를 마시는 동안의 여유로운 순간이 그저 고맙습니다. 이 커피가 제 손에 오기까지 스쳐 간 사람들, 하늘과 땅, 태양, 바람, 구름, 물 모든 것들에 고마워집니다.

커피가 입에서 시작될 때의 신맛은 마치 향수의 톱노트 같습니다. 향수의 미들 노트 같은 중간은 밸런스, 베이스 노트로는 마무리의 조금 쓴 맛의 흐름에 주목합니다. 입에서의 여운은 어쩌면 향수의 잔향과도 닮았습니다. 저는 인스턴트커피보다 핸드 드립을 좋아합니다. 인스턴트커피에는 커피가 지닌 향이 없기 때문입니다. 여러 커피 원두를 섞은 블렌디드도 좋아하지만 커피 원두가 지닌 독특한 향미를 만나는 것을 좋아해서 싱글 오리진을 즐깁니다. 특히 커피 중에서 전 세계 커피 생산량의 1%를 차지하는 스페셜티 커피 각각이 지닌 풍성한 향이 좋습니다. 과일 향과 함께하는 신맛도 단맛도 좋은 에티오피아 코케 허니koke honey, 신비롭게 꽃 향이 펼쳐지는 플로럴 커피 파나마 잔슨 게이샤janson geisha, 풍성한 과일 향의 프루티한 커피 브라질 후루타 초코fruta choco, 짙고 가득한 캐러멜의 향이 좋은 브라질 캐러멜라도caramelado 등 100점 만점에 80점 이상의 평점을 맞아야 하는 이 스페셜티 커피들이 지닌 저마다의 향미가 좋습니다. 이 커피들은 커피를 다 마신 후 빈 커피잔에서도 커피 향이 피어납니다. 가끔은 다 마신 커피 잔을 코 가까이 가져와 향을 맡고는 합니다. 높은 고도에서 햇빛을 많이 받고 자란 작은 커피콩들이 뿜어내는 향들이 이렇게 다채롭다는 것이, 이 작은 커피콩 하나마저도 저마다 이렇게 다르다는 사실이 신비롭습니다. 스페셜티커피협회SCA, Specialty Coffee Association의 커피 테이스터스 플레이버 휠Coffee Taster's Flavor Wheel을 살펴보면 초콜릿, 아몬드, 헤이즐넛은 물론 클로브정향, 아니스와 같은 향신료와 함께 블랙베리, 스트로베리, 코코넛, 체리, 자몽과 같은 프루티한 노트들까지 적혀 있는 걸 볼 수 있습니다. 커피에서도 다양한 향을 만날 수 있습니다.

저는 향수 강의를 할 때 커피를 즐겨 사용합니다. 여러 향을 시향하고 나서 지친 후각에 익숙한 커피 향을 맡게 합니다. 그럴 때면 낯선 도시에서 길을 몰라 헤매다가 처음 출발했던 곳으로 돌아가는 효과를 얻습니다. 또한 커피는 저를 포함해서 타인에게도 향기로운 순간을 선물합니다. 제 아틀리에에 방문해주신 분들이 제게 해준 이야기 중 하나는 그들이 찾아왔을 때 제가 핸드 드립으로 커피를 내리던 그 순간, 뜨거운 물을 만나 피어오르던 커피의 향, 그 향이 주는 여유롭고 은은한 공기가 기억에 강하게 남는다고 했습니다. 내 안에는 어떤 커피 한 잔의 추억이 있는지 한번 떠올려보세요. 커피 향수로는 4711의 **커피 빈 & 베티버** Coffee Bean & Vetyver, **러쉬 카다멈 커피** Cardamom Coffee, **아틀리에 코롱의 카페 튜베로사** Café Tuberosa가 있습니다.

♥ 티 Tea

차는 동인도에서 라오스 북부, 베트남을 거쳐 중국 남서부까지 뻗어 있는 아열대 지역에서 자라는 카멜리아 시넨시스 Camellia sinensis 란 학명을 가진 차나무의 잎으로 만듭니다.[77] 찻잎이 우리 앞에 놓이는 한 잔의 차가 되는 과정은 다양합니다. 햇빛이 아닌 인공 가열로 건조한 차를 발효/산화에 따라 녹차불발효, 홍차발효, 우롱차부분발효로 나눕니다. 발효/산화되면서 차의 색에 따라 백차 white tea, 흑차 black tea로 부르기도 합니다. 보이차 puer tea 는 차가 제조된 후에도 계속 발효/산화가 진행되는 차입니다.[78] 형태에 따라 잎의 모양을 유지하는 잎차, 가루 형태의 말차malcha, 찻잎을 찐 후에 저장이 용이하게 떡 모양으로 만든 떡차, 엽전처럼 만든 돈차가 있습니다. 말차는 일본의 가루차를 부르는 것으로 요리에, 제과에, 크림, 소르베에 섞어 쓰기도 합니다. 재스민 꽃과 녹차를 겹쳐두어 재스민 향이 배게 만든 최고 등급의 재스민차 100kg을 만들려면 총 280kg의 신선한 꽃이 필요합니다.[79] 홍차 잎에 베르가못 껍질에서 추출한 오일의 향을 입힌 것이 얼 그레이 티 Earl Grey tea입니다. 향수 강의 중에 이름을 말하지 않고 베르가못 향료를 시향했는데 참석자 중한 분이 얼그레이 티를 마시는 순간이 기억난다고 해서 기뻤습니다. 차 한 잔을 마실 때의 향이 주는 순간을 기억해 저장해둔 것이니까요. 그만큼 그 순간에 집중한 것일 테니까요. 차의 세계가 좁고 깊은 것은 마치 명태처럼 자연에서는 하나였던 존재가 그걸 맛있게 먹고야 말겠다는 사람을 만나 이렇게나 다양한 이름을 가지게 되었기 때문이라 생각합니다. 생태갓 잡거나 얼리지 않은, 동태얼린 명태, 코다리내장, 아가미 뺀 후 코에 꿰어 반건조, 북어바싹 말린, 황태얼렸다 말리기를 반복해서 노랗게 된, 노가리바싹 말린 새끼 명태처럼 말이죠.[80]

차에서도 건초, 감초, 시금치, 재스민, 바닐라, 아몬드, 그레이프프루트, 무화과 등 다양한 향을 만날 수 있습니다. 차 한 잔한 잔의 향미의 변화를 만나면서 차를 즐기다 보면 향수 같다는 생각이 듭니다. 짧지만 선명한 향이 나풀나풀 등장하는 첫 번째 차는 톱노트를, 두 번째 차는 미들노트를, 그리고 마지막차는 베이스노트를 말이죠. 숙성된 시간, 내려내는 시간에 따라 다르게 펼쳐지는 그 맑고 은은한 느릿느릿 다가오는 향의 세계가 좋습니다. 차밭을 지나가는 바람, 차나무에 내린 빗줄기, 그 모든 이야기를 듣고 있는 흙 그리고 사람들의 손길이 떠오릅니다.

한번은 제 지인이 감나무와 벚나무가 보이는 한옥에서 차를 내려주었습니다. 옅지만 푸르른, 그해 첫 수확한 보성 녹차, 상큼하고 달콤하고 프루티한 운남 이우 보이차, 스모키함과는 또 다른 묵직한 고동빛 나무향과 과일향의 복건 정암 마두암육계차를 만났습니다. 차에서도 향수처럼 다채롭고 풍성한 향이 넘쳤습니다. 또 어느 날에는 경상남도 창원에 자리한 성주사에서 활짝 열린 창문 사이로 보이는 푸른 나무들을 바라보며 스님과 지인들과 함께 차와 한국 전통 다과를 즐겼습니다. 말 없이 바람소리, 차와 다과의 향을 만나던 시간이었습니다. JW 메리어트 서울 2층에 자리한 타마유라Tamayura의 티 스페셜리스트가 진행하는 티 클래스에서 곤로에 불을 지펴 찻물을 끓일 때 나던 스모키한 건초 향, 거기에 더해졌던 짙고 두터운 마차의 향이 지배하던 시간들이 기억납니다. 가루 형태의 마차말차는 확실히 향의 밀도가 높습니다.

차를 즐기는 분들은 티 향수라고 알려진 향수들을 만나면 깜짝 놀라곤 합니다. 차 향수로 유명한 새콤하게 선명한 레몬, 베르가못, 그린 티녹차의 **엘리자베스 아덴의 그린 티**Green Tea 향수는 우리가 아는 그린 티의 향과는 차이가 있습니다. **르 라보**

떼누아 29 The Noir 29 는 두터운 가루에 묻어 나오는 휘그무화과, 베이bay 잎, 블랙 티홍차에 짙은 베티버, 머스크가 함께하는 향입니다. 불어로 떼 누아는 홍차입니다. **아틀리에 코롱**의 **울랑 앙피니** Oolang Infini 에서는 조금 건조한, 차가운 느낌을 선사하는 베르가못, 울랑우롱차이 스쳐간 후 나타나는 짙은 가이악우드 노트를 만나기에 좋습니다. 얼 그레이 티를 좋아하는 분이라면 **아틀리에 코롱 베르가못 솔레일** Bergamote Soleil 의 뚜렷한 베르가못 톱노트에서 얼 그레이 티를 마시는 기분을 느끼실 수 있습니다. **밀러 해리스** Miller Harris 의 **티 토니크** Tea Tonique 에서 시트러스하고 상큼한 티 향을 만날 수 있습니다.

♥ 술 Alcoholic drink

아침과 낮에 커피, 차를 마신다면 해가 진 이후에 우리가 즐기는 것은 술이지 않을까 싶습니다. 커피, 차와 마찬가지로 술의 세계 역시 다채롭습니다. 술은 크게 발효주fermented alcoholic beverage(양조주), 증류주distilled liquor, 리큐르liquor(혼성주)로 나눌 수 있습니다. 곡류나 과실을 원료로 하여 발효시키는 양조주로는 맥주, 와인, 청주, 사케, 황주, 막걸리가 있습니다. 양조주를 다시 증류시켜 알코올 도수를 높인 술이 바로 증류주입니다. 증류주로는 위스키whiskey, 브랜디brandy, 보드카vodka, 진gin, 럼rum, 소주soju가 있습니다. 혼성주 compounded liquor 는 양조주나 증류주에 식물의 꽃, 잎, 뿌리, 과일 껍질을 담가서 만든 술로[81] 압생트

absinthe, 상그리아sangria, 매실주 등이 있습니다. 이 외에도 여러 술과 음료 등을 섞은 칵테일이 있습니다. 만드는 방식이 다른 만큼 맛도 향도 다릅니다. 코를 제대로 치고 올라오는 알코올의 향은 소주에서 손쉽게 만날 수 있습니다. 재료, 만드는 방식에 따라 술도 알고 싶어지는 것이 참으로 많은 영역입니다. 여기에서는 향수에서 언급되는 술 위주로 말씀드리겠습니다.

책『와인은 어렵지 않아』Wine Is Not Rocket Science/Le vin c'est pas sorcier에 따르면, 수확한 포도알과 포도즙을 탱크에서 2~3주 정도 담그는 마세라시옹maceración(침용), 이 과정을 거치면 껍질의 색소가 포도즙에 착색되어 레드 와인이 되고 이 과정을 거치지 않으면 화이트 와인이 된다고 합니다.

미국 캘리포니아의 소노마 밸리Sonoma Valley에 자리한 세인트 프란시스 와이너리 앤 빈야즈St. Francis Winery & Vineyards에 간 적이 있습니다. 와이너리 안에서는 여러 빈티지 와인을 시음할 수 있었고, 운 좋게도 제가 시음하는 것을 도와주신 분은 와인 협회의 100대 소믈리에 중 한 사람이었습니다. 그에게 와인 맛보기를 배웠는데, 다들 아시겠지만 살짝 민망합니다. 와인을 입에 넣고서 휘파람 불듯 입을 오므리고 "오오오오" 소리를 내며 와인을 굴립니다. 공기와 만난 입 안의 와인이 데워지면서 향이 발산되고 그 향을 우리의 코와 입천장 경로를 통해서 만나게 됩니다. 처음에는 부끄러웠는데 하다 보니 입 안 가득 와인의 향미를 느낄 수 있었습니다.

향수에 익숙하신 분들이라면 와인 향의 종류도 편하게 만날 수 있습니다. 베르가못, 레몬, 라임의 시트러스와 함께 프루티 향수 계열의 과일들, 스파이시, 플로럴, 우디 등 와인은 향수와 많이 닮았습니다. 소믈리에처럼 전체적인 와인의 향미까지 평가하듯 마시지는 않지만, 저는 와인을 고를 때 레몬, 라임, 베르가못의 상큼한 시트러스 톱노트를 즐기고 싶을 때는 샤도네이 chardonnay, 리슬링 riesling과 같은 화이트 와인을 즐깁니다. 레드 와인 피노누아 pinot noir에서는 프루티한 과일 향과 바닐라향을, 까바네 소비뇽 cabernet sauvignon에서는 오크우드 참나무, 레더, 바닐라 향을 찾는 즐거움이 있습니다.

패션 매거진 《마리 끌레르》 Marie Claire를 통해 국내 와인 수입사 나라 셀라 Nara Cellar의 와인 중 캘리포니아 나파 밸리 Napa Valley 케이머스 빈야드 Caymus Vineyards 행사에서 향수 강의를 하게 되었습니다. 블라인드로 그레이프프루트의 향료를 시향하고 메르 솔레이 리저브 샤도네이 Mer Soleil Reserve Chardonnay를, 페어 배 향료를 시향하고 비오니에 Viognier 등 준비된 와인을 시음하니 와인이 지닌 향 속에서 시향한 향료의 향을 즐길 수 있었습니다. 와인 한 잔에서도 향기로운 순간을 만날 수 있다는 사실을 한 번 더 느꼈습니다.

시트러스한 리즐링 와인 향을 만나는 **4711 로얄 리슬링** Royal Riesling, 장미 향수로 유명한 **프레데릭 말 윈 로즈** Une Rose (로즈 토네르)에서 레드 와인의 흔적을 만날 수 있습니다.

위스키는 아일랜드에서 시작되어 영국, 미국에서 발달했습니다. 위스키에는 한 증류소에서 만든 위스키를 부르는 싱글 몰트 위스키single malt whisky, 그리고 위스키 중에서 가장 많이 소비되는 조니 워커Johny Walker, 시바스Chivas, 발렌타인Ballentine's과 같은 블렌디드 위스키blended whisky가 있습니다.[82] 위스키의 상징과도 같은 증류기는 향수 산업에서 에센셜 오일을 증류할 때 사용했습니다. 오크통에서 시간을 견딘 위스키에는 자연스럽게 오크우드참나무의 향이 뱁니다. 이 오크통의 종류에 따라 위스키의 최종적인 풍미가 달라진다고 합니다. 오늘날 위스키 생산업체 오크통의 90%가 미국산 오크우드로 만든 것이며, 미국산 오크우드에서는 허니꿀, 헤이즐넛, 아몬드, 코코넛의 향을, 유럽산 오크우드에서는 너트맥, 시나몬 향신료와 함께 더 다채로운 향을 만날 수 있다고 합니다. 위스키 행사에 가면 종종 듣게 되는 오크통의 종류들, 바닐라와 향신료 향이 생기게 하는 버번 배럴bourbon barrel, 오크통 중에서 가장 크고 비싼, 스페인에서 생산되는 셰리와인을 담았던 통으로 과일과 향신료 향을 생기게 하는 셰리 버트sherry butt, 제2차 세계대전 동안 오크통 공급이 어려워지자 일본 위스키 회사가 일본산 오크우드인 미즈나라로 만든 미즈나라 캐스크mizunara cask 등 위스키의 향에 큰 영향을 미치는 오크통의 세계도 다양해서 매력적입니다. 아직까지 위스키 증류소에 가본 적은 없어서 언제고 꼭 위스키 증류소 안에 자리한 오크통의 향을 만나보고 싶습니다.

위스키는 향의 스펙트럼이 생각보다 넓습니다. 태생적으로 오크우드 노트를 바탕으로 하는 헤이즐넛, 아몬드, 바닐라 노트가 코에서, 입에서 찬란하게 펼쳐집니다. 위스키는 시향 방법도 구체적입니다. 일단 알코올 도수가 높으므로 위스키 잔 바로 위로 코를 가져다 대면 알코올 때문에 코가 얼얼해집니다. 그러니 잔을 코에서 40cm 정도 아래에 두고 향이 나의 코 가까이로 올라오기까지 기다립니다. 시간이 좀 걸리더라도 공기를 타고 오는 위스키 아로마를 기다려서 만나는 순간이 좋습니다. 그리고 난 후 코에서 10cm 정도 떨어진 위치까지 잔을 들어 올려서 좀 더 선명하게 오는 프루티 노트, 플로럴 노트를 만나고, 코를 잔에 대고 우디, 스파이시 노트를 만납니다. 그리고는 잔을 수평으로 기울여서 위스키가 잔에 골고루 묻을 수 있도록 잔을 돌려준 후 코를 잔 가까이로 가져가면 여러 노트들이 춤을 추는 듯 프루티, 플로럴, 우디, 스파이시 노트가 빠르게 돌아가는 것을 느끼게 됩니다. 그러고 난 후 코에서 잔을 떼고 코와 수평이 되게 잔을 들어 위스키 향을 만납니다. 이렇게 위스키 향을 맡다 보면 위스키 무도회장에 들어갔다 나온 기분이 듭니다. 위스키를 바로 넘기지 않고 입안에 조금 머금고 입안 전체에 위스키를 묻힙니다. 그렇게 입에서 위스키의 맛과 함께 비후방 후각, 입에서 코로 거꾸로 올라가는 향을 즐기고 목 넘김 이후 입 안에 남은 향을 즐겨봅니다.[83] 이 과정이 끝난 후 위스키에 물을 넣으면 더욱 풍성한 위스키의 향을 즐길 수 있습니다. 위스키 한 잔이 마치 오크우드가 파티를 주관하고 프루티, 플로럴, 우디, 스파이시 노트들이 초대되어 화사하게 파티를 즐기는 연회장 같습니다. 위스키 향의 큰 줄기를 담당하는 오크우드를 즐기기 좋은 향수로는 **조 말론 잉글리쉬 오크 앤 헤이즐넛** English Oak & Hazelnut, **코모디티 오크** Oak, **코모디티 위스키** Whiskey가 있습니다.

위스키가 보리, 옥수수, 귀리, 밀 등과 같은 곡물을 발효시킨 후 증류하고 오크통에 숙성시킨 것이라면 브랜디는 포도나 과일을, 와인을 증류한 것이고 럼은 사탕수수를 증류한 것입니다. 그리고 보드카는 곡물을 발효와 증류까지만 한 것입니다. 유명한 와인 산지에서 브랜디가 나오는 것은 당연한 일입니다. 브랜디 중 가장 유명한 것이 프랑스 코냑 지방에서 생산된 브랜디인 코냑 Cognac 입니다. 코냑 이외에도 레미 마틴 Rémy Martin, 헤네시 X.O. Hennessy X.O.가 있습니다. **바이 킬리안**의 **애플 브랜디 온 더 락스** Apple Brandy On The Rocks 향수에서 브랜디 노트의 흔적을 만나보실 수 있습니다.

럼은 쿠바, 푸에르토리코, 자메이카의 서인도제도 West Indies 에서 시작되었으며 미국 식민지의 노예무역에서 사용되었습니다. 영국 선원들은 18세기부터 1970년까지 럼을 정기적으로 배급받았습니다.[84] 다른 술에 비해 가격이 저렴한 술로 과일, 캐러멜, 바닐라 노트를 만나는 럼의 대표주자는 쿠바에서 시작된 바카디 Bacardi 입니다. 바카디 럼에서는 선원들로 가득 찬 주점의

왁자지껄한 달콤한 슈가, 크림의 노트가 느껴지는 듯합니다. 소란스러운 바 안에서 서로를 바라보는 연인이 자두와 베르가못, 럼주를 마시는 듯한 느낌을 주는 **멜린 앤 게츠**Malin + Goetz의 **다크 럼**Dark Rum 향수가 있습니다.

보드카는 폴란드, 러시아에서 시작한 술로 혹한의 러시아에서 추위를 이기기 위해 황제와 귀족들이 즐겨 마신 것[85]으로 유명합니다. 보드카는 무색, 무미, 무취이기 때문에 칵테일의 베이스로 즐겨 사용됩니다. 향이 없을수록 최고의 보드카로 칩니다. 대표적인 브랜드로 앱솔루트Absolut, 그레이 구스Grey Goose, 핀란디아Finlandia, 스미노프Smirnoff 등이 있습니다. 기억나는 보드카는 프랑스 파리 안에 유일하게 허가받은 증류소인 디스틸레리드 파리Distillerie de Paris에서 만든 라임향 보드카입니다. 처음 이보드카를 만났을 때 빈 향수병에 담으면 시트러스 라임 향수가 되겠구나 했습니다. 알코올이 이렇게 부드러울 수 있나 싶은 보드카로 상큼한 라임향을 만날 수 있습니다. 짙은 알데하이드, 카다멈, 오크모스의 향수로 보드카 향이라고 하기는 뭐하지만 이름에 보드카를 가진 향수 **바이 킬리안 보드카 온 더 락스**Vodka on the Rocks가 있습니다.

보드카의 어원은 러시아어로 물이란 뜻의 '바다вода'가 '보드카водка'로 변한 것이고, 위스키는 켈트어로 생명의 물이란 뜻의 우식베하uisge-beatha가 어원인 것이 흥미롭습니다. 생명의 물은 라틴어로 아쿠아 비테aqua vitae로, 향수에서도 자주 들을 수 있는 단어입니다. 술, 향수, 알코올에 사람들이 얼마나 큰 희열을 가졌는지 느낄 수 있습니다. 아쿠아 비테, 그 물이 알코올, 술이라는 걸 떠올리면 '아쿠아'라는 단어가 붙었지만 아쿠아 계열의 향수라고 말하지 않는 **프란시스 커정**의 시트러스하고 우디한 **아쿠아 비떼**Aqua Vitae, 아쿠아 비떼에 따스한 스파이시함이 더해진 **아쿠아 비떼 포르떼**Aqua Vitae Forte 향이 더욱 색다르게 느껴질 겁니다.

♥　칵테일Cocktail

"칵테일은 향수를 닮았어요." 제가 즐겨 하는 말입니다. 칵테일 메뉴를 읽을 때마다 향수 설명을 읽는 기분이 듭니다. 크랜베리 주스, 라임 주스, 오렌지 저스트, 보드카, 트리플 섹triple sec의 시트러스하고 프루티한 코스모폴리턴Cosmopolitan, 쿠바 럼, 라임 주스, 시럽, 민트향 가득한 모히토Mojito, 럼, 파인애플 주스, 파인애플 1조각, 시럽에 절인 체리 1개, 코코넛크림의 파인애플과 코코넛 향 가득한 피나콜라다Pina Colada. 이렇게 읽다 보면 향수 같습니다. 보통 칵테일을 만드는 사람을 바텐더bartender라고 하고, 주류의 역사는 물론 사용되는 원료들에 대한 폭넓은 이해를 가지고 칵테일을 창작하는 분들을 믹솔로지스트mixologist라 부릅니다.

제가 좋아하는 서울의 바 중 하나를 꼽는다면 단연코 청담동에 자리한 앨리스 청담Alice Cheongdam입니다. 간판에 그려진 흰색 토끼 그림을 보고 계단을 내려가서 처음 마주하는 것은 작은 꽃집이지만 뒷문을 열면 바가 등장합니다. JW 메리어트, 하얏트를 거친 오너 바텐더인 김용주 대표는 활기차고 열정적으로 칵테일을 개발합니다. 앨리스 청담은 매해 아시아 50대 베스트 바 Asia's 50 Best Bars list 에 오르는 서울의 대표적인 바이며, 새로운 칵테일 개발에 매진하고 미각은 물론 후각에 관심이 많은 김 대표와 대화할 때마다 언제나 새로운 영감을 얻습니다. 해외 명품 브랜드 CEO들이 한국에 왔을 때 가고 싶다고 말하는 곳이기도 합니다. 이곳에 갈 때마다 제가 마시는 칵테일은 '테리의 부티크 Terry's Boutique'입니다. 2012년 브아롱 칵테일 대회 Battle for the Boiron Cup Cocktail Competition 에서 우승한 칵테일로 김 대표의 영어 이름 '테리'로 작명한 칵테일입니다. 김 대표가 영국에서 꽃밭에 둘러싸여 칵테일을 마시던 그날의 향기롭던 기억을, 런던 드라이진, 캄파리 자몽에 장미 시럽 등을 넣어 완성했습니다. 이 칵테일은 드라이아이스와 함께 등장하는데 몽글몽글한 연기를 타고 오는 시트러스, 프루티, 로즈 향이 환상적입니다. 처음 이 칵테일이 등장할 때 친구와 그 멋진 등장에 매료되었던 기억이 납니다. 입으로 그라스의 센티폴리아 로즈를 닮은 로즈의 향을, 상큼한 그레이프푸르트를 마음껏 만나게 되는 칵테일. 김 대표의 기억 속으로 떠나는 타임머신으로 서울에 오는 지인들에게 추천하는 칵테일입니다. 한 잔의 칵테일의 향미를 즐기며 추억을 만드는 데 가치를 두는 사람들이 더욱 늘어나길 바랍니다.

1906년 완성된 리듬체조 종목 중 하나인 곤봉에서 영감을 받은 디자인을 가진 미네랄워터 브랜드가 페리에Perrier 입니다. 페리에는 칵테일 만들 때 바텐더들이 즐겨 사용하며, 세계 최고의 바를 선정하는 월드 베스트 바The World's 50 Best Bars 행사를 후원합니다. 운 좋게 페리에에서 한국 키 오피니언 리더key opinion leader로 선정되어 영국 런던에서 열리는 행사에 초대받아 갔습니다. 페리에는 천연 재료로 시트러스한 라임, 프루티한 스트로베리, 피치의 향미를 만들어냅니다. 시상 행사가 열리기 전 런던, 상하이, 베이징 등의 바 오너들과 함께 한 식사에서 페리에가 들어간, 이날 행사를 위해 만들어진, 알토스 데킬라에 라임, 코리앤더고수 시럽, 캐럿 주스가 들어간 톡 쏘는 청량한 상큼함을 가진 칵테일을 마셨습니다. 라임과 코리앤더의 의외의 조화가 매력적이었습니다. 전 세계 50위에 선정된 바들은 런던, 뉴욕, 싱가포르, 홍콩, 아테네, 멕시코시티, 오슬로, 마이애미 등 정말 다양한 도시에 자리하고 있었고 술을 잘 마시지는 못하지만 향기로운 칵테일의 향을 즐길 겸 투어를 다니고 싶다는 생각이 들었습니다.

칵테일에 대해 더 알고 싶어서 JW 메리어트 서울 7층에 자리한 모보Mobo 바에서 진행하는 칵테일 클래스에 갔습니다. 이바에서는 바질, 스위트민트 같은 허브 20여 종 이상을 직접 기르고 있어서 칵테일의 장식인 가니쉬garnish를 보태닉 가든에서 그냥 따오면 되었습니다. 요리가 불과 함께하는 것이라면 칵테일은 얼음과 함께한다는 믹솔로지스트의 이야기를 들으며 칵테일 클래스가 시작됐습니다. 헤밍웨이가 즐겨 마셨던 다이커리daiquiri를 바탕으로 허브를 넣은 모보바의 허브 오브 그레이스Herb of Grace를 만들기 위해 라임 주스, 그레이프푸르트 주스를 톱노트로 넣고, 허브를 미들 노트처럼, 럼을 베이스 노트로 넣다 보니 향수를 만드는 것 같았습니다. 멋지게 지거Jigger에 계량을 하고 싶었으나 지거 안에 정량을 넣는 것은 제게 쉬운 일이 아니었습니다. 얼음이 들어간 코블러cobbler 셰이커를 흔드는 것은 팔 힘뿐 아니라 온 몸에 힘이 필요했고, 코블러 셰이커를 잡은 두 손은 얼음처럼 차가워져서 칵테일을 만드는 것이 보통 일이 아니라는 것을 제대로 느꼈습니다.

앨리스 청담의 믹솔로지스트를 대상으로 향수 강의를 한 적이 있습니다. 칵테일을 만들 때 다양한 술, 주스, 허브들을 자주 접하는 이들이기에 블라인드로 맡게 되는 향에 대한 기억, 감정을 풍성하게 나누어주는 것이 인상적이었습니다. 데메테르는 **진 앤 토닉**Gin & Tonic, **라벤더 마티니**Lavender Martini, **피나콜라다**Pina Colada 등 칵테일에서 영감을 받아 다양한 향수들을 내놓았습니다. **페라가모의 세뇨리나**Signorina 톱노트에서 피나콜라다를, **아틀리에 코롱 세드라 에니브랑**Cedrat Enivrant에서 라임 가니시garnish가 곁들여진 진 앤 토닉의 유쾌함을 만나보길 추천합니다.

♥ 도시 Cities

향수에 사용되는 천연 원료들이 전 세계의 농장에서 오다 보니 향수는 자연스럽게 여행과 밀접한 관련이 됩니다. 장 폴 겔랑은 1960년에 재스민, 샌달우드를 얻기 위해 인도를, 네롤리를 위해 아프리카 튀니지를, 그 이후에도 베르가못을 위해 이탈리아 레조 디칼라브리아 Reggio di Calabria 를, 일랑일랑을 위해 아프리카 마요트 Mayotte 섬을 여행했습니다. 런던에 거주하는 언론인인 셀리아 리틀턴 Celia Lyttelton 은 자신에게 맞는 향을 찾기 위해 프랑스 그라스에서 미모사를, 아프리카 모로코에서 네롤리와 쁘띠그레인을, 튀르키예에서 다마스크 로즈를, 이탈리아 토스카나에서 이리스를, 스리랑카에서 너트맥을, 인도에서 재스민과 베티버를, 예멘 소코트라 Socotra 섬에서 미르 몰약 와 프랑킨센스 유향, 앰버그리스 용연향 를 만났습니다. 향수 브랜드의 설명에서 자주 볼 수 있는 지역 이름입니다.

많은 향수 브랜드에서 유명한 도시, 또는 향수의 주요 원료의 원산지를 적은 향수를 내놓습니다. 유명한 도시는 나름의 성격을 가진 사람처럼 다가오기도 합니다. 낭만적인 파리, 세련된 뉴욕, 예술적인 피렌체, 처연한 예술가 같은 베를린, 역동적인 서울 이런 식으로 말입니다. 파리에서 영감을 받은 **입생로랑**의 **몽 파리** Mon Paris, 이탈리아 남부 해안에 자리한 포지타노의 태양을 담은 톰 포드의 **솔레 디 포지타노** Sole di Positano 가 있습니다. **아쿠아 디 파르마**의 **블루 메디떼라네오** Blu Mediterraneo 라인은 각 향수들에 이탈리아 원료산지인 파나레아, 아말피, 카프리, 칼라브리아 등의 지역명을 붙여 출시했습니다. **르 라보**는 **시티 익스클루시브**City Exclusive 한정판 컬렉션으로 **파리**, **뉴욕**, **런던**, **도쿄**, **모스크바**, **시카고**는 물론 **서울**에서 영감을 받은 향수들을 출시했습니다. 새로운 환경을 경험하게 되는 여행은 늘 영감을 줍니다.

인도네시아 발리의 아야나 리조트 앤 스파Ayana Resort & Spa의 침대에 누웠을 때 베개에서 나던 프랜지패니frangipani의 매끄러운 꽃 향, 독일 가는 길에 경유하게 된 아부다비 공항에서 분명하게 만날 수 있었던 산뜻한 오우드, 샌달우드의 향들이 기억납니다. 독일 뮌스터Münster, 이탈리아 밀라노Milan와 같은 유럽 도시의 집 창문 곳곳에 놓여 있던 꽃, 장미를 비롯해 이름 모를 꽃들이 피어 있던 길, 꽃집, 레스토랑, 카페들이 다양한 향들을 만들어내고 그 도시를 채웁니다. 파리의 파르페, 뉴욕의 핫도그와 할랄푸드, 하노이의 분짜, 방콕의 국수, 오사카의 우동, 한국의 떡볶이와 어묵, 붕어빵 등의 길거리 음식들이 만들어내는 저마다 다른 향은 그 도시를 기억하게 하는 향이 됩니다.

독일 베를린을 기억하기 위해 향수를 찾던 중 베를린 출신의 니치 향수 브랜드 **프라우 토니스 파퓸**Frau Tonis Parfum을 찾게 되었습니다. 운 좋게도 제가 머물던 호텔 근처였습니다. 호텔 조식을 마치고, 아는 사람 하나 없는 낯선 도시를 걷는 가벼운 발걸음을 베를린에 남기는 동안 밝은 핑크색을 가진 거대한 파이프를 볼 수 있었습니다. 베를린 곳곳에 자리한 이 핑크색 파이프들은 늪 위에 세워진 베를린의 빌딩, 공사 현장의 지하수를 빼내는 파이프들입니다. 파란 하늘, 블루가 살짝 들어간 핑크색의 거대한 파이프가 이루어내는 낯선 풍경은 베를린을 멋지게 만듭니다. 세계대전의 전범국가인 독일의 수도, 베를린 장벽이 상징하는 분단의 아픔이 서려 있는 곳, 부산과 비슷하게 약 365만 명의 인구를 가진 베를린의 공기는 차분합니다. 왠지 학교에서는 말 잘 듣는 모범생이지만 학교를 떠나면 묘하게 쓸쓸한 발걸음으로 집으로 돌아가 자신만의 세계를 담은 작품을 만들 것 같은 공기입니다. 걷다 보니 어느덧 퍼퓨머리에 도착했습니다.

백설기처럼 정갈한 화이트 컬러의 상점 외관. 문을 열고 들어서니 담백하게 서 있는 향수들. 첫 번째 향으로 만난 것은 가볍고 오밀조밀하고 상냥한 얼굴을 한 그레이프푸르트 향을 가진 **No.09 저널** Journal 향수였고, 시향한 여러 향수들 중 저의 베를린 향수가 되어준 것은 **No.10 린데 베를린** Linde Berlin 이었습니다. 베를린 여행의 핵심이라고 불리는 베를린의 랜드마크인 브란덴부르크문에서 프로이센 궁전까지 이어지는 거리, 운터 덴 린덴 Unter den Linden 길 양쪽을 채우는 린데 linde 나무에서 영감을 받은 향수입니다. 우리로 치면 광화문 가로수에서 영감을 받은 향이라고 할까요. 따갑지 않은 노란 햇살이 초록의 나뭇잎과 하얀색의 꽃잎에 닿는, 그 빛의 무게감을 라임 블라썸, 꿀, 라임

나뭇잎과 함께 느끼게 되는 향수입니다. 제가 만났던 베를린의 아침이 이 향에 담겨 있었습니다. 그 향을 만났을 때 서울의 가로수인[86] 은행나무가 떠올랐습니다. 미간을 찌푸리게 만드는 그 특유의 독한 은행의 향이 불현듯 떠올라 피식 웃었습니다.

그날의 첫 번째 손님이었던 저를 인상 깊게 봐준 프라우 토나스 파퓸에서는 나중에 서울에 있는 제게 자신들의 향수 트래블 키트를 선물로 보내주기도 했습니다. No.10 린데 베를린 Linde Berlin 향수를 통해 그 아침에 베를린의 햇살과 공기를 만나던 나를, 베를린에서의 그 시간들을, 그렇게 다시 베를린을 만나게 됩니다. 시간이 흘러 평소 **에르메스**의 **운 자르뎅 수르닐**Un Jardin sur le Nil 을 입는다는, 베를린에 살고 계신 분에게 No.10 린데 베를린Linde Berlin 을 추천해드렸습니다. 향수에 대한 설명을 들으시던 그분은 베를린을 연상시키는, 충분히 독일다운 향이라고 하셨고 나중에 그 향수를 구매하시고 정말 너무 좋은 향수 추천받았다며 고맙다고 하셨습니다. 나의 여행의 기억이 누군가의 일상을 채우는 향수의 향이 되어서 기뻤습니다.

여행을 끝내고 다시 나의 소중한 일상으로 돌아간 후 여행지의 기억을 품은 향수와 함께 여행을 기억해보고 그때의 감정을 떠올린다는 것, 그렇게 나만의 타임머신을 가지는 것이 아름답습니다. 더욱 생생하게 여행을 기록하고 싶다면 여행을 기억할 향수 한 병, 현지의 사진작가를 섭외해서 멋진 사진을 촬영하고, 여행을 떠올리게 해줄 노래 한 곡을 선정해보세요. 그

사진과 그 노래와 그 향수가 있다면 언제 어디서든 당신만의
타임머신을 가질 수 있을 것입니다.

후각 훈련

많은 분들이 제게 묻습니다. "특별한 후각 훈련 방법이 있을까요?" 뇌 과학자 질 볼트 테일러는 주위를 떠도는 향을 확인하고 기쁨이나 재미를 주는 정도를 가려 점수를 매기고, 몸 안에 일으키는 생리적 반응을 느껴보라고 말합니다. 후각을 강화하고 싶다면 향을 맡는 데 더 시간을 쏟고 집중해야 한다고도요. 그러면 신경 연결이 강화되고 후각 능력이 향상될 수 있다고 합니다.[87]

그래서 저는 말합니다. 우리의 일상에는 커피 한 잔, 음료 한 잔, 식사 한 끼, 걸어 다니는 길, 카페, 베이커리, 소중한 사람의 몸에서 나는 향수의 잔향 등 수많은 향이 있습니다. 그 향을 찾고 집중하고 그 향을 만날 수 있음에 감사하는 것, 그것이 가장 편리한 훈련이라고요.

독일의 센트 커뮤니케이션의 로베르트 뮐러 그뤼노브Robert Müller-Grünow는 저와의 인터뷰에서 매일 아침 눈을 감고 몇 개의 향을 맡고 난 후 그 향을 말로 설명하는 방식을 권했습니다. 차츰차츰 맡는 향의 숫자를 늘려가면서 말이죠. 중요한 것은 향이 불러일으키는 순간을 기억해보고, 언어로 설명해보려 시도하는 것이라 했습니다.

그는 "나 자신이 이해한 향을 타인이 이해할 수 있도록 설명하는 이 추상적인 활동은 정말 어려워요. 나의 감정, 나의 기억에 집중하는 그 행위는 결국 두뇌에 좋은 훈련이에요."라고 말했습니다. 향을 맡는 것은 두뇌를 활성화시키는 것과 같다는 말과 함께요. 여기서 한 번 더 강조하자면 향의 이름을 모른 채 시향하세요. 이름을 아는 순간 우리의 두뇌가 이미 알고 있는 그 향을 떠올릴 수 있습니다. 여러 향을 맡는 것도 중요하지만 그걸 해석한 나만의 감정과 기억을 언어로 끄집어내서 표현하는 것, 그것이 더욱 중요하다는 것을 다시 말씀드립니다.

방산시장에 가면 그레이프프루트, 재스민, 일랑일랑, 로즈, 샌달우드, 패출리, 베티버 등의 에센셜 오일과 인공 조합 향료들을 간편하게 구매할 수 있습니다. 평소 좋아하는 향료들 여러 개를 구비해두고 1, 2, 3 번호를 적어 향료 이름을 가리시길 바랍니다. 이때 노트에 각 번호의 향료 이름을 적어두는 것을 잊지 마세요. 시향을 하고 나의 기억, 감정 등을 적어보시길 바랍니다. 가족과 함께 해보시면 더욱 좋습니다. 저도 명절에 가족과 함께 했는데 반응이 뜨거웠습니다. 기억 속 아련하게 자리한 추억을 담은 이야기꽃을 피울 수 있습니다. 점점 나이 들어가시는 부모님, 소중한 분들과 함께 하면 후각이 건강하게 아직 잘 작동하는지도 살펴볼 수 있어 좋습니다.

2.

향수 즐기기

향수 사기 좋은 날

비 오는 날 향수를 사러 가세요. 마른 공기를 가진 날보다 공기 중에 수분이 많은 비 오는 날이나 비가 오기 전 습한 날에 우리의 몸은 향을 더 잘 맡게 되어 있습니다. 습도가 높거나 비가 오면 공기 중에 많아진 수분으로 인해서 코 점막에 향이 평소보다 더 잘 닿아 향을 더 잘 맡게 됩니다. 또한 습도가 높으면 공기 중 확산 속도가 느리기 때문에 시향지의 향이 더 오래 머물 확률이 높습니다. 때때로 공기 중의 물비린내를 더 잘 맡게 되니 향수의 향을 맡는 데 방해가 될 수 있습니다. 그래도 비 오는 날 향수를 사러 가면 내 후각이 어떤 향에 반응하는지 보다 풍성하게 확인할 수 있습니다.

기존에 사용하던 브랜드의 다른 향수, 이미 좋아하는 향수 계열이 아닌 새로운 계열의 향수를 시도해보세요. 우리의 뇌는 새로운 것에 끌리게 되어 있고 새로움을 찾으면서 신경세포 사이에 새로운 연결이 만들어지면서 일명 '행복 호르몬'이라는 도파민의 분비도 늘어난다고 합니다. 새로운 향수를 찾아 나가면서 나와 안 맞는 향수를 다시 한번 확인할 수도 있습니다. 그렇게 또다시 나에 대해 알아나간다면 그것만으로도 충만한 하루가 될 수 있습니다.

저녁에 향수를 사러 가세요. 신발을 사러 갈 때는 발이 퉁퉁 부은 오후 늦게나 저녁 시간이 좋다고 합니다. 향수도 마찬가지입니다. 나를 짓누르는 고된 하루의 피곤함, 그 하루가 내 몸에 남긴 냄새들, 나의 땀 냄새일 수도 있고 저녁 식사를 했던 식당이나 다른 사람들로부터 전해져온 냄새들이 묻어 있을 수도 있습니다. 그런 냄새들에 파묻혀서 오히려 시향하기 어려울 수도 있습니다. 하지만 그런 악조건 속에서도 나를 기쁘게 해주겠다고 달려오는 나의 향수를 만날 수도 있습니다.

기억하고 싶은 특별한 날에 향수를 사러 가세요. 두고두고 기억하고 싶은 순간에 어떤 향수와 함께한다면 그 순간을 더 오랫동안, 더 잘 기억할 수 있습니다. 연인과의 기념일, 가족의 기쁜 일, 새로운 출발을 알리는 졸업식, 입학식, 첫 출근의 설렘. 내 삶 속에서 기억하고 싶은 그 순간을 위한 선물이라는 생각으로 향수를 골라보세요. 언젠가 그 향수들은 그날의 순간으로 나를 데려다주는 소중한 존재가 될 것입니다.

향수를 사러 가는 날의 나의 감정 상태만큼 향수를 구매하는 장소도 중요합니다. 한 번은 "프란시스 커정의 오우드를 매장에서 분사했을 때는 진하고 좋았는데, 집에 오니 옅어진 거 같아요."라고 말씀하시던 분이 있었습니다. 메종 프란시스 커정은 파리의 본사에서 향수는 물론 디자인 제작물 하나하나 심

혈을 기울여 만드는 브랜드입니다. 커정의 오우드는 자연에서, 육지에서 얻는 향료 중 가장 값비싼 향료로 유명한 오우드를 함유하고 있는 향수이기도 하고요. 오우드 향은 옅어진다는 것과는 조금 거리가 먼, 굉장히 뚜렷하고 두껍고 거대한 세계관을 가지는 향입니다. 혹시 몰라서 그 향수를 만났던 곳이 어딘지 여쭸었고 그녀는 중동에서 시향하고 마음에 들어 샀다고 했습니다. 그녀의 대답을 듣고 이해가 되었습니다. 중동은 오우드 향을 친숙하게 자주 만날 수 있는 곳입니다. 그녀가 시향을 했던 그 순간, 그곳에는 그 지역 사람들이 저마다 입은 자신들이 좋아하는 오우드의 향이 공기 중에 촘촘히 존재했을 겁니다. 그러니 더 진하게 느꼈을 것이고, 오우드 향을 즐기는 사람이 많지 않은 한국에서는 상대적으로 그 향이 연하다고 느꼈을 것입니다. 향수를 만난 그 순간의 그곳이 어디냐에 따라 우리는 영향을 받게 된다는 점도 염두에 두시길 바랍니다.

물론 여러 향수가 비치된 곳에서 엄연히 존재하는 다른 향들을 완전히 무시하고 시향을 하는 것은 힘들 수 있습니다. 또한 우리의 후각은 통상 3개를 초과해서 시향하게 되면 피로해집니다. 강의할 때도 4번 향료 시향을 할 때 즈음에 향이 안 난다는 분들이 많습니다. 그러니 향수를 고를 때는 조금 더 시간을 들이세요. 한 번 방문해서 최대 3개의 향수를 시향하고 또 다른 날 방문해서 향수를 시향하세요. 향수 노트를 만나보는 것도 권합니다. 방산시장에 가기 힘들다면 집 근처의 향수 공방에 들러 원데이 클래스를 통해 향수에서 즐겨 사용하는 향료를 직접 시향해 보는 것도 좋습니다. 그러고 나면 향수 브랜드 페이지에서 소개하는 향수의 각 노트들이 더 잘 이해되실 겁니다.

곧장 니치 향수 브랜드 매장을 방문하셔도 좋지만 **캘빈클라인 CK One**, **돌체 앤 가바나 라이트 블루**Dolce & Gabbana Light Blue처럼 시대를 풍미한 유명한 향수들을 먼저 시향해보길 권합니다. 향수의 계열, 노트, 강도 등 여러 면에서 비교 기준이 되어주는 향수들이니까요. 그리고 나서 에어린Aerin, 조 말론, 겔랑의 아쿠아 알레고리아Aqua Allegoria, 디올의 라 콜렉시옹 프리베La Collection Privée, 아르마니의 프리베Privé 컬렉션도 만나보세요. 로즈, 재스민, 피오니작약처럼 향료에 기반한 향수 이름들이 많아 향수를, 향수의 노트를 이해하기가 편합니다. 내가 본능적으로 좋아하는, 내게 좋은 기억과 감정을 남게 하는 향의 노트를 알게 되는 기쁨을 얻을 수 있습니다. 그런 후 르 라보, 바이레도, 프레데릭 말, 프란시스 커정 등의 니치 향수에 가셔서 브랜드의 정체성을 입은 하나의 세계관을 가진 향수들을 만나면 "아… 이런 세계를 구현했구나." 하는 순간을 느낄 수 있습니다. 어느 순간 내가 바라는 나의 모습을 향수에 투영하여 그려내실 수 있을 겁니다.

향수 입는 방법

향수의 권위자 프레데릭 말이 말했습니다. 원하는 곳 어디에나 향수를 입히면 된다고요. 손목 안쪽, 귀 뒤, 목, 데콜테, 머리카락, 팔꿈치, 손등 여러분이 좋아하는 곳에요. 오 드 퍼퓸보다 지속력이 낮은 오 드 코롱은 손목보다 내 코와 더욱 가까운 목, 데콜테, 가슴에 입혀주시면 더 가깝게 만날 수 있습니다.

저는 향수 강의를 할 때마다 말씀드립니다. 손목에 분사한 후에 다른 쪽 손목으로 문지르는 일은 자제해달라고요. 프란시스 커정은 《보그》Vogue와의 인터뷰에서 무의식적으로 양쪽 손목을 문지르는 행위는 피부 마찰로 피부 온도가 올라가면서 천연 효소natural enzymes가 생성되어 향수의 향을 변형시킬 수 있다[88]고 했습니다. 향수의 향이 자유롭게 피부 위에 내려앉거나 그 위에서 발현되어야 하는데 그걸 못하게 다른 피부로 덮어버리고, 심지어 비비고 뭉개 버리는 셈입니다.

샤워를 마치고 물기를 닦은 후 아무것도 입지 않은 상태에서 향수를 입어보세요. 아직 열기가 남아 있는 습도 높은 욕실 안에서 마른 몸에 향수를 입히면 평소보다 풍성한 향을 만날

필요가 없다, 한 번만 분사하면 된다.”라고 했습니다. 스스로는 익숙해져서 향을 인지하지 못할 수 있습니다. ‘아침에 입었던 향수 이제 안 나려나?’ 하는 순간에 주변에서 “네 향 참 좋다.”라고 말하는 경우도 몇 번 있었을 겁니다. 공기 중에 3번 분사하는 것, 오 드 코롱, 오 드 투왈렛이라면 피부에 두세 번 분사하는 걸 제외하고는 많아야 두 번만 피부에 입어주세요.

사회생활에서 나를 각인하기 좋은 방법은 바로 명함에 향수를 뿌리는 것입니다. 향기 나는 명함을 받은 사람에게는 특별한 기억이 될 테니까요. 또한 처음 만나서 공통된 주제로 이야기할 것이 없을 때 좋은 화젯거리가 되기도 합니다. 명함에 뿌린 향수에 대해서 왜 이 향을 선택했는지, 왜 좋아하는지 자세한 설명을 할 수 있다면, 대화는 풍성해질 것입니다.

가방, 구두 보관 상자, 편지 보관 상자 안에 석고 방향제나 향수를 뿌린 명함, 시향지를 넣어둔다면 그 물건을 만날 때 기분 좋은 경험을 할 수 있습니다. 저는 여행 갈 때 캐리어 안에 작은 향초를 넣어갑니다. 여행지 도착해서 캐리어를 열 때, 그 향기로운 순간은 항상 설렙니다. 그 작은 순간이 하루의 기분을 완성합니다.

여름에는 부채에 향수를 뿌린 후 부채질을 하면 피부에 앉아 있는 향수가 아닌 공기 속에서 왈츠를 추는 향수를 만나는 경험을 하게 됩니다. 선풍기 날개에, 에어컨 바람이 나오는 곳 앞에 종이를 길게 늘어뜨린 후 향수를 뿌려도 됩니다. 잠들기 전 베개, 내 얼굴이 닿는 쪽 아닌 다른 부분에 향수 또는 필로우 미스트_{pillow mist}를 분사하면 향기롭게 잠드는 경험을 할 수 있습니다. 향수는 내가 입을 수도 있지만, 나를 둘러싼 환경에 입힐 수도 있다는 사실을 언제나 기억해주세요.

향수와 피부 타입

향수를 만들고 나면 시향을 도와주는 고마운 친구들이 있습니다. 한 명은 비건에 중성 피부, 한 명은 저탄수화물 고지방 식이요법을 즐기는 중성 피부, 한 명은 지성 피부, 한 명은 건성 피부입니다. 저는 하나의 향수를 만들었는데 친구들 피부 위에서는 다른 향들이 펼쳐집니다.

전문가들은 말합니다. 피부의 pH 균형에 따라, 식단에 따라, 호르몬에 따라 영향이 있다고 말이죠. 여성에게 중요한 에스트로겐estrogen 호르몬이 떨어지면 몸에서는 열이 쉽게 나고, 땀을 더 많이 흘리게 되니 호르몬 분비에 따라 늘 입던 향수의 향도 다르게 느껴질 수 있습니다.

향수의 노트들이 균형적으로 나타나는 중성 피부에서는 부채처럼 활짝 펴지는 다채로운 향의 세계를 만날 수 있었습니다. 향을 더 오래 붙잡는 능력이 뛰어난 지성 피부는 톱노트를 유지하는 시간이 더 길었습니다.

그레이프프루트, 오렌지와 같은 시트러스 노트는 건성 피부에서는 금방 사라지는 대신 지성 피부에서는 더 오래도록 남아 미들노트에 영향을 주었습니다. 바닐라, 프루티같이 달콤한 노트들은 지성 피부에서 마치 편한 자세로 드러누워서 여유를 즐기듯이 오래 남아 있었습니다. 건성 피부는 아무래도 향이 금방 사라지기 때문에 무향 로션, 오일 또는 같은 향으로 설계된 보디 제품들과 함께 향수를 입는 것을 추천합니다.

향수 레이어링

운 좋게 일본의 화장품 브랜드 데코르테Decorté의 초대를 받아 도쿄에 가게 되었습니다. 호텔 조식을 먹기 위해 테이블에 앉았을 때 말레이시아 쿠알라룸푸르에서 초대된 클로이가 제 앞에 앉았습니다. 신주쿠의 분주함이 차분하게 가라앉은 호텔 레스토랑의 아침 공기 속을 헤치며, 처음 만나는 향이 제게로 다가왔습니다. 개성 넘치는 장미와 가죽이 손을 잡고 정중하게 제 앞에 걸어오는 듯했습니다. 함께하는 행사 시간 동안 사랑스러운 웃음, 상냥한 말씨와 태도를 보여주었던 검은 긴 생머리의 클로이는 **조 말론의 레드 로즈**Red Roses와 그해 봄 한정판으로 출시된 **조 말론 블룸즈버리 컬렉션의 레더 앤 아르테미지아** Leather & Artemisia를 레이어링 했다고 했습니다. 각자의 나라로 돌아간 후 인스타그램을 통해 클로이는 제게 말했습니다. 한정판인 레더 앤 아르테미지아 향수를 다 써서 더 이상 이 레이어링을 할 수 없어 아쉽다고요.

조 말론은 매해 봄 영국의 유산을 만날 수 있는 '브릿 컬렉션Brit Collection'을 한정판으로 출시하는데 그해가 버지니아 울프

Virginia Woolf 같은 영국 지성인들의 그룹인 블룸즈버리 그룹에서 영감을 받아 향수 세트를 론칭했고, 영국 특유의 재치를 가죽에, 영국의 자연을 아르테미지아artemisia(쑥)에 담아 출시한 향수가 레더 앤 아르테미지아였습니다. 영국의 쑥향을 만나본 적은 없지만, 한국의 강직한 쑥향과는 다를 것이라 생각합니다. 소장용으로 가지고 있는 이 향수를 볼 때면 그때 도쿄에서의 시간이 떠오릅니다. 그 어디에서도 만나지 못했던 향수를 만나는 즐거움의 순간을요. 향수 레이어링이 가진 매력은 바로 여기에 있습니다.

그러나, 향수 레이어링에 대해 일부 조향사들은 반갑게 여기지 않습니다. 창조해낸 세상이 다른 세상과 뒤섞인다는 것은 어쩌면 '해리 포터Harry Potter'의 세계관에 '응답하라 1988'을 합치는 것과 같을 테니까요. 천재 조향사라고 불리는 프란시스 커정은《로피시엘 옴므》L'Officiel Hommes와의 인터뷰에서 향수 레이어링에 대해서 "난 향수를 레이어링하지 않는다. 레이어링을 반대한다. 레이어링에 관해 아무것도 모른다. 왜 향수를 섞어서 향기를 바꾸려 하는지 이해할 수 없다."[90]라고 말하기도 했습니다.

한편 프랑스 니치 퍼퓨머리 아틀리에 코롱Atelier Cologne의 설립자 크리스토퍼와 실비는 한국에서 함께 커피를 마실 때 "우리가 만든 향수가 우리를 떠나 고객에게 가는 순간, 고객이 즐기는 저마다의 방식으로 향수를 즐기는 것, 그것 또한 향수를 향기롭게 즐기는 방식이 아닐까 생각해요.''라며 향수 레이어링에 대한 생각을 말해주었습니다.

조 말론 런던은 자신들의 향수를 레이어링하는 것을 프래그런스 컴바이닝Fragrance Combining이라 명명하며, 시향지 2개를 바깥을 향해 구부려서 Y자 형태로 겹쳐 어울리는 두 가지의 향수를 찾는 것은 권하기도 합니다. 저는 **조 말론 런던**의 **벨벳 로즈 앤 오우드**Velvet Rose & Oud와 **바질 앤 네롤리**Basil & Neroli 레이어링을 추천합니다. 따스한 초록의 바질 앤 네롤리와 고혹적인 우디함 속에 자리 잡은 선명하고 짙은 벨벳 레드 컬러의 장미를 만날 수 있는 벨벳 로즈 앤 오우드 레이어링은 흔들리지 않는 무게중심을 명확하게 가지고 있는 뿌리 깊은 사람을 떠올리게 해줍니다.

조 말론의 **잉글리쉬 페어 앤 프리지아**English Pear & Freesia와 **우드 세이지 앤 씨 솔트**Wood Sage & Sea Salt 레이어링도 추천합니다. 지속력이 약한 프루티, 플로럴한 잉글리쉬 페어 앤 프리지아의 향을 나름의 두께감을 가지는 우드 세이지 앤 씨 솔트가 베이스노트처럼 받쳐줄 것입니다. 우드 세이지 앤 씨 솔트를 검정 바지처럼 생각하시면 됩니다. 흰 블라우스, 회색 티셔츠 등 편하게 입기 좋은 검은색 바지. 다른 시트러스, 플로럴, 그린 향수들의 길을 막거나 방해하지 않으면서 조용히 뒤에서 지켜봐주기 때문에 베이스노트처럼 레이어링하기 좋습니다. 레이어링을 통해 다양한 향수를 매칭해보면서 향수들이 그려나가는 이야기를 만날 수 있습니다. 때로는 반전 이야기를, 때로는 잔잔한 결말을 보여줍니다. 머스키한 **르 라보 어나더 13** Another 13 을 베이스노트 삼아 톱과 미들노트로 **메종 프란시스 커정**의 아름다운 장미꽃 **아 라 로즈** A la rose 를, 짙은 향신료에 바스락바스락 부서지는 라벤더가 선사하는 강한 향이 매력 있는 **펜할리곤스 엔디미온** Endymion 을 베이스노트로 삼고, 달달한 복숭아를 만나는 **바이 킬리안의 포비든 게임즈** Forbidden Games 를 톱, 미들노트 삼아 레이어링하셔도 좋습니다.

　몸 앞에는 살랑거리는 플로럴의 **에어린 와일드 제라늄** Wild Geranium 을, 등에는 묵직한 우디 **딥티크 탐다오** Tam Dao 를 뿌리면 회의장 들어갈 때와 뒷모습이 다른 반전을, 머리카락이나 가슴에는 **프란시스 커정**의 **아쿠아 비떼 포르테** Aqua Vitae Forte 를 발목에는 우디한 **히어로즈 오브 코리아 세종대왕** 향수를 입듯이 내 몸의 머리, 몸통, 다리를 톱, 미들, 베이스노트 구간으로 삼아 각기 다른 향수를 입으면 예측이 불가능한 매력을 가질 수 있습니다. 특히 우디, 스파이시 계열의 향수를 시도해보고는 싶은데 아직은 너무 강해서 부담스러우신 분들께 권하는 방식입니다. 발목, 무릎처럼 내 코에서 먼 곳에 익숙하지 않은 향수를 입혀두고 가까운 곳에는 평소 입는 향수를 입는 것입니다. 그렇게 레이어링을 하며 색다른 향기의 경험을 늘려나가 보세요.

　레이어링을 할 때 신체 한 부위에 베이스노트가 될 향수를 먼저 분사하고, 그 위 같은 부위에 톱과 미들노트가 되어줄 향수를 분사기보다는 왼쪽 손목, 오른쪽 손목 등 각각 다른 부위에 분사하여 내 몸 전체가 독특한 향을 완성해내는 경험도 추천합니다.

아무리 좋고, 비싼 향수여도 그 향수를 그려내는 하얀 도화지 같은 내 몸이 정갈하지 못하면 좋은 향이 나기 어렵습니다. 그나마 전자담배는 몸에 배는 냄새가 덜한 편이지만 궐련형 담배manufactured cigarettes 흡연가분들이 담배 냄새를 가리는, 좋은 향이 나는 향수가 없느냐 물어보기도 합니다. 그럴 때마다 제 대답은 "없습니다."입니다. 그래도 사무실 안에서 담배 냄새를 감추기 나름 괜찮았다는 향수로 흡연자분들께서 알려주신 향수는 **이솝**의 **휠** Hwyl, **러쉬**의 **더티** Dirty 입니다. 다른 향수들은 담배 냄새와 함께 이상하게 변형되어 불쾌감을 줍니다. 특히 전통적인 남성 향수, 흔히 옴므homme가 붙은 향수는 피하시길 바랍니다. 담배 냄새와 결합된 이 향수들은 엘리베이터 안에 탄 다른 사람들의 미간을 강하게 찌푸리게 하고, 내리자마자 손사래를 치게 할 겁니다.

향수와 연애

예전에 향수 강의를 들으러 오신 30대 남성분이 있었습니다. 재스민 향료를 블라인드 시향 하자마자 "이거였어요! 제가 너무나도 싫어하는 냄새가!" 그에게는 절대로 향기롭지 않은 재스민 덕분에 기억나는 소개팅이 있다고 했습니다. 소개팅에 나온 그녀의 온몸에서 바로 이 향, 재스민 향이 너무 나서 도저히 소개팅에 집중할 수가 없었다고. 그녀의 이름도 얼굴도 기억이 나지 않을 정도로 이 냄새가 극도로 싫었는데 그 이름을 알게 되어서 다행이라고 했습니다. 이런 일도 있습니다. 한 여성이 소개팅을 했는데 상대 남성이 자신에게 옷장에서 옷을 바로 꺼내 입고 왔냐고, 자기가 싫어하는 나프탈렌 냄새가 난다고 했답니다. 당연히 두 사람은 잘되지 않았습니다.

우리는 본능적으로 생각하기도 전에 압니다. 내가 좋아하는 향, 내가 싫어하는 냄새를요. 실험도 있습니다. 우리는 우리가 좋아하지 않는 상대방의 몸에서 나는 불쾌한 냄새를 잘 맡는다고 합니다. 설령 다른 사람들은 그런 냄새가 잘 안 난다고 하는데도 말이죠. 대단한 실험 결과가 아니어도 우리는 이미 알고 있습니다. 사람과 사람 사이의 케미스트리chemistry, 끌어당김, 합을 확인하고 싶다면 상대방의 향을 맡아보길 바랍니다. 나를 불쾌하게 하는 냄새가 상대방에게서 난다면 서로에게 좋은 짝이 되길 기대하기는 어려울 것입니다.

재스민 향 소개팅 이야기로 돌아가서, 어쩌면 그녀는 그와의 소개팅을 위해 설레는 마음으로 얼마 전에 산 새로운 향수를 입었을지도 모릅니다. 만약 그녀가 자신의 인생 향수를 입은 거라면 다행입니다. 내가 좋아하는 향을 싫어하는 상대방과 함께하는 시간은 결코 즐겁지 않을 테니까요. 하지만 그 향수가 자신이 좋아하는지 안 좋아하는지도 잘 모르는 향수, 그저 남들이 좋다고 하는 유명한 향수라 입어본 것뿐인데, 시간이 남아서 들른 매장에서 한 번 뿌려본 것뿐인데 그 향수 때문에 누군가 자신을 안 좋아하게 된다는 건, 아니 안 좋아하는 걸 넘어 이름도 얼굴도 기억하지 못하게 된다는 건 안타깝습니다. 만약 그녀가 그를 마음에 들어 했다면 더욱 안타깝습니다.

어쩌면 이건 향수에만 적용되는 이야기는 아닐지 모릅니다. 내가 스스로 선택하고, 내가 좋아하는 내가 아닌, 남들이 정해주고 남들이 좋다고 하는 것들로 채운 나 자신을 만나고 있지는 않은지요. 그런 자신에 대해 스스로 만족하고 좋아한다면 다행이지만 그 반대이거나 "내가 진짜로 좋아하는 게 뭔지 잘 모르겠어."라는 말을 마음속에서 하고 있지는 않은지요.

커플의 성향마다 다르겠지만 두 사람만의 추억을 담을 수 있는 향수를 함께 고르러 다니는 데이트를 추천합니다. 조 말론에서 컴바이닝하기 좋은 향수, 예를 들면 **우드 세이지 앤 씨 솔트** Wood Sage & Sea Salt, **블랙베리 앤 베이** Blackberry & Bay 두 개를 골라 각자 하나씩 입는다든지, 똑같은 향수를 입고 서로의 피부에 남는 잔향이 어떻게 다른지를 확인해 봐도 재미있습니다. **프란시스 커정**이 만든 특별한 향수가 있습니다. **젠틀 플루이디티 골드** Gentle Fluidity Gold와 **젠틀 플루이디티 실버** Gentle Fluidity Silver, 두 향수 모두에서 같은 노트들, 주니퍼 베리, 너트맥, 코리앤더 고수, 머스크, 앰버 우드, 바닐라 노트를 만날 수 있습니다. 하지만 그 농도와 조화가 온전히 다르기 때문에 결국 다른 향의 세계가 펼쳐집니다. 골드가 바닐라, 앰버 우드가 강렬하게 매혹적이라면, 실버는 주니퍼 베리, 너트맥, 코리앤더가 살랑거리는 바람에 산뜻하게 다가옵니다.

저는 소개팅에 나가는 사람들에게 이렇게 말씀드립니다. "백화점에서 그날 처음으로 시향한 향수가 아닌, 가지고 계신 향수 중에서 본인이 가장 좋아하는 향수를 입고 나가세요."라고요. '내가 좋아하는 향수'를 입은 '내가 좋아하는 나'를 좋아하는 사람을 만날 수 있으니까요.

에 필 로 그

❋ 원고를 쓰고 수정했습니다. 덥수룩한 머리카락을 자르는 헤어 디자이너가 된 것처럼 타닥타닥 자판을 두드리며 사락사락 언어의 잔머리를 쳐냈습니다. 노트북을 덮고 자려고 누우면 쓰지 못한 이야기들이 떠올랐습니다. 마스터 조향사, 향수 브랜드 설립자가 아닌 제게 오셨던 분들의 향수 이야기들, 향수 원료가 자라는 전 세계 곳곳을 돌아다니는 여행기, 향수 하나하나가 가진 특별한 이야기들과 늦여름 새벽 네 시의 공기처럼 향수에 대한 나만의 감상을 보다 더 길게 적은 책이 쓰고 싶어졌습니다. 뉴욕의 향수계에서 근무하는 친구 메리사는 미국의 니치 향수들에 대해 궁금하다면 언제든지 다시 뉴욕으로 오라고 합니다. 새로운 조향사들, 브랜드들에 대해서도 궁금함이 큽니다. 거기에 향수와 밀접한 연관을 가진 위스키와 같은 주류, 커피 등도 보다 더 자세히 알고 싶고 와이너리, 커피 농장도 가고 싶고, 뇌과학자들과 함께 뇌에서 벌어지는 향의 세계까지도 알고 싶어졌습니다. 그렇게 하고 싶은 것들만 계속 늘어나게 되었습니다. 향수에 대해 아직도 하고 싶은 말이 너무 많다는 제 말에 편집자님께서 "계속 그러시면 원고 못 끝내요."라고 머리 개운해지는 민트 향수 같은 말씀을 하셨습니다. 그 말을 듣지 않았다면 제가 마무리 글을 쓰는

시간은 한참 뒤였을 듯합니다. 이 책에 다 하지 못한 이야기들은 훗날을 기약해보도록 하겠습니다.

"내가 '나'인 이유는 내가 가진 기억과 감정 때문입니다. 삶의 마지막 순간까지 나와 함께하는 건 나의 기억과 감정입니다. 그러니 최대한 많이 좋은 기억과 감정을 느끼고 남기는 경험으로 삶을 채우시길 바랍니다."

우리는 모두 이 세상에 왔다 언젠가는 떠납니다. 내가 세상을 떠난 후에도 나를 기억하기 좋은 장치, 그것이 향수입니다. 언제고 불현듯 불어오는 바람에 나타나는 향에서 누군가 나라는 존재를, 내가 이곳에 살아 있었음을 기억할 수 있기를 바라는 마음으로 향수를 입어보시길 바랍니다. 어쩌면 그 사람이 당신이 될 수도 있습니다. 지금의 당신을 기억할 십 년 후, 이십 년 후의 당신을 생각하며 입어주세요. 지금 그 향수가 그때의 당신에게 지금의 당신을 불러줄 것입니다. 그 향수의 향과 함께 기억 속에 담고 싶은 소중한 사람들과 함께하시길 바랍니다. 인생을 살아가면서 자신의 마음에 드는 관상觀相, 심상心相 그리고 향상香相을 가지시길 바랍니다. 이 책이 당신과 그런 향수의 만남에 작은 도움이 되기를 바랍니다. 향수를 사랑하는, 나 자신을 사랑하는 삶을 사시기를, 저도 그리 살기 위해 노력하겠습니다.

고맙습니다.

일상이 향기롭기를
그리하여 삶이 향기롭기를
그대에게도
그대를 기억하는 사람들에게도

오늘도 향기로운 하루 되세요.

오하니
하니날다 드림

감 사 의   말

❋ 이 책이 나오기까지 그리고 저라
는 사람이 지금의 저를 좋아하는 사람이 될 수 있도록, 그저 큰
사랑으로 보듬어주신, 다음 생에도 나의 가족이 되어주시길 간
절히 바라는 하늘에 계신 아버지와 늘 아낌없는 사랑을 주시
는 어머니 표정자, 큰오빠 오일석, 작은오빠 오성원, 재희 언니,
미림 언니, 자빈이, 승환이, 유원이, 저라는 사람을 찾아주시고
먼저 출판 제안까지 해주시고 이 힘든 작업 함께해주신 박혜
선 에디터님, 최윤영 대표님, 책 쓰는 고독한 작업 중에 지치지
않도록 격려해준 소중한 친구들 세린 언니, 문경, 효원, 세미,
세나, 준희, 인제, 은정 언니, 지예, 영재, 김준석 감독님, 책 쓰
는 동안에도 우리 '히어로즈 오브 코리아' 향수와 함께해준 보
람, 커피로 영감을 주신 위트러스트 커피의 최상기 대표님, 직
접 키우시는 닭들이 낳은 신선한 계란을 주시면서 생물학 박사
의 관점으로 향수에 대한 관점을 공유해주신 김남일 선생님,
늘 응원과 격려를 아낌없이 해주시는 케이엘 헤어살롱 이지영
원장님, 최수영 헤어디자이너님, 제게 새로운 향수를 경험하게
해주신 향수 브랜드 관계자분들과 협력사분들, 글이 잘 안 써
져 답답할 때마다 응원해주신 인스타그램, 블로그 팔로워분들
그리고 유튜브 구독자님들 모두 모두 고맙습니다.

미 주

1 Chanel, 'fragrance no.19', https://www.chanel.com/us/fragrance/women/c/7x1x1x45/n19. Accessed 3 July 2022.

2 Nicolari, 'Historie de Nicolai', https://www.pnicolai.com/en/lhistoire-de-nicolai/. Accessed 15 December 2021.

3 임기창, "초콜릿·과자로 위장해 사향·웅담 밀수 시도", 30 March 2016, 연합뉴스, https://www.yna.co.kr/view/AKR201603302108 00004. 15 December 2021.

4 Britannica, The Editors of Encyclopaedia. "musk". Encyclopedia Britannica, 16 November 2018, https://www.britannica.com/science/musk. Accessed 15 December 2021.

5 Royal Salute, 'History', https://www.royalsalute.com/en/history. Accessed 7 January 2022.

6 Ross Kenneth Urken, "You thought argyle was a preppy staple? Wrong. It's a statement of rebellion.", The Washington Post, 18 March 2015, https://www.washingtonpost.com/posteverything/wp/2015/03/18/argyle-isnt-the-preppy-staple-you-think-it-is-thats-why-its-the-best. Accessed 8 January 2022.

7 Natalie Khoo, "Q&A: Barnabé Fillion on the art of blending whiskies and perfumes", First Classe, 9 November 2020, https://www.firstclasse.com.my/barnabe-fillion-art-of-blending-whiskies-perfumes/#:~:text=It%20is%20for%20this%20reason,the%20Royal%20Salute%20Olfactory%20Studio. Accessed 8 January 2022.

8 안소희 Youtube, 'What's in my bag. 촬영하는 날 나의 가방 속 아이템', https://www.youtu.be/6leQH6INji0. Accessed 16 December 2021.

9 Diptyqueparis-memento, 'The Diptyque of Three Artists', https://www.diptyqueparis-memento.com/en/the-diptyque-of-three-artists/. Accessed 21 December 2021.

10   Diptyqueparis-memento, 'The Diptyque of Three Artists', https://
      www.diptyqueparis-memento.com/en/the-diptyque-of-three-
      artists/. Accessed 21 December 2021.

11   Waltersperger, 'Our References', https://waltersperger.fr/en/
      bespoke-models/perfume-bottles-making-of-cannes-amour-la-
      mode/. Accessed 22 December 2021.

12   Britannica, The Editors of Encyclopaedia. "François Mitterrand".
      Encyclopedia Britannica, 22 October 2021, https://www.britannica.
      com/biography/Francois-Mitterrand. Accessed 21 December
      2021.

13   Joanna Lyall, "Yves Coueslant obituary", The Guardian, 18
      November 2013, https://www.theguardian.com/lifeandstyle/2013/
      nov/18/yves-coueslant. Accessed 21 December 2021.

14   Mary Hanbury, "The CEO of a company that makes $65 candles
      explains why they're worth the price tag", Business Insider, 29
      March 2018, https://www.businessinsider.com/diptyque-candles-
      worth-the-price-2018-3. Accessed 21 December 2021.

15   Escentric Molecules, 'Molecule 02', https://www.escentric.com/
      collections/molecule-02/products/molecule-02-30ml-cased.
      Accessed 21 December 2021.

16   Escentric Molecules, 'Molecule 03', https://www.escentric.com/
      collections/molecule-03/products/molecule-03-100ml. Accessed
      22 December 2021.

17   Escentric Molecules, 'Molecule 04', https://www.escentric.com/
      collections/molecule-04/products/molecule-04-100ml. Accessed
      22 December 2021.

18   Escentric Molecules, 'Molecule 05', https://www.escentric.com/
      collections/molecule-05/products/molecule-05-100ml. Accessed
      22 December 2021.

19   Lush, '채러티 팟', https://www.lush.co.kr/board/CHARITYPOT. Accessed 26 December 2021.

20   Lush, 'Who We Are', https://weare.lush.com/lush-life/our-company/who-we-are. Accessed 25 December 2021.

21   Lush, 'In the Land of Roses', https://www.lush.com/uk/en/a/land-roses. Accessed 25 December 2021.

22   Fragrantica, 'Acqua di Parma Colonia', https://www.fragrantica.com/perfume/Acqua-di-Parma/Acqua-di-Parma-Colonia-1681.html. Accessed 23 December 2021.

23   The Week, 'On the scent: Acqua di Parma's fresh start', https://www.theweek.co.uk/87931/on-the-scent-acqua-di-parmas-fresh-start. Accessed 23 December 2021.

24   데이비드 이글먼(David Eagleman), 앤서니 브란트 지음, 엄성수 옮김, 『창조하는 뇌』(The Runaway Species), 샘앤파커스, 2019, p.42.

25   셀리아 리틀턴(Celia Lyttelton) 지음, 도희진 옮김, 『지상의 향수, 천상의 향기』(The Scent Trail), 뮤진트리, 2009, p.43.

26   Britannica, The Editors of Encyclopaedia. "Grasse". Encyclopedia Britannica, 13 June 2017, https://www.britannica.com/place/Grasse. Accessed 26 December 2021.

27   City Population, 'MOUSTIERS-SAINTE-MARIE', https://www.citypopulation.de/en/france/alpesdehauteprovence/digne_les_bains/04135__moustiers_sainte_mari". Accessed 26 December 2021.

28   Gestalten, "The Essence - Discovering the World of Scent, Perfume & Fragrance", gestalten, 2019, pp.49-50.

29   Watson, F.J.B.. "Jean-Honoré Fragonard". Encyclopedia Britannica, 18 August 2021, https://www.britannica.com/ biography/Jean-Honore-Fragonard. Accessed 27 December 2021.

30 Media Matic, 'Capturing human scent through enfleurage', https://www.mediamatic.net/en/page/371285/capturing-human-scent-through-enfleurage. Accessed 28 December 2021.

31 https://www.designmuseumgent.be/en/events/diffusion. Accessed December 28, 2021.

32 Scribner, Charles. "Peter Paul Rubens". Encyclopedia Britannica, 24 June 2021, https://www.britannica.com/biography/Peter-Paul-Rubens. Accessed 28 December 2021.

33 Galimard, 'Founded in 1747', https://www.galimard.com/en/founded-in-1747. Accessed 28 December 2021.

34 Molinard, 'The Perfumer', https://www.molinard.uk/the-perfumer. Accessed 28 December 2021.

35 Molinard, 'The Visit', https://www.molinard.uk/the-visit. Accessed 29 December 2021.

36 Confiserie Florian, 'History And Tradition', https://www.confiserieflorian.co.uk/history-and-tradition. Accessed 1 January 2022.

37 James W Singer, "Painting of the Week: Sir Lawrence Alma-Tadema, The Roses of Heliogabalus", Daily Art Magazin, 9 February 2020, https://www.dailyartmagazine.com/painting-of-the-week-sir-lawrence-alma-tadema-the-roses-of-heliogabalus. Accessed 1 January 2022.

38 Wikipedia, 'File: The Ladies' home journal (1948)', https://commons.wikimedia.org/wiki/File:The_Ladies%27_home_journal_(1948)_(14763437444).jpg. Accessed 26 October 2021.

39 이나리, "'50년대만 해도 비누·치약은 사치품", 주간동아, 8 July 2021, https://weekly.donga.com/List/3/all/11/74132/1. Accessed 25 July 2021.

40 Answers, 'What is the fragrance Donna is wearing in Scent of a Woman?', https://www.answers.com/Q/What_is_the_fragrance_Donna_is_wearing_in_Scent_of_a_Woman. Accessed 26 October 2021.

41 Rachel Nuwer, "What Does Space Smell Like?", Smithsonian, 18 July 2012, https://www.smithsonianmag.com/smart-news/what-does-space-smell-like-3457620. Accessed 26 October 2021.

42 Harvard Business School, 'Clay Christensen's Milkshake Marketing', https://hbswk.hbs.edu/item/clay-christensens-milkshake-marketing. Accessed 20 January 2022.

43 Paula Newton, "Iranian exile speaks out on colorless 'white torture'", CNN, https://edition.cnn.com/2008/WORLD/asiapcf/10/29/amir.fakhravar.iran.torture/. Accessed 7 July 2022.

44 Duignan, Brian and Bird, Otto Allen. "Immanuel Kant". Encyclopedia Britannica, 18 April 2021, https://www.britannica.com/biography/Immanuel-Kant. Accessed 22 January 2022.

45 The University of Chicago, 'olfaction', https://lucian.uchicago.edu/blogs/mediatheory/keywords/olfaction/. Accessed 22 January 2022.

46 The University of Chicago, 'olfaction', https://lucian.uchicago.edu/blogs/mediatheory/keywords/olfaction. Accessed 22 January 2022.

47 카라 플라토니(Kara Platoni) 지음, 박지선 옮김, 『감각의 미래』, 흐름출판, 2017, p.75.

48 MSD Manual, '후각 및 미각 장애 개요', https://www.msdmanuals.com/ko-kr/%ED%99%88/%EC%9D%B4%EB%B9%84%EC%9D%B8%ED%9B%84%EA%B3%BC-%EC%9E%A5%EC%95%A0/%EC%BD%94-%EB%B0%8F-%EC%9D%B8%ED%9B%84-%EC%9E%A5%EC%95%A0-%EC%A6%9D%EC%83%81/%ED%9B%

84%EA%B0%81-%EB%B0%8F-%EB%AF%B8%EA%B0%81-%EC
%9E%A5%EC%95%A0-%EA%B0%9C%EC%9A%94#v42591655
_ko. Accessed 23 January 2022.

49   Nobel Prize, 'The Nobel Prize in Physiology or Medicine 2004',
      https://www.nobelprize.org/prizes/medicine/2004/7438-the-
      nobel-prize-in-physiology-or-medicine-2004-2004-5. Accessed
      20 January 2022.

50   Harvard, "What the nose knows", https://news.harvard.edu/
      gazette/story/2020/02/how-scent-emotion-and-memory-are-
      intertwined-and-exploited/#:~:text=Smells%20are%20handled%
      20by%20the,related%20to%20emotion%20and%20memory.
      Accessed 21 January 2022.

51   와다 후미오(Fumio Wada) 지음, 임정희 옮김, 『누구나 쉽게 배우는
      아로마테라피 교과서』, 이아소, 2008, p.33.

52   히라야마 노리아키 지음, 윤선해 옮김, 『향의 과학』, 황소자리,
      2021, p.76.

53   질 볼트 테일러(Jill Bolte Taylor) 지음, 장호연 옮김, 『나는 내가
      죽었다고 생각했습니다』(My Stroke of Insight: A Brain Scientist's
      Personal Journey), 월북, 2019, pp.167-168.

54   The Psychologist, 'Smell and memory – The Proust Phenomenon',
      https://www.bps.org.uk/psychologist/smell-and-memory-proust-
      phenomenon. Accessed 22 January 2022.

55   유현준, "[유현준의 도시 이야기] 공원과 스타벅스의 차이",
      조선일보, 20 December 2019, https://www.chosun.com/site/
      data/html_dir/2019/12/19/2019121903847.html. Accessed 23
      January 2022.

56   Lauren Valenti, "Emma Stone on Using Fragrance to Get Into
      Character, and Her Latest Transformation Into Cruella de Vil",
      Vogue, 12 November 2019, https://www.vogue.com/article/

emma-stone-beauty-interview-louis-vuitton-coeur-battant-fragrance-transformative-roles-cruella-billie-jean-king. Accessed 29 March 2022.

57 카라 플라토니, 앞의 책, pp.81-82.

58 장 폴 겔랑 지음, 강주헌 옮김, 『장 폴 겔랑 향수의 여정』, 효형출판, 2005, p.10.

59 Editions de Parfums Frédéric Malle, 'The story behind Editions de Parfums Frédéric Malle', https://www.youtube.com/ watch?v=_1tOBvNYJ5A&t=14s. Accessed 14 November 2021.

60 Bridget March, 'Natalie Portman on Miss Dior, seeking joy and falling back in love with beauty', Harpers Bazaar, 6 September 2021, https://www.harpersbazaar.com/uk/beauty/fragrance/a37394963/natalie-portman-beauty-interview. Accessed 14 November 2021.

61 Harvard Health Publishing, 'Music can boost memory and mood', https://www.health.harvard.edu/mind-and-mood/music-can-boost-memory-and-mood. Accessed 28 January 2022.

62 Psychology Today, 'Why Does Music Evoke memories?', https://www.psychologytoday.com/us/blog/science-choice/202109/why-does-music-evoke-memories. Accessed 28 January 2022.

63 FragranceX, 'Fragrance Notes: Everything You Need to Know Leanna Serras', https://www.fragrancex.com/blog/fragrance-notes. Accessed 6 March 2022.

64 Perfumery, 'Michael Edwards Book & Fragrance Wheel', https://www.perfumery.com.au/michael-edwards-book-and-fragrance-wheel. Accessed 8 March 2021.

65 Fragrantica, 'Neroli vs Orange Blossom in Perfumery', https://www.fragrantica.com/news/Neroli-vs-Orange-Blossom-in-Perfumery-15054.html. Accessed 11 March 2022.

66　Mugler, 'Jasmine Perfume: Difference Between Grandiflorum And Sambac', https://www.mugler.com/it/novita-profumi-e-moda-%E2%80%A2-the-mag-%C2%AE-mugler/novita-profumi-e-moda-%E2%80%A2-novita-%C2%AE-mugler/jasmine-perfume--difference-between-grandiflorum-and-sambac/alien-goddess-jasmine-perfume.html. Accessed 13 March 2022.

67　정윤주, "'바다의 로또' 100kg 용연향 주운 어부 35억 원 횡재", 8 December 2020, https://www.ytn.co.kr/_ln/0134_202012 080700015229. Accessed 16 March 2022

68　장 폴 겔랑, 앞의 책, p.90.

69　Arabian Oud, 'Discover the world of Arabian Oud', https://www.arabianoud-usa.com/world-of. Accessed 18 March 2022.

70　Creed, 'A legacy that spans centuries', creedboutique.com/pages/legacy. Accessed 18 March 2022.

71　이슬비, "오이 안 먹는 이유? 유전자에게 물어봐!", 헬스조선, 30 March 2021, https://m.health.chosun.com/svc/news_view.html?contid=2021032902094. Accessed 13 March 2022.

72　Sandee LaMotte, "Your hatred of heart-healthy veggies could be genetic", CNN, 14 November 2019, https://edition.cnn.com/2019/11/11/health/veggie-hating-gene-wellness/index.html. Accessed 13 March 2022.

73　Medical New Today, 'Two Percent Of People Have Armpits That Never Smell', https://www.medicalnewstoday.com/articles/255147#1. Accessed 19 March 2022.

74　Aubrey Almanza, 'Here's What Your Favorite Perfume Is Really Saying About Your Personality', https://www.rd.com/list/ your-perfume-your-personality. Accessed 19 December 2022.

75   National Park Service, 'Bears and Menstruating Women', https://
www.nps.gov/yell/learn/nature/grizzlybear-menstrual-odor.htm.
Accessed 26 March 2022.

76   Science Focus, 'Lemurs create a fruity fragrance to attract mates',
https://www.sciencefocus.com/news/lemurs-create-a-fruity-
fragrance-to-attract-mates. Accessed 30 March 2022.

77   Max Falkowitz, "Everything You Need to Know About Different
Types of Tea", Food & Wine, 23 Jun. 2021. https://www.
foodandwine.com/tea/different-types-of-tea. Accessed 23 March
2022.

78   김정아, "생태, 동태, 황태, 북어, 코다리, 노가리...'명태'의 다양한
이름", 디지털조선일보, 11 October 2017, https://digitalchosun.
dizzo.com/site/data/html_dir/2016/12/06/2016120611005.html.
Accessed 23 March 2022.

79   프랑수아 그자비에 델마 (Francis-Xavier Delmas), 마티아스 미네, "
티는 어렵지 않아 〈르 팔레 데 테(Le palais des The)", 그린쿡
(Greencook), 2019.1.10, p.96

80   김정아, "생태, 동태, 황태, 북어, 코다리, 노가리...'명태'의 다양한
이름", 디지털조선일보, 11 Oct. 2017. http://digitalchosun.dizzo.
com/site/data/html_dir/2016/12/06/2016120611005.html,
Accessed 23 March 2022.

81   네이버 지식백과, '주류 [酒類, alcoholic beverages]
(식품과학기술대사전, 2008. 4. 10.)', https://terms.naver.com/
entry.naver?docId=296668&ref=y&cid=48182&categoryId=48182.
Accessed 24 March 2022.

82   미카엘 귀도(Mickae Guidot) 지음, 임명주 옮김, 『위스키는 어렵지
않아』(Le Whisky c'est pas sorcier), 그린쿡, 2018, p.11.

83   미카엘 귀도, 위의 책, p.11.

84   Britannica, The Editors of Encyclopaedia. "rum". Encyclopedia Britannica, 3 November 2016, https://www.britannica.com/ topic/ rum-liquor. Accessed 24 March 2022.

85   네이버 지식백과, 보드카 [Vodka] (두산백과 두피디아, 두산백과), https://terms.naver.com/entry.naver?docId=1102368&cid=40942 &categoryId=32116. Accessed 25 March 2022.

86   BBC, 'Berlin's pink pipes: What are they?', https://www.bbc.com/ news/av/magazine-24773752. Accessed 26 March 2022.

87   질 볼트 테일러, 앞의 책, p.168.

88   Kari Molvar, "5 Mistakes Most Women Make When Wearing Perfume—And How to Fix Them", Vogue, 10 December 2018, https://www.vogue.com/article/how-to-buy-wear-store-perfume-best-fragrance-application-tips. Accessed 27 March 2022.

89   Bridget March, 'Natalie Portman on Miss Dior, seeking joy and falling back in love with beauty', Harper's Bazaar, 6 September 2021, https://www.harpersbazaar.com/uk/beauty/fragrance/ a37394963/natalie-portman-beauty-interview. Accessed 14 November 2021.

90   조은정, "매혹의 조향사, 프란시스 커정과의 대화", 로피시엘 옴므, 22 May 2014, https://news.mt.co.kr/mtview.php?no=2014052215 120131976. Accessed 26 October 2021.

아이 러브 퍼퓸

초판 1쇄 발행   2023년 2월 3일
   2쇄 발행   2023년 2월 23일

지은이   오하니
펴낸이   최윤영 외 1인
펴낸곳   에디스코
편집주간   박혜선
디자인   허희향 eyyy.design

출판등록   020년 7월 22일 제2021-000220호
전화   02-6353-1517
팩스   02-6353-1518
이메일   ediscobook@gmail.com
인스타그램   instagram.com/edisco_books
블로그   blog.naver.com/ediscobook

ISBN   979-11-978819-5-4 (03180)